她比夏花寂寞

萧红的黄金时代

月小妆 著

光明日报出版社

图书在版编目（ＣＩＰ）数据

她比夏花寂寞：萧红的黄金时代 / 月小妆著. -- 北京：光明日报出版社, 2014.10（2020.6重印）

ISBN 978-7-5112-7193-8

Ⅰ.①她… Ⅱ.①月… Ⅲ.①传记文学 – 中国 – 当代 Ⅳ.①I25

中国版本图书馆CIP数据核字(2014)第198931号

她比夏花寂寞：萧红的黄金时代

著　　者：月小妆

责任编辑：李娟　　　　　　　　策　　划：盛桐文化
封面设计：嫁衣工舍　　　　　　责任校对：李霞
责任印制：曹净

出版发行：光明日报出版社
地　　址：北京市东城区珠市口东大街5号，100062
电　　话：010–67022197（咨询），67078870（发行），67078235（邮购）
传　　真：010–67078227，67078255
网　　址：http://book.gmw.cn
E-mail：gmcbs@gmw.cn lijuan@gmw.cn
法律顾问：北京天驰洪范律师事务所徐波律师

印　　刷：北京市凯鑫彩色印刷有限公司
装　　订：北京市凯鑫彩色印刷有限公司
本书如有破损、缺页、装订错误，请与本社联系调换

开　　本：880×1230 1/32
字　　数：200千字　　　　　　　印　　张：9
版　　次：2014年10月第1版　　　印　　次：2020年6月第2次印刷
书　　号：ISBN 978-7-5112-7193-8

定　　价：32.00元

序
寂寞，是她一生的爱人

　　我不知该用怎样的语言，描摹曾经路过我们的生命。

　　她，满载才华而来，花瓣里包裹着凄美的宿命。

　　她，寻觅着真爱而去，襟袖里落满尘世的沧桑。

　　她，于简单中铭记奢华的样子，将灵性的光打开，缓缓照亮千年不变的苍穹。

　　她是红尘裁裳人，将丑陋的繁芜裁掉，用掉几多尘世的欢愉悲苦，终是织成锦绣的文章。

　　那一日，日色翠得令人伤心。她说走就走，不留一丝念想。

　　缤纷的苦难落下，精致的忧伤缓缓铺排。

　　再也，没有这样一个生命，饱满璀璨，不管不顾地绽放。

　　再也，没有这样一个生命，忍受着战乱、饥渴、颠沛流离和生命赐予的一切不完美，却拼命让每一个文字晶莹剔透、不染尘埃。

　　在她身后，时光不朽，人已百年。

　　百年的沧桑，禁不得轻轻一用。而那些曾经被她珍视如生命的文字，被时光劈来，细碎的，全都是寂寞。

我常想，萧红的一生，究竟值与不值？

作为一个清秀的才女，她本可以有更好的生活。作为一个聪慧的才女，她本该被男人捧在手心，小心轻放。

如果，她不逃婚，或许可以和汪恩甲厮守一生，缔造一如林徽因那般的美满婚姻，全了世俗的名节。

如果，她不在"落难"后，迅速选择萧军，她可以慢一点，再慢一点。或者，她会将萧军看得更清楚，抑或，她会有更好的选择。

如果，她在与萧军分手后，不迅速投入端木蕻良的怀抱，或许，她的生命可以得到延长。因为她不必将所有的怨怼与悔意压在心底，她可以早早看透自己的真心——她爱的，并不是端木蕻良。

我知，萧红爱的，一直，始终都是萧军。这个她生命中并不完美的恋人啊，却最终，跟她的灵魂、她的肉身长在了一起。

她是那样投入她的爱情，不管不顾世俗的眼光。她是那样投入她的真心，所以在萧军眼里，才会如"黛玉"般敏感多疑，善于猜忌。

她曾经是那样相信爱情，直到生命最后一刻。

然而，她飞蛾扑火般的追求，造成着她的不幸，同时却也是最大的幸福。她享受了那个时代许多女性不曾享受的自由，和真挚的爱情。

不可否认，在她短短的一生中，如流星般经过她的男人，每一个，都曾对她用过真。

汪恩甲冒着家族的压力，依然坚持跟萧红站在一边，尽管曾有过短暂的动摇，然而对于封建传统家族走出的二世祖，这种坚定已经令人动容。而据考证，他的"逃跑"，也并非抛弃，而是有可能遇害。

萧军，在萧红落难时，曾拼命营救。在他们身无分文时，他像真正的男人那样，给了萧红一个家。他们分着半个饼，在寒冷中紧紧相拥。他在洪水里呼喊着她的名字，在冰冷的医院一次又一次将她从死神手里夺回。那时，他只知，她是他的女人，他不能，也不会让她有事。这个"花心"的、"粗暴"的男子，用他独特的方式，捍卫着他的爱情。

端木蕻良，那个瘦弱少言的男子，萧红并不钟情于他，人们也常诟病于他的懦弱和不担当。而在萧红去世18年后才再娶，其用情不可谓不真。

也许，对于爱情，我们不可以苛求太多。对于男子的爱，更是如此。

在他们厚重而笨拙的灵魂底下，又何尝不是热烈燃烧的岩浆？只不过，每个人的能量不同，对爱的表达方式也不同。

我们不可以要求每一份爱情都如磐石般坚定不移，不可以要求每一个激情的刹那，都如恒星般持久而永恒。

情到浓时，情转薄。

并非每个男子都是情圣。然而，只要那一霎，他的眸子里绽放着真，他的眼神里跳着热烈的光。那一霎，他紧紧拥抱着你，说着舍不得，说着不离开。

真的，只要有那一霎的真，那就已经足够。别的，都是奢求，都是痛苦。

太深的执着，是不幸的根源。萧红的不幸，并非因她太叛逆，太任性，而是因她太执着，太认真。

没有一种好，是全然无私，经得起一切诱惑与考验。人性多么复杂，又是多么游移？

所以，我们只要在相爱的一瞬，以最真挚的爱回馈彼此，在凉薄的尘世共饮着每一寸光阴。那就已经，足够，足够了。

无论如何，在当世和现世许多人眼里，萧红都是一个异数。作为民国时期的女人，抗婚逃离，已经是千夫所指，何况无经济来源，基本就等同自杀。

后来，她的一切追求与探索，都会引起一场又一场的流言蜚语。

人们猜测纷纷：这个女人，抛弃了别人所不能抛弃的，放弃着别人所无法放弃的，她究竟想要什么？

没有人知道，她想要的是真爱啊！她只是想要真爱。

她想要的，是最奢侈的东西，她想要男人永远的真心。

当她走到文坛的顶端，握住梦想的手指，她的笑容依然羸弱而忧伤。

我钦佩这个女人，她羸弱的身体里蕴含着这样的力量，她以她的方式完成着她的生命。而后人，只能静默地注视着这个曾经用力活过的灵魂，祝福她的喜悦和安好。

她像没脚的鸟儿一样，冲出世俗赐予女人的牢笼，最终跌落进一段又一段草草的姻缘。我们真挚地同情着她的不幸，又惋惜她作为女人无可避免的柔弱。

然而，她高举着独立的旗帜，在"宗教式虔诚的写作"中取得了令人瞩目的成就，却最终在爱情上依然脱不了藤蔓的附属性。

她的一生是那个时代女性挣扎与渴望，叛逆与服从的缩影，她是女性独立漫长而艰难过程中的里程碑。

那个风雨飘摇时代里女性最深刻也是最纠结的感情，集中体现在她一人的身上。

这一生，她以女子不曾有的格局，热烈地热爱过尘世每一寸生命。她慈悲着每一个灵魂的苦，又赋予着每一个灵魂以文字的琼浆玉液。这一生，她始终跟呼兰河的每一寸土地长在一起，以天赐的笔墨，写着众生的悲喜欢愉。她是呼兰河的女儿，她是漠北怒放的那朵真性情的花。她柔弱而坚强，她天真而热情。

世俗赐予她苦痛，她却报之以歌。

世俗装不下她的叛逆与自我追求，她却装得下天下。

这一生，爱便爱了，结果怎样，又有何妨？这一生，寂寞便寂寞了，拼命绽放过，此生便可无悔。

她慈悲过尘世苍生，我们又何尝不慈悲着她的生命。她是我们永远的作家，是我们灵魂慷慨的摆渡人。

她的爱，最终，成为她的信仰，她一个人的信仰。最终，寂寞，成了她一生的爱人。

让所有的时光不朽，让路过的爱，都开出耀眼的花。

月小妆　2014年6月书

目　录

第一卷
梦想是一株开花的树

花曾开过

一束清菊，几支素香，墓碑前松柏掩映，苍翠如初。恍若你将醒未醒的前世。枝叶滴落阳光，光影吞没了喧嚣。你的墓前人来人往，花影扶疏，恰似你容颜不老的今生。一帧小照，四行碑文，写尽你三十一载的韶华。千里之外，那条因你而熠熠生辉的呼兰河，带着童年祖父草帽上的一衔天色，奔涌着，没入这些为你而生的文字。

也许生命的前行，不是为描摹盛世浮华，而是为此心有所皈依。你从呼兰河的冰天雪地里走来，襟袖里兜满冷风，肩膀上悬挂清雪。也许生命的终点，不是寂灭，而是重生。你最终完成了心愿，葬在风景很美的南方。在那里，再也没有蚀骨的寒冷，如刀的冰霜，只有数不清的热带植物，开不败的鲜花。你终于被这个世界温柔相待。

扫墓的人说，萧红生前寂寞，死后却热闹。她是个多么爱热闹的孩子，如今终于得偿所愿。墓碑上镌刻着简简单单的字样："一九一一年生於黑龙江省呼蘭縣，一九四二年卒於香港，原葬香港浅水湾，一九五七年八月十五日迁骨灰安葬於银河公墓。"寥寥五十个字，你的一生。你来了，你走了。是谁在耳边悄吟："花曾开过，我曾来过。"

故乡是什么？从生到死，每个人都在思索这个简单的问题，却始终未有圆满答案。有时，灵性之门骤然开启，一切好像近了、近了。但当你伸手去捞，答案就像破碎在水中的月亮一样，散了、淡了。渐渐地，我们发现，走得越远，心离着故乡越近。当萧红背对着呼兰河水渐行渐远时，她的灵魂深处生出几许迫切，几多期许。前面，再走几步，或许就是故乡了吧！

就这样，她怀着近乎虔诚的信仰，走过冰封的冷，抱过爱情的暖，握着苍凉的风，拨开漠漠的雨，一直走到生命的深处。她从生走到了死，又从死走到了生。萧红的一生，同三毛一样，背对着故乡渐行渐远，从北走到南。然而，她并无三毛的率性无畏，也并不是以流浪对抗俗世的冰冷。她只是有你我一样的心肠。她想家，但是她不知道，哪里才是她的家。那是我们都曾寻找过的答案。只期望宿命终怀着慈悲和善意，让我们的灵魂归于温暖的巢穴，让我们此生不再漂泊无依。

终究，是命运薄待了这个女子，许她以颠沛流离，半生辛劳。而她，以文字为宴，灵性为酒，款待命运以丰盛。她像用尽全力寂寂绽放在山涧的野花，即使无人欣赏，也要美到极致。

或许，她并不美，也没有许多人去探索她的文字里蕴藏着多么美的灵魂。俗世的心肠啊，终究辜负了她。然而，她不悲不喜，不忧不惧。这个曾被誉为"文字洛神"的女子，这个曾被誉为"民国四大才女"，与张爱玲比肩的女子，未曾获得如林徽因般众星捧月的关注，亦无张爱玲炫目的个性、犀利的才情，她的文字是空灵而俏皮的，她的爱是清浅而温润的，她的美是没有侵略感的。她如同星光弥漫于长天，无论俗世眼光，她自有她的闪耀。

1911年，是个多事之秋。辛亥革命爆发，局势动荡不安，黑云压境，湍急的呼兰河，翻卷着，呼啸着，与这墨黑的天际互相厮杀。四处都是压抑的气息，到处都流窜着不安分的因子。那是1911年6月1日，适时，正值阴历五月的端午，屈原殉国的一天。恍若宿命的感召，这一天，萧红来了。她的到来令家人忧喜参半。喜的是20年不曾听闻婴儿啼哭，忧的却是陈规陋习，须得有儿子传承家业。母亲蹙起了眉，父亲冷了脸，只有祖父的笑容照亮了小小婴儿的天。他们给她取了漂亮的名字，张乃莹。她的出生，如一束光，照耀着呼兰河上的天空。

多年之后，《呼兰河传》上出现了这样的文字："等我生来了，第一给了祖父无限的欢喜，等我长大了，祖父非常地爱我。使我觉得在这个世界上，有了祖父就够了，还怕什么呢？虽然父亲冷淡，母亲的恶言恶语，和祖母用针刺我手指的这些事，都觉得算不了什么。何况又有后花园！后化园虽然让冰雪给封闭了，但是又发现了这储藏室。这里面无穷无尽的什么都有，这里边保藏的都是我想象不到的东西，使我感到这世界上的东西怎么这样多！而且样样好玩，样样新奇。"

不知你可曾相信宿命的缘。我们的一生中，总铭刻着一些人深情的目光，不问缘由，就是喜欢。而一些人却是怎么努力，都无法取悦，无法融入的。萧红与祖父之间，就有这么一段善缘。他是小小萧红所有的光、暖和希望，是她生命伊始那一树一树的花开。从此，在日渐逼近的世态炎凉里，在阅历深重的苦难里，她始终汲取着祖父爱的能量，以爱来对抗世事的冷漠，人情的凉薄。

她的童年并不幸运，倒也不凄苦。呼兰张家是名门望族。虽说到她祖父张维祯那里，开始渐次衰落，然而大家的气数还是在的，托得起她幼小的灵魂。在外人眼里，她是富家小姐，哪里懂得世态炎凉！然而在家族里，她并不是个讨喜的小孩，她是个有争议的孩子。爱她的人，十足溺爱她。不喜她的人，十足冷淡她。于是，世界在她幼小的头脑里分裂成两个，一半火焰，一半冰山，正如她所隐隐抗拒的宅府，与无限向往的后花园，形成鲜明的对比那样。小小的她开始思索，到底是该爱呢，还是该恨？

祖父张维祯原是个读书人，清高淡泊，并不以俗物为念。这些读书人的散淡疏离的性子，却令祖母冷眼相看。在她眼里，一个反反复复擦一套锡器的老人，是那么寒酸而不合时宜。幸也不幸，他那些清高，竟然被萧红悉数继承了去。然而在萧红眼里，祖父简直是神。"祖父是长得很高的人，身体很健康，手里喜欢拿着手杖，嘴里则不住抽着旱烟管。"他总是笑着，笑容温润而遥远，如头顶上狭窄却明亮的天。祖父的爱是流淌的月光，是迢递的垂柳，是扶疏的花影，是濡软的江南。后来，才知道，江南并不在远方，而在心里。若这一生无缘得见江南，那么温润爱你的人，就是你的江南。

她的母亲是严厉的，她不喜欢，只是让她待在母亲这个名词里。她期待时光能赋予她智慧，终有一天，她会明白。

祖母是一件黑斗篷，她也不喜欢，因为祖母曾用针刺伤过她的手指。这倒是有一段典故的。幼时的萧红十分顽皮，尤喜用手指捅破窗户纸，吱吱拉拉的声音，每每让她开怀大笑。祖母打也不是，骂也不是。终于有一天，当萧红再次伸出顽皮的手指，等待她的不是裂帛般的声音，而是钻心的疼痛。原来，祖母拿着针等在另一端。想来，对于一个三岁的儿童，大人是有法子让她得到点教训。可偏偏萧红是个早慧的孩子，她记住了，而且记仇了，一记就是一辈子。后来，亲友说，祖母也是很溺爱她的。然而她的灵魂太孱弱，需要完完全全的包容，捧在掌心小心呵护，容不下一点点伤害。

父亲是什么？她想了一辈子也没想明白。大约是凝聚在琥珀里的不知名的幼虫吧。历史悠久，却不知来历。

唯有祖父是她童年所有欢笑的来源。祖父的爱，如同江南的春光。若非如此，当命运的粗砂袭来，她又怎能抱守柔情，庇佑童心，此心不改呢？他用爱，守护了爱，打捞了她半生的柔情，漾开她文字里清澈的深情。

她的文字是柔软的、空灵的、跳脱的。你我都曾惊艳于诗词歌赋的华美典丽，却不想另有一种质朴天真，亦能动摇人的心襟。

"花开了，就像花睡醒了似的。鸟飞了，就像鸟飞上天似的。虫子叫了，就像虫子说话似的。一切都得活了，都有无限本领，要做什么，就做什么。要怎么样就怎么样。都是自由的。倭瓜愿意爬上架，愿意爬上房就爬上房。黄瓜愿意开一个谎花，就开一个谎花，愿意结一个黄瓜，就结一个黄瓜。若都不愿意，就是一个黄瓜也不结，一朵花也不开，也没有人问它。玉米愿意长多高就长多高，它若愿意长上天去，也没有人管。蝴蝶随意地飞，一会从墙头飞来一对黄蝴蝶，一会从墙头上飞走了一个白蝴蝶。它们是从谁家来的？又飞到哪家去？太阳也不知道这个。"

童心童眼，却换不来童话般的世界。这个空灵细腻的女孩，却独自饮下上天赐予的悲伤。那悲伤有一个名字，叫宿命。

看不破的镜花水月，走不完的沧海桑田。每个人都有独自的宿命，每种宿命都是花开花落的完成。也许真有一本命册，上面用鎏金的小楷将你的一生妮妮道来。于是，再深的缘分，也只能隔岸相望，而无法彼此搭救。她像一朵随水漩流的萍花，纵使你我都想在墨色的字迹里将她打捞，却终究只能看她独自挣扎，不问沉浮。风很急，夜很长，我们只能就此别过，从此山长水远，各自安好。

光阴的油纸伞

　　始终相信，我们来到世间，并非为独自的完成，而是寻找一种生命的融入。你的光阴，我的光阴，你的菩提，我的世界，枝枝蔓蔓地交叠在一起。于是她的爱恋，亦是你的慈悲。你的疼痛，亦是她的执迷。杭州、呼兰，截然不同的两个世界，却几乎同时孕育出山川日月的精华。林徽因、萧红，一样蕙质兰心的才女，却因了际遇不同，造就了她们截然不同的命运。假使她们彼此相识，会否围炉夜话，讲一讲开花的树，讲一讲跌入云端的鸟儿，讲一讲雾霭和云烟，讲一讲人间的四月天？

　　当林徽因在老宅光阴里，推开窗，见一帘空蒙的烟云，一拢多情春光，萧红却在遥远的冰雪之地燃起生命的烛光。她的灵魂是轻盈薄透的，一直以为，这样的女子必生于江南。可是命运偏爱捉弄人，她托生在苦寒之地呼兰。那是哈尔滨的一个边陲小境，那里的天是锁住的，地是冻裂的，冬是一座座翻不完的雪山。她被以冰雪喂养，反生出一段琉璃心肠。而那心是脆硬的，带着一抹东北女孩特有的倔强和刚烈。

可，为何光阴对林徽因始终是静好的慈悲，而对于萧红，却吝啬于那一点一滴的柔情？对于林徽因是捧在手心的供养，对于萧红却是踩踏入泥土的扼腕？于是相信，是有造化这回事的。有的事，有的人，纵使你拿命来争取，都未必能复你想要的答案。只得面向菩提，还生命以至纯，以看破红尘的痴，不怨不怼，用今生的苦，照亮来世的路。

对于萧红而言，也许只有童年的光阴是慈悲的。虽然童年是那永远蒙着黑的堂屋；是父亲阴晴不定的脸，和深沉冷峻的目光；是祖母威严的黑斗篷；是母亲扯着嗓子敲的锣。然而，毕竟还有后花园。那是她和祖父的"避难所"。当他们被家人排挤时，就手拉手，一起躲进后花园。一个是清癯飘逸的老人，一个是天真娇憨的女童，亦步亦趋，侍弄花花草草，共享天伦之乐。后花园是她的第三时间。在这里，时光漫漫，可以濯足，光阴无限，可以挥霍。

后花园的另一个名字叫天堂。祖父侍弄瓜果，萧红"拈花惹草"，时而在祖父浇水时，突然抢过水瓢浇散上天空："下雨啦，下雨啦！"祖父播下新鲜的种子，萧红则随着蝴蝶好奇地追来跑去。她的世界与别人不同，她的早慧，让她有了更为丰富的内心世界。在她的眼里，不仅花鸟虫鱼，连土墙都是有生命的。她会淘气地拍打土墙，把土墙的每一个回应，当作沟通仔细聆听。"黄瓜愿意开一个谎花就开一个谎花，愿意结一个黄瓜就结一个黄瓜。玉米愿意长上天去，也没有人管。"她的世界是静态的，时光是凝滞的，各种生命哪怕最细微的变化，都逃不过她的眼睛。她纵情地跑着笑着，她如同生机勃勃的向日葵，沐浴着阳光，自如生长。

泰戈尔说："你若爱她，让你的爱像阳光一样包围她，并且给她自由。"这恰是萧红一生孜孜以求的爱。然而，只有两个人给予了她，一个是祖父，一个是鲁迅。那天使般明亮通透的爱，原本就是尘世里不多的琼浆玉液。她要的不多，只求绛珠草上的那滴甘露，那已是最极致的奢华。人世间风沙太大，欲望太脏，哪里容得下清清白白的女儿心？

孩提时代的萧红是淘气异常的。后花园有棵果树被祖母的羊破坏殆尽，玫瑰树倒是长得繁盛，她便打起了玫瑰花的主意。这一次，她没有踢飞菜籽，而是趁祖父弯腰的时候，把玫瑰花插在他的帽檐上。祖父感慨道："今年的雨水真大呀，咱这些玫瑰开得这么香，只怕是二里路也闻得到。"小小的萧红笑得几乎哆嗦起来。待到祖父回了屋子，祖母、父母都忍不住笑了起来，祖父才知道个中缘由。从此，萧红与祖父有了共同的"秘密"。只要她说一句："爷爷……今年春天的雨水大呀！"爷孙俩就笑作一团。

也曾有那样的旧时光，心中不染尘埃，快乐俯拾皆是。那时，我们有好多好多能力，比如取悦自己，比如深爱他人。那须臾的快乐，比白驹更为急遽匆忙，风迷住了眼，阳光颤巍巍地跌落花枝，只是刹那间，沧海变成了桑田。我们已无法将自己识别，恍若身体里，住着别人的灵魂。生命变成一座空城，你我各自怅惘，却终了无凭据。我们紧紧攫取着贪欲，却不相信幸福是摊开掌心就能铺满的阳光。或许人生再也没有哪一个阶段，能令我们缅怀一如生命的最初。又或者，我们念念不忘的，不是旧时光里的旧人旧事，而是那个纯白如初，目光澄澈的自己。

后来，萧红曾不吝笔墨，用至美的文字构建了一个后花园："太阳在园子里是特别大的，天空是特别高的。太阳的光芒四射，亮得使人睁不开眼睛，亮得蚯蚓不敢钻出地面来，蝙蝠不敢从什么黑暗的地方飞过来。凡在太阳下的，都是健康的、漂亮的，拍一拍连大树都会发响的，叫一叫就是站在对面的土墙都会回答似的。"

心底的明亮折射外界的光明。这个时候，她的世界是完全打开的，无遮无掩，纤尘不染。也许，我们只有用最初的童心去面对最真的自然，才能除下面具，卸下心防，此心从此光明，不问沧桑。

进了堂屋，也未必就是黑暗。有了一颗无瑕的童心和澄澈的双眼，在哪里发现不了光明呢？光明藏在祖母的衣橱里。光明是帽筒里柔软华美的孔雀翎，光明是祖母躺箱上姿态各异的古装小人，光明是老式的洋钟，里面住着黄头发眼珠乱转的小洋人。怎么会有那么多的瓶瓶罐罐，珍稀古玩？还有箱子柜子筐子篓子、花丝线、绸子条、烟荷包、搭腰、祖母绿的戒指、美轮美奂的耳环。"这个世界上的东西怎么这样多！"幼年的她，眼睛里住着好奇，脑袋里住着精灵。她时时冒着被洁癖祖母骂的危险，一次又一次将手冒冒失失伸向这些玩意儿，用抓过泥巴的小手，一遍又一遍地抚摸。她还有一把宝贝小锯子，锯不下桌子角，可以用来锯馒头吃。她还发现了一盏灯笼，吵着闹着让爷爷点上，提着东屋西屋兴奋地跑，直到把灯笼摔成碎片。碎片也是好看的，怎么看都看不够。生命真的是很神奇的东西。

再后来，她翻找出的只有时间。祖母挨个跟她讲：她拿了大姑的扇子，又点了二姑的灯笼，这双绣花鞋是三姑的……然后，她看到了祖母的哀伤。二姑她，好多年没着家了。好多年？年幼的女孩盯着祖母寂寞的眼，她读不懂哀伤，却依然微觉凉意。时光是什么呢？是那条一去不回头的呼兰河，是带着疼痛找寻的路，还是揣着泪触摸不及的伤？原来，时光只是一把油纸伞，雨下在童年的天，却浇湿了成年的心。

蝴蝶终于飞过了墙。她跑过墙去，世界延伸在她的脚底。她看见了呼兰河多得数不胜数的民间活动。在那个萨满教盛行的区域，贫穷的人们多期望借助神灵的力量，庇佑生活的安稳。跳大神的鼓声，让敏感细腻的小萧红生出了"人生何如"的叹息。盂兰节放的漂亮河灯，笙、管、笛、箫的和鸣，像香气四溢的油墨，将萧红的生命浸染出自由和多情的底色。

最令她难过的，是那些贫民、她家的房客身不由己的挣扎，以及鲜明的贫富两极分化。善良如祖父，也曾劈面打过一个好心送迷路的萧红回家的车夫，仅仅是因为淘气的萧红不小心滚落下来。萧红不解，祖父说："有钱人家孩子是不受什么气的。"那些交不起钱的房客齐齐在父亲、祖父面前下跪，他们愿意租"下雨会走"的房子，仅仅为了廉价的房租。民间疾苦如同一鼓重锤，打在了萧红心里。后来，左翼文学的路，当是她一早做出的抉择。她要做人民艺术家，写普通人的故事，哪怕凄怆或者挣扎。

愿以文字烹煮哀伤，这世界再无饥寒与困苦。或许，作为一个女子，终究是不能有男子那般作为。然而我以我精灵般的存在，让你相信这世界一切的美好，从来都不是虚构。

她是这样一个女子，苦难带给她的并非沉重，而是轻盈。她的文字里看不见挣扎，只有淡淡的光。不侵不扰，却给了你在困苦中继续活下去的理由。也许是为了午夜梦回时，那株花，那棵树，那座淹没在时光洪荒中不曾老去的后花园。

蝴蝶晾晒双翼

太薄弱，是昙花一现的美丽。当白昼已经过完，依然可期待如花美眷，似水流年。夜深长，却有比深长更隽永的芬芳。昙花凋零，自有一室为之储藏清香。清香散尽，还有回忆锁住。所以，即使走到生命尽头，又谁敢说真的过完了一生？诗人会把逝去世界的繁荣带到文字的世界中去，字字留香；生命消亡，亦可化为不灭的精神之光，前行的路途熠熠生辉。

祖母死了，接着，母亲也死了。生命中一个又一个重要的人离她而去。然而，对于亲人，人们往往有太多太复杂太纠葛的情感。你信与不信，亲情也是一种缘。有的缘无限亲近，如同前世就是至亲。比如小萧红与爷爷。有的缘纵使心里亲笃眷念着，面上却总是淡着，仿佛隔着什么。有许多许多的话，还没出口，就被融化在火中，破碎在风里。那个人呵，亲也亲不得，疏也疏不得，想放，却又放不下。有多爱着，就有多怨着。可怨着怨着，却忍不住噙满泪水。他是我们生命里无药可医的伤痛。

当一向严苛的母亲即将离世时，萧红已经懂事了。那是1919年，五四运动之火迅速蔓延开来。这一把火，蔓延到了张家。萧红的母亲姜玉兰，是与萧红截然不同的人。她简直是王熙凤这样的人，是世人眼里精明干练的好媳妇。呼兰张家，虽说世袭繁华，到如今早已呈衰颓之相。之所以还能支撑，全靠姜玉兰的治家本领。这一年，萧红的二姑家韩家，家财被大火焚烧殆尽，齐齐投奔张家。张家日子本已只是表皮光鲜，偏偏韩家人好吃懒做，只知抽大烟。姜玉兰眼见自己半生的努力，都要付之一炬，又碍着三从四德的规矩不便抱怨，急火攻心，居然病重不治。

萧红在《情感碎片》中记录了母亲去世的场景：
"许多医生来过了……他用银针在母亲腿上刺了一下，他说：'血流则生，不流则亡。'
"我确确实实看到那个针孔没有流血……我站着。
"'母亲要没了吗？'我想。
"大概就是她极短的清醒的时候：'你哭了吗？不怕，妈死不了！'我垂下头去，扯住了衣襟。母亲也哭了。
"而后，我站在房后摆着花盆的木架旁边去。我从衣袋里取出母亲买给我的小洋刀。
"'小洋刀丢了从此就没了吧？'于是眼泪又来了。

"花盆里的金百合映着我的眼睛，小洋刀的闪光映着我的眼睛。眼泪就再也没有流落下来，然而那是热的，是发炎的。但那是孩子的时候。"

生离死别，未免会有真情的流露。然而在一个孩子的眼中，再也没有比小洋刀更重要的事物，因为那把小洋刀，装载着厚重的母爱。那母爱，是我们生命的最初所有的财富。尽管母亲有时无暇眷顾，在俗世事物中分给孩子的爱太少。然而，爱终归是爱。即使后来的继母对萧红，甚至比母亲更为宽容、忍让，然而那种血浓于水的亲情，打断骨头连着筋，是怎么扯也扯不断的。

经年之后，她或许一边写着："母亲并不十分爱我，但也总是母亲。"一边满怀遗憾，当初为何不紧紧抱着母亲痛哭一场，用眼泪化解怨怼，用最深的爱，照亮母亲来世的路。水里的游鱼兀自沉默，飞鸟与浮云相亲相爱。或许，一切怒放都是凋零的先奏，而一切相聚早已预演着别离。人的一生，有的人能够相伴走一段路，有的人却可以相携走完一辈子的路。对于亲人，再不想割舍，也只能放手。

姜氏是一个极其入世的人，她的世界里不仅仅有萧红。她要将精力照拂整个家族。她并非文化人，亦非闲人，所以分给萧红的爱，自然所剩不多。而脆弱敏感如萧红，所需的爱，却是祖父那种无时无刻不在的关注。祖母死后，萧红吵闹着要搬去跟祖父住。闲来无事，爷孙两人开始读诗。"春眠不觉晓，处处闻啼鸟。夜来风雨声，花落知多少。"每次读到"春眠不觉晓"，小萧红就高兴地拍着巴掌，说这声真好听。"重重叠叠上小楼，几度呼童扫不开。"萧红声音琅琅地念着，激动之时，竟大喊大叫起来。爷爷说："房盖都要被你掀走了。"母亲说："再喊，揍你！"萧红安静了一会儿，淘气劲儿又上来了，拼命大喊大叫。萧红是好奇的，爱思考的。当读到"去年今日此门中，人面桃花相映红。人面不知何处去，桃花依旧笑春风"，爷爷讲了一遍，她依然蹙眉问："桃树开花不就结了桃子了吗？桃子不是很好吃吗？爷爷，咱门前的樱桃树开花不开花？"幼时的启蒙，让小萧红对于音韵和色彩均有了清晰的认知。她读诗，意思倒是囫囵吞枣，然而却为其中声韵之美，画面之绚烂深深震撼。她心灵的艺术之门，早在这时已经渐渐开启。

四季有交叠，白昼有交替，落叶归根是生命永恒的主题。然而，最悲凉的人生，是望乡而思，却终身不得回归。回去做什么呢？竹林疏箫处，花影扶疏里，旧的年华轰然倒塌，新的繁华纷纷伫立。回了乡，或者触目所及依然是熟悉，然而却已换了天地。"少小离家老大回，乡音无改鬓毛衰。儿童相见不相识，笑问客从何处来。"这亦是我们童年读过的诗，当时不觉得，一别经年，倒成了心底不能碰触的痛。萧红问爷爷："爷爷，我也要离家吗？我胡子白了回来，爷爷也不认得我了吗？"童言无忌，却似乎冥冥中有预感。客死他乡的宿命，也许在那时就一语成谶了。

后来萧红以乡土作家的身份进入文坛，与那时的环境当是分不开的。那是她最早乡土意识的启蒙。人世的苍凉，世态的炎凉，总能触动萧红那颗天然的，对生命对人性的悲悯之心。虽然出生于等级森严的封建家族，然而萧红的封建根苗却是早已被剔除的。周遭邻居的生活，野蛮的婚俗制度，贫苦线上挣扎着的房客，还有她所依恋却被家族所讥讽取笑的有二伯。伴随着夕阳暮色、胡琴幽怨、秦腔嘹亮，萧红的世界里竟骤然充满了这么多有灵性的"物件"。荒凉的、悲悯的、喧嚣的，每一个都渲染和勾勒出一个截然不同的世界。

夜是寂寥的，庭院是荒凉的，人们是艰辛却又快乐的，因思想是无边无垠的。多年之后，当我看到萧红的《呼兰河传》，一时忘言。她的世界竟然有这样多的东西！虽然她重章叠唱地说"我家院子是荒凉的"，可我，却透过荒凉看到了一幅车马喧嚣，繁华垂注的清明上河图。原来人的内心容得下数万亿恒河沙，而一粒沙里竟有大千世界。她的可贵当是心若琉璃，所以没有边际。

人生在世，只有少数人是拥有梦想的，而大部分人为三餐所迫，被名利所擒，跌跌撞撞地走，赎不出自由。生命便由最初的华丽，逐渐布满虫眼，最终渐渐腐烂。很少有人停下来，想一想最初的梦想。"他们就是这类人，他们不知道光明在哪里，但他们却实实在在地感得到寒冷就在他们身上，他们想击退了寒冷，因此而来了悲哀。"

夜色寂寥，天际间疏落几点星子，却照亮了人们的眼眸。再小的光芒，也是光芒。即使不能燃尽九州所有的不公，至少，能够温暖暖饱经沧桑的心。萧红以生活为书，不断品读，渐渐初尝到人生百味。她发现，蒙昧的思想，并没有浇灭人本性中对于光明和自由的渴求。众生尽管麻木，不懂得孜孜以求，然而，那颗心却是温润如玉的。她润了润笔，看墨色在青莲磨洗中微微漾开，如同马蹄踏碎的夜色。她提笔写道：

"他们虽然是拉胡琴，打梆子，叹五更，但并不是繁华的，也不是一往直前的，并不是他们看见了光明，或者希望光明，这样都不是。

"他们看不见什么是光明的，甚至于根本也不知道。就像太阳照在了瞎子的头上了，瞎子也看不到太阳，但瞎子却感到实在是温暖了。"

萧红一生所求，是自由与光明。她在外界里找，在书中找，在命运里找，在爱情里找，在生里找，在死里找。她似一个不断问路，却永不言弃的人。她把生活这本书翻到生命的终点，然后，我们再来翻她。却发现，怎么也翻不完。

她的童年却翻完了。

花朵忘记芬芳

　　花朵眠于冬季，却忘记了芬芳。初醒的梦想，必然比蝴蝶的翅膀更为薄弱。是年，当少女林徽因在老宅光阴里手握书卷，托腮凝思时，少女陆小曼风情万种地拿起画笔，倾身研墨时，此刻，9岁的萧红获得了上学的权利。曾想，这些出生在民国交界的美人或才女，她们可否会在某个时刻心有灵犀，意识到世界上总有一个角落，总有那么几个人，虽然永无机会谋面，却与自己的灵魂惺惺相惜？

　　世界的另一端总有一个我，以不同的生命形式，一起看这风云日月的变幻莫测，一起听这高山流水的悠扬深长，一起赏这轻云蔽月、流风回雪的凄美婉转，一起享这烟柳亭台、花开花落的琉璃心肠。所以，遇见未遇见，相识不相识，早已不再重要。只求你安好，我便是晴天。当林徽因在康桥芳心萌动，诗性满飞，小曼或许已经初嫁为妇，而萧红也实现了她一生最大的夙愿——读书。生命向她们露出最动人的模样。

我们都渴望在动荡的岁月里，彼此安好，却最终只能看到掌心里破碎的星光。生命是苍凉的，也是凄美的。生命最深的伤痛在于，它想让你失去什么，就会让你尽情地得到过什么。暮春时节，花朵总会美得窒息炫目，正因如此，凋零的时候才会更加惹人伤心。怒放，从来就是生命有关幸福的谎言。像烟花，璀璨在歌舞升平的夜，遗落在虚无的天空。唯其怒放过，才会尝尽生命的悲苦。可是作为一朵花，又有什么别的选择呢？

于是，只求生命淡若流水，轻若云烟，不悲不喜，有所皈依。只求一场痴心，慢慢点染，徐徐求取，不要竭力争夺，才能日久天长。只求相爱的人，缓缓用情，缓缓用爱，然后才能很依着慢慢到老。

这场痴心，对于陆小曼是情劫，而对于萧红则是书恋。一直以为，情未必是对人，对物也是一样。古时有女子恋琴，有男子痴画，琴亡画毁，他们亦不贪生，其情不可谓不深，其心不可谓不痴。萧红一生的悲剧，是命运的薄待，亦是痴心所至。太痴的心，必然无法与世俗相融。太痴的情，终究容易被辜负。

果真是命运的安排，五四运动说来就来了。吹过帝都是一粒石掀起千层浪，吹到遥远的北国边陲小镇呼兰，却是风暖入怀。新文化的兴起带来了女学的兴盛。懵懂的萧红，尚不懂什么是反封建礼教，只知道自己可以有一间教室，躺得下灵魂放得下心。

她十分珍惜这个难得的机会，不眠不休地汲取着知识，即使放了学，眼睛也粘在书上，家人唤她吃饭她总不应。只觉得光阴太短太短了，经不起挥霍。泛黄的窗纸渗漏的灯光，夜比一匹马的鬃毛更为光滑厚软。灵感却也像一匹野马，总也驯服不了。她试图抓住什么，它却甩甩尾巴扬尘而去。于是，她愈加迷恋，不能自拔。她用旧了光阴，换取这韶华的盛宴。很多年后，在《呼兰河传》里依稀流淌着当年的心情，她记得那间校舍的砖瓦红墙，一草一木。

那时，她生母过世，祖父老迈无法照拂她，父亲待她严苛而继母又冷淡，然而，幸之又幸，父亲因了在教育局工作的缘故，非常顺应潮流，赞同女孩读书。他说："谁能出人才，我就供他读书，女孩子有本事更要抬举，在我们张家不讲男尊女卑。"父亲的开明，算是萧红狭小窗子里渗透进来的一点阳光。但这一点光，已是足够。

她异常用功读书，家里的藏书阁已经放不下她野马般的心。也许，这个聪慧心肠的女孩意识到，在这一生中完完全全属于自己的时光，已是不多不多了。可她依然希望，光阴再过得慢点，让她好在看清人世沧桑前，享用生命给予她的最后一点温柔。

她的居室简洁素雅，除了几样简单必需的家具，没任何多余的摆设。而她的灵魂却是一间宽敞的客栈，古往今来的圣贤、文人墨客、才子帝王都可以进来坐坐。她的心亦如童年的后花园，洋溢着天真的喜悦。她时常捧着《宋词》手不释卷，她的心有着雕梁画栋的精致，她迷上了画画，常常为邻居描花样，设计衣服的纹样。翻阅她之后的作品，虽然遍及民间疾苦，恍若扎根于俗世，灵魂却是轻盈跳脱不染尘埃的。她从尘世的疾苦打马而过，长袍掠过灰蒙蒙的天，却瞬息潜入光明的末端。她抚摩过尘世沧桑的脸，却肌肤通透一如初生。她是苦难的看客也是过客。对于苦难与责任，她虽身之所系，心却不曾蒙尘。

古往今来，才女大多有比较优渥的家境。而才子却有许多生来落拓。女子是朵娇柔的花，精华之气如花蕊里的光，需被小心捧起，细细呵护，与男子的粗粝自然不能一般对待。才气和灵性是一个女子最宝贵的东西。

三毛曾说，小时候家境优渥，一向不知物质匮乏为何物。而张爱玲是李鸿章之后，家世鼎盛自然非常人可比，尽管没落了，然而书香门第的气息还在，足以滋养她的浩瀚文墨，玲珑心肠。林徽因、陆小曼莫不如此。正因早年不为外物所累，才会比寻常人更孜孜以求精神的殷实，才会有比寻常人更敏感纤细的心思。然而，这也是造成才女多不幸的根源所在。为物质所苦的人，灵魂是麻布，经得起风沙，蹉跎得了岁月。才女的心却是一袭华美的锦帛，日晒了不行，虫蛀了不行，稍有不慎，即会破碎如冰裂。可见物质匮乏也不是坏事，无暇顾及灵魂，自不会将生命向更深的苦中蔓延。

求外物不得，是人生一苦。求精神之不得，则是苦上加苦。物质尚有形，精神却是无形。比如，世人心心念念的精神之爱，究竟生了何种模样？是化蝶的哀婉，垓下之围的凄迷，秦淮河的桃花扇，牡丹亭里的情深不知所起，故一往而情深？抑或是古书典籍里的惊鸿一瞥？只是惊鸿一瞥，故而口口相传。可，这点至纯至美的精华，偏偏是才女梦寐以求的。求取，求取，终是求而不得。伤在发肤可见得，伤在灵魂无药可医。所以，才女的灵魂莫不是千疮百孔。

此刻的萧红，是呼兰张家的阔小姐，出入自有马车和车夫接送。然而她却不要这些，跟同学一起走路上学。她生性淡漠，无视权势，亦懂得惜福。有人说，萧红一生性子太纵了些，自由过度，而责任不顾。我想，她是一脚在红尘，一脚在槛外。人在红尘，却不为红尘俗物所拘。权势门第于她不过如浮云，起初，她只想做在岁月里看淡烟云的女子，埋首书卷，不问世事。懂她的，大约只有庭前的花开花落了罢。

她想与世事无碍，现世却偏不给她安稳。1925年，发生了震惊中外的五卅惨案。萧红带领一帮女学生募捐，公演。她演出的《傲霜枝》展示了其在文艺方面过人的天赋。萧红第一次汇入民族抗争的大潮，她带头剪掉辫子，并且帮街坊的几个小姑娘也剪掉辫子。这一下，张廷举坐不住了。封建官场变幻莫测，其中压力不可谓不大，萧红此举必然会影响到他的仕途。然而，他所在的教育部门又处于潮流前端。于是张廷举百般纠结，虽未拿萧红治罪，父女俩的隔膜也是日渐加深。

萧红天生一颗济世的心，于是她的文字亦是关联着苍生的疾苦。当一场暴雨袭击了呼兰，导致贫苦农民家破人亡，萧红动情地写了一篇《大雨记》，轰动了全校。于是才女之名散播开来。

萧红从不趋炎附势，也深恶痛绝不公正的事情。高小毕业的时候，发生了一件令萧红终生难忘的事儿。那一天，公布成绩的红榜迟迟没有贴出来，直到毕业典礼前十分钟才贴出来，萧红的名字赫然在榜首。第一名！这个令人激动的名次，却让萧红耳根发热，头都不敢抬起来。她平时只能得前十的名次，这个结果明显不是真实的。果然，她得知她的父亲张廷举要来观礼，此时，张廷举处在教育局比较重要的部门，校长为了讨好他，将萧红列在第一。

萧红尴尬极了，她似乎能感觉到同学的窃窃私语，指指点点。有几句话不经意地飘入她的耳朵："你看，张乃莹和张廷举长得多像啊，那脸盘，那鼻子。"敏感若萧红，度过了有生以来最难挨的日子。她不知道自己怎么一步一步挪上舞台，代表学生做了演讲，也不知道毕业歌都唱了些什么。倒是张廷举容光焕发，神采奕奕。从那一刻开始，一个呼之欲出的念头就在她胸中涌动：离开小镇，离开呼兰！到一个没有贫富悬殊，人人平等的乐园去！出去、逃离，也许意味着艰险，也许意味着重生。

她的灵魂是公正的。这是才女中不多见的品性。与张爱玲沉浸于小资情爱中的精明和冷漠不同，萧红的一生有一种情怀，也是一种慈悲：愿天下苍生不再有愁苦，愿每一个灵魂都被平等相待。可惜，这个愿望太过奢华。

她是误入红尘的天使，本该与尘世两不相干，安然度日，却偏偏忍不住挣扎抗争，逃离再逃离。她以微弱的反抗，去呵护生命的烛光。她以天堂的眼，慰红尘的心。最终收获的，却是满心的伤。

她锁住了自己的光阴，想用爱来解除尘世的苦，却独独赎不出自己的自由。

光阴过不够啊，鹅黄柳绿，碧瓦红墙，多少韶华转瞬间没入时光洪荒。那些才女、情事、愁绪，纷纷被吞没，直到渐渐不闻。然而，对光和暖的渴望，却劈开时空，纷至沓来。于是我们铭记她们，一如铭记我们生命里所有最初的美好。

一朵花，渐渐开得从容，惊醒了时光。

悬崖的冷花

碧瓦红墙敲碎了沿着青藤攀爬的阳光，古街小巷将往昔散落在寻常人家的烟火里。沙漏竖起了耳朵，记载这历史的片刻，塔顶上坏掉的老钟若无其事地恢复了摇摆。百年之后，被女巫凝固的时间，重新发挥作用。那些沉睡的尘世万物，瞬息活跃起来。生命里总有一个时期，时间是淡漠的，内心是被禁锢的。久而久之，便成为一个不能触及的痛，一道经年不去的疤痕。

1926年，对于萧红，就是这样的时期。父亲与继母试图剪断她漂亮的羽毛，锁住她的双翼，不让她往更高的天空翱翔。伯父冷冷地说："升学？那些女学生靠不住啦，谈男朋友，恋爱，我是看不惯这些。"然而萧红却记得，伯父亦曾有过刻骨铭心的爱情。人进入了爱情，恍若进入了截然不同的世界，一草一木都浸泡在情里。这短暂的美好，留在记忆里不是破碎，而是希望。许久以后，萧红曾写过："我需要恋爱，伯父也需要恋爱，伯父看着他年轻时候的情人痛苦，假如是我也是一样。"痛苦和悲伤亦是情，总好过同当时的女人一样，许配给一个全然陌生的人，过着行尸走肉的生活。

对于一个有灵心的才女来说，有了情，才算是活过。何况她已见过太多太多的悲剧。幼时活活被折磨死的小团圆媳妇，为不幸婚姻而早早夭亡的她的同学，以及激烈抗婚出家做修女的女孩。并不是所有记忆都会被珍藏。那些潜伏着的人性丑陋对她的触动，必是萧红不愿提及的伤痕。然而那些触动，却聚成了一个生命觉醒的力量，促成了她灵魂智力的增长。在此之前，她只是想求知，在此之后，她的生命有了更多的期待。她要依靠知识走出去，到社会中去，她要走一条截然不同的，象征着幸福和自由的新女性之路。

阻力，是凤凰涅槃前熊熊的烈火，它烧不毁凤凰的羽毛，只能唤醒凤凰获得新生的渴望。萧红表现出了内心最强大的生命力，尽管身体孱弱如秋风中飘零的枯叶，生命的活水却汩汩而来，无可抵挡。她与继母和父亲针锋相对，出言不逊。盛怒的父亲为了宣扬他在家绝对的权威，给了萧红一个耳光，震碎了最后一丝父女情。倒在地上的萧红，无声地笑了。她知道，自此以后，她心中更无所挂碍。

也许，世上所有粗暴的情，都是最温柔的爱。若两人舍而不舍，只需一方下得了狠手，便可斩断万千情丝。所以，谢谢你的粗暴，抹去了你在我心底存留的，最后的痕迹。

　　或许每一个孩子，都曾被父母伤害过。有人说，孩子是太洁净的玻璃杯，无论你怎么洗手，轻碰杯子都会留下手印。何况，执杯子的手，是那么粗砺不堪。在内心剧烈动荡的挣扎中，萧红病倒了。这一病，也是因了她升学的同学，鱼雁传书，告诉她中学所有的新奇和美好。雕花的窗棂不能阻挡一季新来的清香，老式的阁楼也锁不住一个女子雀跃的心事。

　　她不想为自己的疼痛拖累，亦不想让素衣粗布的人生连累了光阴。她想要的光阴，是老了可以坐在江南小巷的藤椅里，细细点数，微笑回忆的，而不是在这北国边陲小镇，被锁进婚姻的囚笼，重复着生为女子最悲凉的命运。

　　三个季节的交替，已经让病榻上的萧红品尝到死亡的滋味。原来死亡，并非终止，恰恰是生命的第一天。她记得老祖父一遍遍地抖动着白胡子，对那个叫作父亲的人说，让她上学去吧，她快要病坏了！然而父亲的心，却如粗砂磨过的一样。什么维新人物，什么兴办女学，不过是沽名钓誉的虚伪！在这个女子读书看不到前途的时代，他所忧虑的除了面子，还有经济。此时张家已经没落，对女子的智力投资向来有赔无赚，他怎可能慷慨解囊？何况夹杂着继母的私心。所以，他们只想让萧红早早嫁出家门，以联姻的方式重续张家的繁华。女子，在他们眼里只是工具。

　　萧红灵透的心，看得到世间的纯粹美好，亦洞悉人性深处的自私和丑恶。几乎在幼年时，这两种世界就以堂屋和后花园的形式，交替地出现在她面前。她不再讶然，更多的是沉静。她明白，蛮力挣扎并非力量。大片的光阴俯冲下来，带着阳光呼啸的声音。忧伤将灵魂的眼泪磨砺成蚌贝里的珍珠。今日的清晨与无数个昨日没有分别，不同的是，她的眼睛越发澄澈，她的步伐越发沉稳不乱。她走到父亲身边，淡淡地说："不读书可以，我要去做修女。"

生命里许多美好，是需要痛苦来成就的。所以我悉数典押最美好的光阴，为的是与你在最深的红尘里相逢，再相逢。此时，家里已经为萧红订婚，未婚夫是哈尔滨望族王廷兰的次子汪恩甲，这算是一门"高亲"。由于王廷兰当时是呼兰统带上校团长，后被授予陆军少将的军衔。所以也流传着萧红是被许配给一个将军之子的说法。

张廷举彻底慌了神，继母也一筹莫展。他们知道，这个倔强的女孩什么都干得出来。假如她当了修女，张家和汪家的颜面，都将成为呼兰最大的笑话。此时，王廷兰成了军界头面人物，牵一发而动全身。他们终于隐隐意识到，这不是一个简单的女孩。她并非书痴而不理俗物，她有着与年龄不相符的精明和智慧。萧红说了一句很耐人寻味的话："当年，我升学了，那不是什么人帮助我，是我向家里施行了骗术。"这其中的蹊跷，只能靠后人揣测了。最有可能是，她假意答应婚事，以此为交换。在无数个孤枕难眠的深夜，她想出一个办法，以婚事作为读书的跳板。这是一个交换的条件，也是一个女子最无奈的智慧。

匆遽的时光并不能将所有的故事吞噬，所有的尖锐终将成为刺向自己的利刃。她的灵魂柔软而性格却尖锐，心是烈的，情却是痴的。这样的性格，终归比常人要过得辛苦。

　　烟笼寒水，映衬着女子单薄如纸的身影。孤清月夜，将离别勾勒出凄美。当是去了吧！去那理想圣地，哪怕三叩九拜，也要完成今生独自绽放的华美。她不知道比远方更远的，是否比孤独更清绝。然而她想以女子最后的勇敢，向这个冰冷的世界，举起自由和尊严的剑。

　　自由是奢侈，但是总有人不惜用青春祭奠，拿性命殉之。

　　就这样，萧红终于升了学——她就读于哈尔滨东省特别区区立第一女子中学。时光从此岸渡到彼岸，不过是轻轻一跃，却足以耗尽心神。簇簇的新雪闪耀如星，照亮了她16岁的眼眸。俄式圆顶建筑错落如远走的音符，空气的清冷中此时都泛着活泼的暖。琼枝挂雪，掩不住簇簇梅花的丰姿，希望，是汹涌而来的光。

　　这朵悬崖的冷花，经过霜积雪压，冷峻的风，迎着呼兰河呼啸而过的马车铃声，终于绽放出了美。此时，她眼里满是知识的绿，耳边却是笔尖走过的清。

　　"东特女一中"应是记忆中的模样。优雅的俄式住宅，树木葱郁的清幽书香圣地。遥望的未来，似被薄雾穿透的叶脉深深的纹路，恍惚可见。走下去，她并不知道出路在何方。然而，走就是了。也许走着走着，就走出了路。这当是她生命中最珍贵的三年。她像仙界的一株香草，汲取着知识的琼浆玉液。读书，是寻常男子唾手可得的事情，于她，是多么的珍贵！她几乎借阅了校内所有的图书。那些书籍，将她混沌的世界搅得通透清晰。她心头的雾霭渐渐散去，未来清晰地蜿蜒在脚底。

书是读不完的，读不够的。她的灵魂那样饥饿，以至于饥不择食，几乎所有能借到的书籍，她都会一目十行地看完。她有了两个闺蜜，一个叫徐淑娟，一个叫沈玉贤。前者曾被萧军作为人物原型，写到《涓涓》这本书里。她们废寝忘食地学习，不谈恋爱，与有思想有头脑的男生做朋友。玉壶冰心，愿将最珍贵的年华赋予最深沉的痴，多么澄澈、美好，不惹尘埃。

又是一季的春寒，枝头悄然绽放万千桃花。她于生命隧道深处提灯夜行，走了一条全新的路。这路，是霜、是雪、是雷霆、是闪电，然而她以灵魂的微光，温润了百年后女子的灵魂，劈开了自由之路。走出去，走下去。生命当如洪钟，悠然远扬，不可寂寂无闻，空老闺中。

雪瓣，是花瓣的眠床

新文化的风潮沿着哈尔滨厚厚的冰层一路劈来，破冰的断裂声在校园里清晰可闻。每天，这些女生都被封建礼教约拘着，被"密封罐头"束缚着，然而每天，这些女生都会用自己的方式张扬着青春。青春，是美到极致的盛宴；青春，是不朽的诗篇。有那么多时光可以随意辜负，要多嚣张，有多嚣张。

校长孔焕书是一位近三十岁的独身女子，家世优渥，与其兄合办"孔氏医院"。她作为女性独立的先驱，自然有相对开明的思想，聘请了一些有西方新思想的老师。她鼓励兴趣爱好，鼓励学生去户外活动。然而，校长也是封建的，她私自拆阅女学生的信函，想要把一切"自由恋爱"的苗头扼杀在萌芽中。后来，几个女学生在全国运动会上夺了冠军，被称作"五虎将"，一时间名震全国。当各类信函纷至沓来，校长再也无力阻挡。

汩汩而来的清泉，于保守的校方无疑是洪水猛兽，而于萧红她们，却是甘霖天降。她的灵魂如脱缰野马，疾驰在自由的草原上，又如同断线的风筝，随风振振起舞，款款而歌。

入校的女生也多是有钱人家的孩子，有花旗银行买办的女儿，督办的女儿。萧红的样貌和家世都不算显赫，有人回忆起她当年入学的模样——梳着两条又黑又粗的大辫子，白皙，中等偏高的身材，五官并不可圈可点，然而一双眼睛却明亮如星辰。那是因着灵魂深处的光。

星空的骄傲，在于如宝石般照亮锦缎似的夜，却不会一闪而过。然终有流星，成为黑夜中秘而不宣的寂寥过客。在这场新女性独立的斗争中，璀璨的是少数，陨落的却是多数。不和谐的插曲时时发生，比如很多女孩尚未毕业便匆匆嫁人。四十几个人，到了毕业只剩二十多个。同学们则戏称学校为"待嫁文化大闺房"。

女校毕竟是借鉴英美而来的新生事物，不可能将封建的根基连根拔起。校长终日念叨女子那些看得见的前程，令她们安心刺绣。校方甚至聘请了黑龙江大军阀吴督军来演讲，名为演讲，实则给女学生洗脑。他含含糊糊地对女学生说："你们好好读书……喔喔……将来才能做那个七房……喔喔……八房姨太太的……喔喔……好好读书。"女学生笑作一团，说他是蠢猪。然而，言语讥讽是女学生最没力量的武器，尽管萧红和几个闺蜜竭力男性化，剪短头发，按男性的规则打篮球，参与各种体育活动。然而那个时代留给女性的机会，着实不多。

人的生命中总会邂逅一些美丽的意外。这意外，离爱很近却又很远。这意外，似乎无关风月，只是最初懵懂感情的牵系。于一个女子来说，生命的山高水长，远不及生命的初端，一个男子微笑的目光。在青春伊始，当我们对爱情懵懂时，总有一个身影，能够符合我们对真爱的想象。于是我们踩着他的影子，拼凑有关爱情的画面。

萧红心里的那个影子，当是美术教师高仰山。透过泛黄的文字，依稀可见高仰山对这位聪慧过人的女学生有着额外的重视。然而，他只是尽一个师长的责任，他对她的，也只是对人才天然纯粹、不加矫饰的爱。这种爱温润而不侵略，渗透而无所取。这涓滴的爱投入到萧红几近干涸的心里，却是大雨倾盆。她的内心是破土的花，疯长的芽儿。一切美好，都在酝酿成汹涌的波涛。在她的一生中，高仰山对她的影响，不可谓不大。

毕业于上海美专的高仰山是个多才多艺的人。他不仅以水彩画名世，而且对文学也多有自己的看法。他出版过一本诗集，也曾写过一本《孟子评传》，但后者未获出版，然而深厚的文化底蕴已可窥见一二。起初，萧红和闺蜜们开始崇尚张资平、叶灵凤的小说，高仰山加以阻止。他让她们不要看这些无聊的书籍，他推荐了新文艺书籍，包括鲁迅、郭沫若、茅盾、郁达夫、莎士比亚等大师的"五四"新文学。萧红开始读苏俄小说《复仇》《猎人笔记》，读《浮士德》，读《娜拉》，中外文化的熏陶，令她的世界更加宽敞和明亮。她开始笔耕不辍，以"悄吟"为笔名，在校刊上发表了不少文章，一时风头很劲，有才女之称。也就是自那时起，她跟朋友迷上了鲁迅的文章。经常一个人说鲁迅的一个句子，另一个人接下去。

色彩纷繁，是天空的底色。琉璃净透，是灵魂的颜色。这世间，原本是灵魂繁芜之人的乐土，思想贫瘠之人的沙漠。然而她将灵魂枕在文字里，将情浸在流光溢彩的画卷中。只求一生温暖丛生，波澜不兴。让如水的时光，漫过高贵的曾经。她只想让清风握住一支笔，让明月书写此一生的风景。

高仰山给予了萧红最初的灵魂盛宴。他给了她明澈的双眼，莹透的心灵，他给予她世界最丰富的颜色，最灵动的惊奇。他，就是她清风衣袖里的一支笔。高仰山时常带学生去野外写生，与自然交融是萧红记忆中最明快的亮。天是湛蓝，鸟是翩然，水是顾盼，树是生姿。她笔端热烈游走，色彩信手点染。每一处笔墨都是灵魂的重生。

铅笔画、水彩画、油画，萧红从容不迫，一一学来。她学习书法和篆刻，在郑板桥真迹中研究笔墨的起承转合，从书法中汲取绘画的布局。艺术是相通的。高仰山的严格系统的培训，不仅仅为萧红在绘画方面打下很好的底子，也为她打开了美的觉知。从此，她的世界声色大开，五味俱来。后来翻阅《呼兰河传》，发觉她灵动的文字里带着很强的画面感，想必要追溯到女中时期绘画艺术的熏陶了。萧红对颜色有天然的感知力，她的灵魂比一般人更为柔软通透，这也是为什么她一旦受到情伤，便几乎是不可逆的。

世间的人有许多不同材质的灵魂，有的粗糙，有的细腻，有的坚硬，有的柔软，有的厚实，有的通透。萧红的灵魂，定是用了最软的质材做成。看似冷硬的表层，不过是易碎的琉璃。如此柔软的灵魂，如何抵御外界尖锐的侵害？于是，她用冷漠武装自己，用知识强大自己。她想找到更多的盾甲，护住自己柔软的心。

一杯水凉掉的时光，列车穿越长长的隧道。摇摇欲坠的光明颤颤地悬着，呼啸的鸣笛像要将灵魂踏成花瓣。1929年，萧红记忆里明湛湛的天。高仰山要给她们上最后一堂写生课。他将蔬菜、瓜果、瓶子、罐子、花卉摆了一屋，甚至加了一颗人头骷髅。他让她们画静物。沈玉贤选了玫瑰和骷髅。萧红却什么也没选，只看着她微微地笑。过了一会儿，她气喘吁吁地跑出去又跑进来，拿了一支黑杆的短烟袋锅子和黑布的烟袋，搬来一块褐色的石头靠在上面。她去隔壁老更夫那里借了这些东西。也许，只有贴近劳动者生活的东西，才能与她的悲悯之心重叠吧！高仰山悄悄来到这个女学生背后，饶有兴趣地看着她作画。少顷，画作好了。高仰山赞叹不已，给这幅画取名为《劳动者的恩物》。萧红笑着说："与我想到一起去了。"

奢侈的光阴，是经得起挥霍的，就像最具成色的美，是经得起流年的。像我们，每每回首过去，那些云水禅心的日子，似乎没完没了。而在世俗里钩心斗角的岁月，却经不起轻轻一忆。很久以后，在病榻上的萧红，依然会疑惑，为什么童年仿佛没完没了，青春无边无垠。而那些挣扎浮沉的日子，却看不分明。她或许已不再记得，或许真的从未发生过。只是蝶不小心，梦了庄周。

青春可以比一尊石像更为久远，也可以像花瓣的露珠那样转瞬即逝。然而她闪耀的灵魂，却是生命里不熄的火焰。再也没有这样奢华的时光，可以漫足，可以嬉戏，可以踮着脚，慢慢走过。再也没有这样奢华的时光，让灵魂明媚地飘浮着，熠熠生辉着所有希望的路。

心若无根

　　时光沿着树的罅隙裂纹般蜿蜒，桃花落了，梨花开了，一树一树，开成怒放的凄美。梨花若落尽，秋色便成了。再往后，便是花枝最寂寞的时日。遮天蔽日的绿荫此刻成了枯枝丫，声势还在，却只显虚无的慌张。

　　这一年，日本疯狂地推行侵华政策。日本政府与奉系军阀张作霖秘密签署了《满蒙新五路协约》。于是，东北的五条重要铁路，以"修建"的名义，变相落入日本手中。1928年，哈尔滨工商、文化、教育界纷纷联合起来，要求保护路权，一时声势鼎沸。哈尔滨各大学、中学成立了"哈尔滨学生保路联合会"，数千名学生集合示威游行。这就是著名的"11·9反帝护路爱国运动"。萧红和她的同学迅速地投入到学潮中去，这些年轻人的每根血管里都充满着庄严和宏大。生平第一次，萧红明确地意识到"用世"的可贵性，也第一次向着更深邃处，思索生与死的本质。

她被亢奋的精神和激烈的风潮吹动着，像一面猎猎的旗。她积极主动加入宣传工作，在雪地里发传单。其间，她经历了扫向学生的枪林弹雨，她甚至做了偷偷贴标语这样危险的事。懵懂的青春，哪里懂得时局的残酷。贸然的抗争，也只能引出更多的乱子。萧红在抗争中的英勇表现，终于震惊了家人。为了安定这个不安分的女孩，家族密谋，又一次动了让她完婚的心。这一次，萧红不知是怎样斡旋，总之有惊无险，依然回女中读书。

然而，逃出呼兰鸟笼的她，并未收敛锋芒。在苏俄政权交替和反苏风潮中，她又一次以热血为旗帜，走在风潮的前端。她带头募捐，小小的身影被深深的雪气裹着，偏偏有热气从帽檐下滴落下来，围巾上的冰花，是她最美的首饰。她成了传奇人物。校外的书信纷至沓来，其中夹杂着男孩的仰慕之辞。萧红的家族以及夫家又紧张起来：可不要生出什么变故才好。

一朵花最珍贵的底色，在于身处泥潭，心却不染尘埃。此刻的萧红，站成进步女青年的姿态，完全不理会风花雪月。一季的冬的酝酿，只为推醒姹紫嫣红的春。她一脚踏入历史的漩涡，在思潮中磨砺着自己，心中冰封的豪情却推开黑夜，拥抱光明。肃杀的时局，唤醒了萧红心底的热。这个女子，看似脆硬，却有着迎难而上的韧。看似柔软，却有着刚烈的坚。许多年后，她埋怨自己那时是蒙昧的，无知的，然而在历史的厚重里萃取过的灵心，自然会比命运延伸到更广泛的天空。她学会了用更深广的触角旋视人生，而不是做后花园里飞来飞去的蝴蝶，自由自在的藤蔓。

沙漠把风叫醒，湍急的河流竖起了耳朵，贫瘠的土地发出冻裂的叹息，一只杜鹃的哀鸣比被刺破的胸膛更令人揪心。清澈的天空蓝得令人嫉妒。风声鹤唳，生命的远走却是用一场晴天来祭奠。然而，此时，在萧红心里，晴与不晴，雪与不雪，已全然不重要。

生命中那抹阳光轰然坠落。鸟儿撕裂了翅膀，只剩下哀哀的啼鸣。荒凉的土地，不该再承受生死的重压。无边的寂寥和空虚，是上帝打翻了时间的酒盏。废墟被蒿草淹没，夜色冷掉了最后的期许。人世，或许依然歌舞升平，而她的世界，却骤然似要疼痛得无法呼吸了。

祖父病危。

念着这四个字，仿佛一生的艰难，都踏过了。她不记得如何焦急如何奔跑，她不记得如何在雪地里跌跌撞撞。只记得漫无边际的白，是雪、是白幡、是对联、是灵棚。她用颤抖的手握着祖父袖管里的手。一片冰凉。他一如婴儿般安详，他的脸苍白如纸。这是祖父留给她最后的颜色。那样的白，白得近乎失明。

祖父被装棺的时候，她几乎听不到自己的哀号，树是无声的，草木是无声的，后花园是无声的，蝴蝶是无声的，祖父的酒杯是无声的，拐杖是无声的。而那声嘶力竭的喊叫声，仿佛从另一个世界传出。那恐惧，穿透了灵魂。她不相信啊，她不相信世界上最爱自己的那个人，就这么去了。而她，却什么也做不了。她只能看着孱弱的祖父，在父亲冷漠的脸下讨生活。于是她恨！满腔的悲都化作了刻骨的恨！她恨啊！恨为何自己与祖父都被压在男权社会的阴霾下，不得翻身。这个男权父权社会，崇尚力量。那些弱小的尊严，被他们随意践踏，一生没有自由。

也许，在凶残的世道，灵魂的纯粹是最大的罪恶。太过柔软，没有力量，像花瓣一样被肆意践踏。花朵不能向暴虐的风赎回她的花瓣，草木亦无法向炎炎烈日讨回它的丰润。去哪里，能有云烟俱净的来世？梨花落尽成秋色，生命终是欠你今生温柔一场。

"我懂的尽是些偏僻的人生，我想世间死了祖父，就没有再同情我的人了，世间死了祖父，剩下的尽是些凶残的人了。

"以后我必须不要回家，到广大的人群中去，但我在玫瑰树下颤怵了，人群中没有我的祖父。

"所以我哭着，整个祖父死的时候我哭着。"

她的语言被悲伤击碎，七零八落地拼凑。面对疾驰而去的宿命，最深沉的爱也鞭长莫及。渐渐地，她懂了，人生有一种爱叫无奈，人生有一种情只能在追忆里痴痴地看。她想起祖父苍白的脸闪现在结了玻璃花的窗子里，列车掠过漠漠的寒。那时，萧红依然执意去上学，她一步三回首，终究离开了家。如果那时不曾走，能陪深爱的祖父走过最后的光阴，今日这胸中令人窒息的钝痛可会减轻分毫？

不知道她是承受着怎样的辗转煎熬，只知道她的心被抽空了，自此，她的童年过完了，少年也过完了，一生似乎也过完了。躯体的衰老或可搏一搏光阴，心却是一夜间白了头的。她与家族最后一线情感的血脉，断了。

真正的亲人，是融得了骨血，通透得了心思，满心酸楚，却诉不出念想。真正的亲人，是有了他，你才有了家。祖父去后，萧红性情大变。她不再每日早早温书，她依赖酒精，学会了抽烟，然而心却依然在沸水上煎熬。同学都说，她整个人阴郁起来，像是被换走了灵魂。入了夜，她便觉自己是躺在活棺材里，于是她拼命将自己融进动荡的乱世，融进人群。并非天性爱热闹，她只想让人群将悲伤疏离，将刻骨铭心的回忆扔进喧嚣。

人群并未带给她渴望的暖，倒是有一线爱情的光，暂可慰藉人世的愁苦。家里订下的未婚夫汪恩甲，时时给萧红去信，也算是雪中送炭。更何况，为了博得萧红欢心，汪恩甲去了当时女中学生都很向往的两所名校之———政法大学去念书。

祖父死后，萧红收起了伤人的尖锐，呈现了灵魂的柔软。她对生命多了一重理解，亦多了几许包容。她跟继母梁亚兰的关系开始好转。在她生命的晚年，她写的《小城三月》，里面善解人意、通情达理的继母应该就是以梁亚兰为原型。在此期间，她与父亲张廷举也时有交谈，据说言辞还算融洽。所以，有理由相信，萧红与汪恩甲，虽情不深厚，到底有过一段朦胧的恋。因为浸润在爱里的女子的心肠，最软。

缘聚缘散，人世间的缘分有深有浅。每一场缘分都有不期而至的光亮，遁然远去的黯然。她与他，本不算是情到深处，亦无多少情投意合。渐渐地，汪恩甲暴露出了不好的一面。他不但吸食鸦片，还有令人讨厌的那些纨绔子弟的作风。连她最好的朋友徐淑娟都认为他是纨绔子弟。萧红是最清高的，她的圈子里都是些上进的左翼青年，何况，对于爱情，她更是眼里揉不得沙子。

她开始期望家里退婚，又举起抗争的旗。然而家里却是轻描淡写一带而过。他们笃定，萧红的小池塘翻不起几朵大浪花来。女孩子，哪怕再倔，到了时辰按进花轿押到新郎家，一辈子也就了了。

阳光穿过案头堆积的轻尘，少女的心事纷至沓来。那扇半开的门，已经挡不住自由新鲜空气的涌入。在沉寂的岁月里，她将自己盘踞成一棵坚韧的树，根须紧紧抓住地底的清泉，头顶舒展向无边无际的天空。她要走出去，活成一棵自由呼吸的树。或许一生，赢不得锦衣玉食，吃糠咽菜也是好的，只要可以做自己想做的事，爱自己想要爱的人。

大朵的阳光弥漫成炫目。远方，云层交叠着透迤在长天。北平的汽笛声，仿佛召唤着一个自由的灵魂，那声音，比千万朵花绽放更令人迷醉。真的要走了，最后看一眼灌满回忆的呼兰河，漠漠的风，祖父的后花园以及树叶上流淌的阳光。她知道在她身后是惊涛骇浪，然而她依然无悔前行。

第二卷
月明花满，遗她一身孤清

逃离，是一种宿命

一盏青瓷多寂寥，薄胎镀亮了时光。梨花树下温润明亮的青春，不比杏花酒的清香更为隽永。年少时，当我们写下有关青春易逝的诗句，故作满腔愁怀，却并不解其中万般滋味，因为我们住在青春里。有那么一天，青春遁入时间的洪荒，前后都是寂寥的断章，捧起鎏金的光阴在烟水小镇里噙着泪细细地看，才知道内心的遗憾比尘世的无常更令人痛彻心扉。

再也没有那样的时光，秋千架上，肆无忌惮的笑容。再也没有那样的时光，斑驳的青石板上，阳光溅落的微尘。再也没有那样的时光，窗棂叫醒了院落的春光，落日沧桑了巷陌的忧伤。再也没有那样的时光，可以令我们肆意挥霍，做想做的事，爱想爱的人。

　　戏台被搁置在繁华的末端。人生还未来得及粉墨登场，便已草草谢幕。萧红不记得她的青春是哪一时、哪一刻。然而从她决定去北平的那一刻起，那些沉睡在老巷子里千年不变的梦，就有了晨曦的底色。

　　梦想，是清澈的，哪怕前途迷离。从哈尔滨到北京，路途何止遥遥？当她向家里提出退婚，上北平读书时，她艰难的人生路已经掀开了面纱。崎岖和困苦，似乎成了她日后一场又一场的宿命。然而她手握梦想，全世界都会为她让路。

　　家里为了拴住这个野马般桀骜不驯的女孩，急于给她和汪恩甲完婚。然而她却置若罔闻，秘密做着筹备。一方面她依然淡定若水，手捧书卷，做出不理俗物的清高模样。有心的人会发现，她读的那本书名字叫《娜拉》。当时易卜生笔下出走的娜拉，曾在欧洲掀起一阵"风潮"。于是她的心思，可以猜想一二。

　　另一方面，她与表兄陆哲舜联系频仍，密谋去北京读书的事。陆哲舜十分欣赏萧红新女性的姿态，他打算先到北京上大学，然后接萧红来读高中。这样里应外合，逃跑的难度降低了很多。

　　只剩下一个问题了。生活费怎么办？学费尚可有陆哲舜摊出一部分，生活费却没着没落。萧红的好友徐淑娟天真地说，写稿子卖吧！她豁然开朗，有希望，泉水般汩汩而来。然而，两个女孩的天真幻想，最终要被击碎在俗世的尘埃里。

年少时，也曾有过这样的冲动，逃离家族，与闺蜜们去一个新的地方开始新的人生。究竟为什么逃离？谁也不知道。逃离，是一种怎样的宿命？一手握住颠沛流离的似水年华，一手栽种庭前花开花落的璀璨时光。只要青春曾为自己活过，生命就无限值得。逃离，在某种意义上，是生命的苏醒和重生。

萧红"重生"的第一天，是在北京一家四合院开始的。她注意到，那里还有两棵枣树。那是一座八九间房的小独院。一道1米左右的花墙，把院子隔成了里外院。萧红住的西厢房前，有两棵枣树。她兴奋地写信告诉好友沈玉贤："这院里，有一棵大枣树，现在正是枣儿成熟的季节，枣儿又甜又脆，可惜不能与你同尝。秋天到了！潇洒的秋风，好自玩味！"少女，有着旖旎的梦想，她们眼里的波澜，是成年人进不去的明净。两棵枣树有什么好看？然而在刚逃离出家庭桎梏的少女眼里，这是栽种在天堂的树。

一直以为，人在一生的每个阶段，都是一个全然陌生的自己，每一个现在的自己，都是过往和未来无法认知、无法融入的。往往，我们依靠以前的我们，让现在的我们满怀希望地站起来，又坚定地相信着以后的自己，而不会放弃现在的自己。

那是一段充满期冀的时光，也是她生命里最亮丽的日子。萧红和陆哲舜的院落，成了东北在京部分青年聚会的好地方。每个周末，他们都会聚在一起海阔天空地谈天。年轻人的思想总能碰撞出耀眼的火花。谈时事，谈某本书的思想，甚至研究碑帖拓文。萧红喜欢这些人，他们的思想仿佛有脚的花，盛开在她活泛的心思里。然而，她却一副波澜不兴的表情，仿佛自己只是个局外人。

后来，李洁吾回忆起那段时光，竟有些恍然隔世的怅惘。那个院落，他是去得最多的，几乎像是萧红最忠实的粉丝，一次不落。于是他的在回忆里，萧红的样子也是最真的。

"她从不轻易笑，也不轻易暴露自己的内心；她的面部表情总是很冷漠，但又出现一点天真和稚气；她的眉宇间，时常流露出东北姑娘所特有的刚烈、豪迈的气概，给人以凛然不可侵犯的庄严感。

"她有时候也笑，笑得那样爽朗，可当别人的笑声还在抑制不住的时候，她却突然地止住了，再看你时，她的脑子似乎又被别的东西占据而进入了沉思；她走路很快，说到哪里去，拔脚就走。

"她没有一点娇柔作态的女人气，总以一个'大'字，站在平等的地位上。"

萧红这一走，在她的家族以及联姻的王家必然是一层石激起千层浪。她的行为属于逃婚，而且是骗逃。她以置办结婚衣服为由带走了嫁妆钱。家里是指望不上，只能眼巴巴地盼着陆哲舜能有办法。陆哲舜此刻在进步思想的鼓舞下，一心想离了那个父母之命媒妁之言的婚。陆家一气之下断绝了他的经济来源。这下，两个年轻人的生活迅速陷入了困窘。比起后来漫漫长路难挨的生存困境，这大约是萧红人生中第一个困境。第一次，她意识到生活并非如儿时后花园那么美好。生活的残酷性，她以往所了解的，还远远不够。

西巷依旧氤氲着历史的痕迹，枣树院落披着松软的冬衣。这一年的冬天算不得冷，也算不得深长。然而淡淡的忧虑薄如积雪，经不起一缕阳光的温度。年轻人，总有乐观来驱逐阴霾。萧红、陆哲舜、李洁吾看电影回来，三个人自然谈论起爱情、友情的话题。李洁吾说："我认为爱情不如友情，爱情局限性太大，必须在两性之间，青春期才能够发生。而友情，则没有性别和年龄的限制，因而是最牢靠的。"萧红马上说："不对。友情不如伙伴可靠，伙伴有共同前进的方向，走的同一条路，结成伙伴，互相帮助，可以永不分离。"

他说："那路要是走到尽头了呢？"她反问："世上的路是无尽头的。谁能把世界的路走尽？"

时隔多年，他依稀记得那个女孩。巷陌的风是冷的，夜是深的，路是长的，然而她凛冽的目光里闪烁着智慧的光。她的灵魂有种说不清道不明的东西，吸引着李洁吾。

霜降之后，李洁吾又去看她。萧红正在屋檐下赏雪，搓着手呵着热气。看陆哲舜站在平台上用竹竿敲打红枣。萧红忙折身进屋找了小砂锅，如获至宝地接着，又在花墙上收了一些积雪，放在炉子上煮枣。雪裹了枣在炉子上烹煮出撩人的香气，大家眼巴巴地等待着吃枣。萧红用火箸轻敲着炉子，笑着说："这可是名副其实的雪泥红枣啊！"大家都哈哈大笑。

总有些情怀萦绕不去，总有些记忆拂去还来。一日，我曾与朋友笑谈，写字的人，年少时有情怀，却没有阅历和知识储备，等阅历有了，知识丰富了，情怀倒是没了。言语间，无不是淡淡的遗憾。可曾有过雪泥红枣的时光呢？曾经年少时，几个好友一起学红楼梦联诗做对，你一句我一句。最后大家乐不可支，笑作一团。情意却是暗暗滋长。

萧红、陆哲舜、李洁吾毕竟太年轻，有太多的能量，太多的浪漫需要挥发。这其中，陆哲舜与萧红的情愫，李洁吾与萧红的情愫，都如同枝端的积雪，春来了，也就化了。一切懵懂的恋，虽不是世上惊天动地的爱，却也是情。是情，就不应当忘记，哪怕经了年，隔了尘，都裹着雪一般晶莹的记忆，留待所有的时光都老去，在黄昏的暮色长廊，温一盏杏花酒，擦亮记忆，静静地看，静静地追。

烟锁楼阁

　　空蒙的烟雨逶迤在时光的枝丫，荡漾空旷的钟声婉转了岁月的心肠。她从比夜色更寂寥的夜色深处走来，身着单衣，灵魂却有着无比炙热的温度。自是不该驻足在时光的尽头，携了风尘满满，携了烟霭茫茫。那终日徘徊不去的，并非红颜枯骨，而是她千年不变的信仰。充满信仰的灵魂，注定要比时光走得更长更远。

　　雪铺天盖地地袭来，覆盖了"雪泥红枣"的浪漫情怀。日子一天天冷寂起来，只有寂还是不够的，最可怕的是冷。北平虽然没有东北那么冷得彻骨，然而到了12月，也是冷得人直不起腰来。同学见萧红仍穿单衣，好奇地询问她："你真耐冷，还穿单衣？""你的脸色为什么紫呢？""倒是关外人……"萧红有苦难言，只是强颜欢笑。

"森森的天气逼着我，好像是秋风逼着落叶样。"后来，萧红在《中秋节》的小说里，回忆了那段时光。衣服是薄透的，一碰，好像有冰碴子窸窸窣窣的声音。她跑到床上，冰碴子追到床上。她就这样瑟缩着等着陆哲舜。等到太阳偏西，他也不回来，倒是把李洁吾等来了。李洁吾叹息了一声，转身走了。再折回来，手里多了两元钱。原来，是他当掉了棉被，只是盖着褥子睡。

萧红自然无法向家里求援，于是寄期望于陆哲舜。陆家因为张家去要人，说是陆哲舜拐走了张乃莹（萧红），正一筹莫展，见了信，自然满腔怒火。他们告诉陆哲舜，除非张乃莹回东北，否则什么也不寄！陆哲舜颓了。婚姻不幸，或者可以搏一搏。然而断了经济，两个年轻人便像失了航向的船舶，飘零在茫茫无际的大海。幻灭，瞬息席卷而来。

萧红并不怨怼陆哲舜对经济问题的束手无策，然而，她不能接受这个懦弱的男人以抽烟喝酒逃避现实。在她的心目中，陆哲舜不仅仅是表哥，更是可以依托的男人。后来，萧红觉得，鲁迅先生犹如神明，而他们恰是鲁迅笔下走投无路的涓生和子君。他们的末路，亦是时代青年男女的宿命。

回忆能够令我们缱绻的，亦是不熄的柔情。回忆是所房子，躲了进去，就想打开一扇窗子。哪怕风再凛冽，落叶蜷缩在墙根里哭泣，脸上也未必不是在笑着。回忆里的人脸是氤氲的，但情却是真的。那些被时光深深地辜负过的人们，并非心不在一起，而是在宿命面前身不由己。

　　一直觉得，萧红的灵魂是轻盈的。她的爱与恨都不纯粹。但这亦是她的可爱之处。她的灵魂从不会因为负重累累而堕入世俗琐碎，反而跳脱出轻盈和自如。

　　"那不是青野（李洁吾）吗？带着枫叶进城来，在床沿大家默坐着。枫叶插在瓶里，放在桌上，后来枫叶干了坐在院心。常常有东西落在头上，啊，小圆枣滚在墙根外。枣树的命运渐渐完结着。她的悲伤是灵动的，像一只有着透明双翼的蝴蝶。"

　　这些珍贵的文字，所幸没被淹没在岁月褶皱处，如今读来，觉不出悲怆，只觉满眼清凉。那时的文字，细细品读，看得见灵魂的底色。文字要能看得到灵魂，方有长久的生命力，如若没有，起码要有情怀。萧红的文字，始终有一种情怀，令我们蒙尘的心，睁开澄澈的双眼。

　　我不信，人在最深的困窘里，会不怨不怼，箪水瓢粥，如颜回般安居陋巷。我不信，人在感情踉跄时，即使满腔怨愁，也终能云淡风轻。生命要经历过怎样痛苦的蜕变，才能生得出豁达，生得出包容，才能过尽千帆，立于时光彼岸的船头，对往事挥一挥衣袖。

　　陆哲舜的消沉，并没有给萧红留下太多的伤痕。也许，他并非是她生命中最重要的男人。于是虽然有怨怼，终是化了云烟。她与陆哲舜，还不是涓生和子君，毕竟两人有的只是朦胧而未成形的情，谈不上爱。爱，必是竭力争取，敢于冒了天下之人不韪，即使一同进了坟墓，化成灰化成蝶，也要厮守在一起。然而，陆哲舜不过是争了争，也就罢了。萧红不过是气了气，也就忘了。

1931年，寒假结束后，颓废的陆哲舜带着萧红，回了哈尔滨。到哈尔滨后，萧红先去徐淑娟家里住了几天，而后不情不愿回了呼兰家中。阴影下的老宅如一条粗冷的绳子，将萧红囚禁得无法挣脱。他们除了责骂萧红给家里丢脸，让家里无法应对汪家的质疑外，还用言语暴力逼迫萧红就范，安心做个寻常的媳妇。萧红激动地大声哭喊，无论如何都要继续读书。家里打也打不得，碍于她已经是汪家的准儿媳，骂也骂不听，一气之下将她软禁在家中，看她如何插翅飞了。萧红在囚禁中，只能靠对北平西巷的回忆，来打发时光，内心焦灼，求学的梦想演绎成无数的光线。她握住手心，抓住人世间最苍凉的温柔。她必须走出去，走到光里去。

北平城里，还有一个为萧红悬着心的人。李洁吾收到陆哲舜的急信，说萧红患了精神病！陆哲舜毕竟惦记着这个女孩，他祈盼李洁吾能够帮她。李洁吾有什么办法？只是急得不行。后来陆哲舜又写了信，他暗示，若有五元钱，萧红便可以脱离苦海。李洁吾非常振奋，想尽办法换了五元钱票子，夹进戴望舒的诗集里。他怕萧红看不到，于是给她写了信，小心地叮嘱道："你在读这本书的时候，越往后越要仔细地读，注意一些。"

北平寄来的诗集令萧红的家族更加紧张起来。一个定亲的女孩，居然与男子鸿雁传书！诗集许是被扣押了，萧红没见到这笔钱。陆哲舜也是爱莫能助，一切还得靠萧红自己想办法。最终，她用了同样的办法，以假意答应亲事的方法，让族人放松了对她的警惕。那边听说她松口了，送来了置装费，让她置办一些比较贵重的衣物。在此期间，她的闺蜜以及陆哲舜都里应外合，闺蜜是挡箭牌，陆哲舜则为她买了票，又通知了李洁吾。

要走的时刻，他们在沈玉贤家吃了面，然后由沈玉贤陪萧红去裁缝店做了一件蓝绿面料的皮大衣。汪家与张家都不疑有它，于是，给了她最好的时机。

终于，她还是走了，像冲出囚笼的鸟儿一样，收获了湛蓝而广袤的天空。远去。那陋巷里的人生，不再有大家族的奢华，也无小康的安稳，或许有刺骨的冷，萧然的凄，然而却有自由的光。

她是一朵乱世里恬然的花，即使磨难重重，亦绽放出姹紫嫣红，流光溢彩的春。

月辞楼，花辞树

　　多想在文字里寻找一阕安稳，铺满霞光，轻拂忧伤。多想将缘分延得深长，让岁月掠过，此心不渝。太多的人，已然成为生命里一个剪影，徒然于疏离的花枝深处怅惘地看。太多的事，湮没在阳光溅落的尘中，任岁月千呼万唤，也寂然无声。

　　有些人，爱着爱着就陌生了。有些人，虽然隔着山水，隔着沧桑，隔着阴阳，隔着梦境，却依然骨血相连，不曾有须臾的分离。

　　爱被锁在时光的镜中，是时光的一场魔术。经年之后，甚至记不起对方的容颜，却记得住那时花树的清香，微风的徜徉，日光的清透，以及他温润的笑意。那种情怀是淡然了，其后对爱的执念，也以为算是放下了。然而有一日，推开雕花的窗棂，枯枝败叶瞬息绿意盎然，繁花绽放，年少的情怀纷纷活了过来。

时光，亦是爱的鉴定师。

晚年的李洁吾，并不去回想那时的萧红。即使恳请了他，他也躲避再三。那段记忆于他，已不仅仅是年少的青涩，更是无法言说的痛楚。才女，总是不可多得的瑰宝。而烈性的才女，更是小心翼翼捧在手里的青瓷。李洁吾知道，在她凛然的刚毅外表下，有着多么柔软易碎的灵魂。他想呵护她。然而他知道，他呵护不起。

李洁吾信笺写旧，也寻不到萧红的消息。这一天，他却得知萧红来了北平。他当即去车站接她，却扑了个空。他转身去她住的小巷，才知她去了学校找他。等到他赶到学校宿舍，遥遥的，看见萧红对着他笑。那笑容，似早春里最温润的阳光。此时的萧红，他几乎不敢认，全然是贵妇人的装扮，身着一件貉子皮绒领、蓝绿色华达呢面狸子皮大衣。萧红面带喜气地送了他一瓶白兰地，一盆马蹄莲。

第二天，李洁吾再去，却发现萧红病了，发着高烧。过于纤弱的灵魂，必定禁不住风霜的侵袭。何况，与家族的抗争，已经耗尽了她全部的心力。李洁吾怎能不知她心底的苦楚，然而他不问，只是日日来照顾她。足足一个星期，她才渐渐能下床走动。

劫难，是孤苦世间的一朵昙花。开过了，留下的是一室的清香。她寻的清香，是读书。纵观萧红的一生，求知对于她，无疑是除去爱情之外，最重要的梦想。她对这个世界怀有天真的好奇，对梦想有着生生不息的追求。此刻历尽千辛万险，并不仅仅是逃婚，亦不是为了逃开汪恩甲，为的是继续北平女师大附属女一中高中的学业。然而，不幸的是，学校有严苛的规定，年假与春假共24天，不得逾期，对逾期又无担保人的学生，一律视为自动退学。家族是不会为萧红出具相关文件和证明信的。即使找了李洁吾做担保，这些穷学生也出不起另一份学费。于是，萧红陷入了危机中。李洁吾建议，等陆哲舜回来一起商量。

剩下的，似乎只有等了。在父权社会，男人再弱，也具有女人所无法企及的力量。女人再强，也终究挣不开命运的禁锢。日子在等待里变得愈发焦灼，宿命的清绝，是院落里寂寥的长风。

来了。门锁刺耳的"咔嗒"，仿佛宿命的铃声。她晦暗不明的爱情，带着雾霭般混沌的谜团，站在她半生情爱的初端。

来的人，是汪恩甲。他辗转打听了过往的校友，走了许多路，才找到萧红。适时，萧红正与李洁吾聊天，讶然抬起头，看到他愠怒的脸。她对着李洁吾吐了吐舌头，瑟缩一下，随即为二人做了介绍。汪恩甲阴沉着脸，将身体沉进椅子里，拿出一摞银元，漫不经心地把玩。他将银元悬至离桌面些许高度，而后一个一个投掷下去，发出清脆而刺耳的响声，接着捡完银元，竟又做了一次。李洁吾脸上红了白、白了青，僵持片刻，起身离去。从此为了避嫌，他不再去西巷，但还是写信给陆哲舜，告知这里的情形，希望他快些来。

同时牵挂萧红的，还有好友徐淑娟政法大学预科班的同学，高

原。高原当时已婚，在萧红眼里，他就像宽厚的兄长一样。他很是
关心她，时常去看他。这一天，高原再去，看见了汪恩甲。萧红淡
淡告知，他们决定结婚。高原没说什么，心里却百般郁结。他隐隐
觉得，这个决定并非萧红由衷的。他不能理解，亦无法释怀，于是
他写了信给徐淑娟。徐淑娟亦很震惊。她提笔写道："乃莹，或者
说乃莹的事，对于我是一把利斧！这伤痛，这鲜血，永远镂在我心
上！老高，我还能说什么呢！""你看，乃莹是生死莫测！而且即
使活着，也已经为密斯特汪的眼泪软化而做着'贤妻'了。乃莹，
是我们战线上一位很有力的斗士，现在投降了！为了这，几乎连自
己都怀疑起来……"

可见，徐淑娟作为萧红最好的朋友，亦是无法理解她。为什么她
历尽千辛万苦逃出家门，逃离婚姻的牢笼，却又转了一圈回到起点了
呢？难道她们的阵营竟开始瓦解了吗？

汪恩甲这边却认为，他是爱萧红的，而萧红也是不反感他的。他
们之间的矛盾，只是他想尽快完婚，而萧红则是一心想求学。他们僵
持着，谈判着，汪恩甲的盘缠也渐渐用光了。说是将军之子，其实汪
恩甲也相当于养尊处优的"富二代"，家里的经济实权在大哥手里，
若是家里断了支持，他亦是没办法。此刻，即使他答应陪萧红留下读
书，也无力支撑。于是，他利诱萧红，若能与他回家，那么他会想办
法让她出来读书。

她再一次出现在李洁吾面前。这个倔强的女孩，依然抱有最后
的期望，那是她回家之前最后一次挣扎。她想借钱，她不想用汪恩甲

的钱。从心底，她是不想结这个婚的。李洁吾亦面有喜色，然而他搜遍全身的口袋，才找到一元钱。过了几日，李洁吾去西巷找她，却发现人去楼空，他望着空荡荡的庭院，仿佛听到腐烂的枣子在树下哭泣着。时光，亦无力打扫院落的衰败，原本生机勃勃的生命，一夜间，便萧然了春光，老去了记忆。

生命仿佛在那一刻起，轰然坍塌。那些晾晒在青春衣竿上的阳光，一瞬间跌入了黑暗的隧道。枝头，是一树一树点数不尽的惘然。他知道，未来在某一时，满径的落花会唤醒你曾经存留过的印记。山长水远，从此你我散落天涯，只求各自安好。谁能在沧桑的岁月里初心独守？最终的最终，不老的，不是爱人的脸，而是纯粹的青春。

这一次回去，却又是轩然大波。这是萧红生命里一场"著名的软禁"。父亲张廷举知道这是一个桀骜不驯的丫头，于是让她跟继母一起，搬到阿城县福昌号屯去暂住。那里离县城远，出入毫不方便，又逢乱世，几乎是与世隔绝。这是一座典型的东北豪强大地主庄园。村外的矩形壕沟深3米多，沟内还蓄满水，以防止匪患。这座密不透风的屯子，很有些纳粹集中营的意思。别说是人，连只苍蝇也很难飞得出去。张家老宅在屯子中心，被称为张家腰院。萧红就被软禁在那里。南墙外是菜地，四周有高墙，高墙上还有炮台，炮台有人把守。四角的门亦有人打更，更不要说周围还有许多邻居了。失去了自由的萧红，每日只是早早地盼望天黑。因为无书可看，又无人可交流，于是她压抑的心情，无异于坐牢。

"去年五月，正是我在北平吃青杏的时节，今年的五月，我生活的痛苦，真是有如青杏般的滋味！"因牢的生活，竟让她对汪恩甲产生了一丝柔情，"红红的枫叶，是谁送给我的！都叫我不留意丢掉了。若知这般离别的滋味，恨不得早早把它写上几句离别的诗。"隐隐地，她期望汪恩甲会解救她于水火。其实，萧红对于汪恩甲，说不上爱，也说不上不爱。在更严酷的生活中，她的心是靠向汪恩甲的。因为他是唯一有力量能够帮助她的人。她的身边，也只有他了。

雪上加霜的是，大伯父张廷蓂回来了。他是一个脾气极端暴躁的人，据说，当时他患有轻度精神病。继母梁亚兰去张廷蓂那里告了萧红一状，说她不肯结婚，非要去读书什么的。梁亚兰多是出于女性的唠叨，然而张廷蓂却认真地动了气。他经常对萧红拳打脚踢，并且扬言要弄死了事。萧红没办法，只好躲进小婶的房间里去，连饭都是小婶端进来给她吃。

偏偏萧红不会吃一堑长一智，依然要插手家族的事。萧红劝大伯父不要增加地租，削减长工的工钱。说起来，也正是萧红这颗悲天悯人的心，才使得她以后在创作上取得令人瞩目的成就。然而她的"善心"，却给她带来更大的灾难。张廷蓂把她暴打了一顿，关在小柴房里，不许任何人给她饭吃。萧红再一次陷入绝境……

1931年，"九一八"事变后，东北陷入一片烽火狼烟。然而，这对萧红却是"幸运"的。那段时间，老宅陷入了战火的混乱中，人心惶惶四散逃逸，谁也顾不上萧红。10月4日的一天，福昌号屯的张家腰院几乎成了空宅！那一天的清晨，萧红在一直同情她的姑姑和嫂子的帮助下，搭上一辆往阿城送白菜的马车，偷偷地逃离了这座冰冷的监狱。

苦难和囚禁，让她的听觉视觉都十分发达，触觉和感知非常敏锐。她看到了她平时看不见的白天，亦看到了更深的黑夜。其后在她的短篇小说《出嫁》里，写了她与小姑终日枯坐的情形，而四周的喧嚣声，却是来自兵荒马乱。她在无限静默的时间里，对苦难倒是看得更真，痛苦是一点点匍匐的，像剪影，自花瓣一角，缓缓移动过整个花枝，移过冰冷的地面，移过花墙，终至消失不见。

当时间无限静默时，内心所有的感知，是会被拉长变薄的，痛苦，在深邃中迸发着一种唯美。

她静坐着，一如千年枯松。她已经忘记了哭泣的滋味。或者，她忘记了她的忘记。而后，窗外突然喧嚣四起，门板灰尘扑簌落下，晃动的光，载着新生的希望，灼灼而来。

马车辘辘而行，碾压过她长达7个月的苦难记忆。她的眼睛里晃动着的是苍翠的光，日色很脆，那些她生命里不断逃离的时光，扑簌落下。她不知道，前路等待她的究竟还有什么，然而她知，往前走，她终将遇见自己。遇见自己，最终，她要成为自己。

焚爱为生

风景的存在，是为了它即将成为的样子。爱一个人，不过是想看看他在爱情里的模样。月光晾晒着惆怅，最美的容颜只在梦里恍惚着浮现。阳光抖落风尘，最真的爱你的心只在光阴瓦檐上依稀地滴落。一生很长，长得等不到遇见你。一生很短，短到来不及抱紧你。

在你来之前，不幸犯过太多的错。是你乌黑的发鬓，是我哒哒的马蹄。这一生，在真爱来临之前，总要遇到一些似是而非的喜欢。谈不上爱，散了也就散了。或者傻气地以为是爱，悲喜欢欣一场。然而当遇到那个人，真正舍不得放不下的，才知道过往的一切都是错误，一场美丽的误会。

可是，又怎能忍心责怪？没有这些美丽的误会，哪有你遇到的我？

时光的虚掩的重门，铜环结绿，落花的脉络比雾霭更为苍茫。琼枝抱雪，绽放的是透骨的寒意。人心，比最冷峻的寒更要深冷。岁月掩盖着的真相，从沿着屋脊碎裂的冰雪声中渐次浮现，一切情怀纷纷活回那一年的寒冬。她在寒风中瑟瑟发抖，冰冷的脚趾亲吻着积雪覆盖的地面。饥饿、寒冷，足以令一个人放弃尊严。她兀立在深夜的寒，耳边是寂寂的沉。她的手套每拍一下门，就黏在铜环上。"姑母，姑母……"她听到自己的声音，颤抖如被雪吻落的花。

然而陆家充耳不闻。为了追求自由与新生，陆哲舜提出离婚已经搅得合家不宁。他们必然迁怒于萧红，何况，也兼有畏惧张家的势力。对于萧红，陆哲舜是喜欢过的。毕竟那个时代，有思想的才女是那么的稀少和珍贵。然而他的倾慕，也只能止步于此。他不是天涯独行客萧军，他的身后有庞大而顽固的封建家族，他即使能逃离得了自己的心，也绝逃离不了宿命。

绝望的萧红继续在冰天雪地里跋涉，生平第一次，她觉得即使马房里隐隐透出的灯光，都是那么温暖那么美好。在濒临绝境的时候她才发现，人生有那么多的欲望都是无关紧要，只要在寒冬有一碗热粥，有一床温暖的被子，就已经足够。深雪埋住了她的脚，她已经感觉不到冷，只是机械地挪动着脚步。萧疏的街道散发出所有的温度和光，此刻，只会令人觉得更加绝望。还剩下一个希望，她可以去找好友徐淑娟。

　　她艰难地挪到徐家，在惨淡的灯影下，她才发现徐家早已人去楼空。此刻，任何语言已经失去了效力，她站回到寒风侵袭的街道中，前方那么多的路，可哪一条才是她能走的路？凌厉的寒气一寸一寸剥夺着她身体最后的温度，依稀中，街角兀立的卖浆汁的白布棚子，炫目得令她睁不开眼。她看到自己艰难地挪过去，搜集了口袋里所有的铜板换了一碗浆汁，匆忙地喝下去，仿佛饮着琼浆玉液。她生命的温度在那一瞬间被唤醒，却仍然恍惚着如坠梦中。

　　接下来发生的事，是她一生都不愿想起的惧怕。她被一个面目慈祥的老太太带走，说她那里有温暖的眠床。待她从幻觉中醒转过来，却发现自己被带到了一间条件极恶劣的私人妓馆。老太太豢养了一个十三四岁的女孩，待到她再大些，就让她接客。深夜醒来，她听到女孩尖叫，看到她被剥光了衣服，正在受罚。老太太将雪块打在她身上，肮脏而冰冷的雪水顺着她身上流淌下来。好在没两天，萧红就重获自由。只是此时，她的棉鞋已经被她们拿去当了，她不得不穿着带孔的夏天凉鞋，踩在雪地上。

　　夹袍、单衫、短绒衣、绒裤，一切的一切，都写着一个大大的"冷"字。寒风肆虐着更深的绝望，携裹着更劣的人性。黑暗，令她所有的艰难，有了不屈的理由。除了走下去，她似乎没有别的选择。

　　这一走，就走到东特女二中。在那里读书的大伯父之女张秀珉，曾经与她关系亲厚，或者可以投奔。这一次，命运似乎善待了她。张秀珉看着狼狈不堪的萧红，十分心疼，立即将被褥拿来给她用，还与姐姐张秀琴商议征求校方同意，让萧红插班读书。十几天后，萧红又不辞而别。她知道，原本清贫的张秀珉，亦无力承担她的费用，天性自尊敏感的她，怎能忍心成为好姐妹的负累？

她又去投奔好友陈俊民。生活的艰辛已经让她懂得，当务之急不是读书，而是赚钱。只有经济独立，才有尊严。她想了许多谋生门路，她想去做些缝补的活。然而在当时，女性工作的机会少得可怜，赚钱的愿望基本成了泡影。

困苦，是考验人性的利刃。它会使懦弱的人匍匐，亦会使不屈的魂昂扬。萧红便是后者。张家在哈尔滨读书的子弟都很同情她，他们设法劝她回家，然而她的目光比凛冽的冬更为坚定决绝。

她的耳畔依然残留着弟弟的急切与关怀。"那么，你就这样子吗？你瘦了！你快要生病了！你的衣服也太薄了啊！"而她的心却比最锋利的剑，还要锋利上几分。"那样的家我是不能回去的！"

然而，亲情，依然是她温暖的光。有了光，再寂冷的长街，也会有着灼灼的暖。"弟弟留给我的是深黑色的眼睛，这在我散漫与孤独的流荡人的心板上，怎能不微温了一个时刻？"

爱，不在于来得早不早，而在于巧不巧。对于在沙漠跋涉的旅人来说，一滴水珠都是令人狂喜的甘霖。对于寒风中瑟瑟发抖的人，一件单衣都足以令他感动良久。汪恩甲，正是在此时闯入萧红心门的那个人。

她敏感的灵魂，怎能看不出汪恩甲眼睛里跳动的簇簇火苗。他对她的爱，不似假的。他有一个默默自卑着的灵魂，他深知他的灵魂配不上萧红的。他也深知，他终将无法对抗整个家族的压力。他只是她瞧不起的纨绔子弟，只是灵魂庸俗不懂真爱的俗世男人，他能够拿得出的，只有在萧红一无所有时，以庸俗的灵魂，真挚地爱过她的心。

萧红此刻还能说什么呢？她逃的是千百年来女子身不由己的宿命，逃的是他的家族，而不是他。此时，汪恩甲已无法带她回家，对于她一次又一次的逃婚，全家对她充满了怨恨。他只能将她带到一间宽敞漂亮的，具有18世纪巴洛克夸张繁复装饰风格的东兴顺旅馆。老板与王恩甲关系不错，加之他哥哥是小学校长，萧红的六叔是税务分局局长，都是旅馆老板的"现管"。于是，他给这对尚未举行婚礼的"夫妻"以通融和方便。就这样，他们正式住在一起，没有家族证明，没有隆重庄严的仪式，萧红唯一可以依靠的，是这个男子尚算真诚的心。

落满尘埃的古董上，时间平滑如镜。温润的时光，总可涤清一段风霜。风烟里散去的故事，带着当事人温热的心肠。一段曾被捂热的回忆，让人生的悲欢离合永远不会走得太辛苦太踉跄。

那段日子留给萧红的是缄默。有过温暖，亦有过伤痛，只是都不曾透彻心扉。在不懂什么是爱的时候，就恍若置身其中。在不懂什么是别离的时候，沧桑的岁月已在缥缈的暮色中骤然转身。擦亮的记忆里，踱不出时光的长廊。那一季漠漠的寒风，并不比明媚的哀伤更令人无力自拔。在遇到萧军以前，仿佛所有的爱与伤，都是铺垫。当事人仿佛如同皮影，只是麻木地演出，却没有活的灵魂。所有的情，只是经，而没有过。

对于他们的叛逃与同居，汪恩甲的大哥汪大澄无比愤怒。那些俗世的人啊，他们有着更鄙陋的灵魂，一心认为萧红的"逃婚"，是跟其他男人私奔了，比如陆哲舜。他们不惜以最肮脏下流的思想揣测萧红清澈的灵魂。那些纯白的美好，刺在他们眼里，是不能容忍的大逆不道。汪恩甲只得退回旅馆，安抚萧红说，等大哥消气了，他们就会有正式的婚礼。

绮丽的梦想已经无法典押漂泊无依的魂魄，饱经沧桑的她，赎不回求学的梦，只期望能够岁月静好，与君长伴。她要的不多，只要有一间小小的房，能容纳她浮世里漂泊的梦，一张小小的床，躺得下尘世中辗转的心。

那么爱呢？爱当是质朴的魂。她不知道她爱或不爱他，然而她明白他是爱她的，至少在某个时刻，他的心是真的。在这场家族战役中，他坚定地站在萧红这边，对他大哥说，他相信她与陆哲舜是清白的。他相信她的逃离，只是为一颗求知的心。

爱无凭据，亦无考量，每个人的方式不同，每一场爱通往的归途亦是不同。在某个时刻，一个人能够以微弱之力抵抗世间所有的肃杀，力排众议跟你比肩而立，那么即使这个人爱不起你，他的心，亦是最珍贵的。

他知，他爱不起她。那么他又何妨爱她？她心里的路太长太远，他终其一生都走不到了，然而，他会试着去走。并非所有的爱，都是灵魂的同步，有时，独步是一种无奈，亦是一种岑寂的美。

孤岛旅馆

月光漫过琴弦，奏一曲淡泊流年。岁月转身苍老，可曾有多情的打扰？韶华过眼，云烟封住了来时的路。世间的爱恨情仇，注定要比时光走得更长更远更决绝。

不管世人对汪恩甲的始乱终弃有多少不满，亦不管汪恩甲是否真的存心遗弃过萧红，抑或是死于途中，他毕竟出现在萧红生命的初端，一如微风打扰了娇柔的花朵。

雕花窗棂浸染着昨夜的旧梦，古旧的铜环抖落了一地的哀伤。幸福是一枚缝衣针，可以将岁月拉得很薄很长，在光阴明灭里恍惚地看。那一段日子对于萧红而言，很难说是幸福还是痛楚，或者兼而有之。终是要谢谢吧，在她需要安逸的时候，刚好有人，给了她一个家。

然而，这种安逸并非长长久久。汪恩甲的经济状况并不算很好，仅靠当小学老师的收入来养活两个人，加上付政法大学的各种费用，日子很快就过得捉襟见肘。于是，他便回家乡取钱，让萧红在旅馆里等他。

萧红左等右等，都不见他回来，悬着心提着气，到底要跑到顾乡屯汪家亲眼看上一看。果然，汪恩甲一回家便被家人扣住，形同软禁。萧红进去要人，却被骂了出来。汪家怎会待见这个曾令他们颜面尽失的媳妇？汪大澄严厉告诫她不要纠缠他弟弟，他不会认这个弟媳。他无理地要求萧红与其弟解除婚约。萧红也是烈性的，闻言转身就走。她何曾受过如此羞辱？一气之下，她回了呼兰。这边汪恩甲一边哀求哥哥看在萧红怀了汪家孩子的份上，让他们举行正式婚礼，一方面设法逃脱家人的视线。

一天，他突然出现在萧红藏身的继母娘家梁家，千呼万唤，非要见萧红一面。两人在厢房里嘀嘀咕咕商量半天，他才依依不舍地离去，大抵是让萧红少安勿躁，千万莫生事端，容他慢慢想办法，他们一定会在一起之类的。然而几天后，气愤难消的萧红向法院提出诉讼，告汪大澄代弟休妻。这一下，事情彻底闹大了，演变成了两个家族的斗争。两家都是在当地有头有脸的家族，此番互相诋毁，鸡飞狗跳，令双方颜面尽失。正是这一次，萧红的父亲对她彻底绝望了，从此父女俩再无往来。

真正令萧红心灰意冷的是，汪恩甲居然临阵倒戈，承认此事全是他一人所为，与哥哥汪大澄并无干系。法院准予离婚，汪恩甲此举也是迫于无奈。若是"代弟休妻"的罪名坐实，汪大澄在教育界的仕途就算是到了头了。到底，他还是将家族的荣誉放在了爱情的前面。

萧红气愤之极，拂袖而去。而张家也因无法承受这个结局，而将萧红开除祖籍。汪恩甲一路追着她拼命解释，他对她说，这一切只是权宜之计，他一定会正式娶她。为了肚子里的孩子，萧红只得打落牙齿和血吞。何况，眼前这个男人，虽然灵魂孱弱，总是她在乱世里唯一的依靠。

家族的隔离让两个年轻人彻底断了经济后援，他们不得不靠赊账生活。萧红的身子逐渐笨重起来，经常望着窗口忧心忡忡。汪恩甲看在眼里，亦是急在心头。他们已经赊欠旅馆费用高达400元，旅馆老板的脸色已经不好看了。汪恩甲再次回家取钱，再三叮嘱萧红一定安心等他回来。

这一去，就是人间蒸发，从此生死两渺茫。其后一百多年，汪恩甲一直背负着负心汉的骂名。真相，往往比看上去的更为复杂。

在某个昏暗的清晨，喧嚣将旅馆的窗推开，这位面色苍白的孕妇无论如何也不会想到，外面的世界是怎样的风云诡谲，瞬息万变。

王廷兰不幸被捕，以身殉国。此刻汪恩甲亦是凶多吉少。他若生，以他的情分即使割舍得了她，亦割舍不了与他骨血相连的小生命。他若死，亦是死不瞑目。在阖眼的瞬息，让他提住一口气的，还是对她们母子命运深深的担忧。

我宁愿相信他是死了，亦不愿认为他是逃了。他不是一个完美的男人，他也不曾有一秒钟是萧红内心的人，然而，他对她的情，总还是真的。若非如此，他早该像陆哲舜那样放弃，而不是以微薄之力与整个家族对抗。

又是一晨的阳光，斑斓了黛瓦红墙。攀爬的藤蔓竖起耳朵，点数着遗落的风声。厚厚的实木地板，收藏过他们一霎的沉迷，亦推醒了无限的荒凉。心，被悲伤漂洗，渐渐失了颜色。她不信，他会不来。她以一个才女的敏锐，不信自己的丈夫会对自己没有半分情分。人性的丑陋此刻暴露无遗，旅馆老板露出狰狞的面孔。他将大着肚子的萧红驱逐到顶层堆放杂物的散发着霉味的阴冷房间去，还威胁她说，如果再交不上欠费，待她生下孩子，就把她卖到妓院抵债。

再坚强的灵魂，此刻也有了慌乱的神色。她交叠着握住自己的手，指节因用力而微微发白。她听见自己喃喃地说，他，会来的。她抬起头来，看到旅馆老板眼里的鄙夷和讥笑，或者还有一丝同情。

劫难过后，还有更深的劫难。然而即使痛不可抑，她那漆黑的眼眸里依然亮着你我不曾看见过的光。光明，令她的忧伤变得玲珑。信念，令她的怅惘变得润泽。生活从来不曾给她选择，然而，她只走她能够走的那条路。不悲不喜，不忧不惧。满载着女性最婉约的柔弱，迸发出男性所不及的刚强。即使，她不得不偷取面包来度日，她的灵魂依然是高贵的。此生，不想饭山依水，亦不会携月葬花，只想在红尘的烟火里，以信念为锋利的剑，劈开沉睡的路。

痛过之后，她告诉自己，他不会来了。她告诉自己，她必须活着。虽然彼时，她已被家族当成盲肠，随意丢弃，没有人会关心她的死活。然而她深信，只要举起自强自立、自由与尊严的宝剑，全世界都会为她让路。

她将目光凝视在她一直阅读的那份《国际协报》上，蓦然，眼睛璀璨如星光。或者她可以试试投稿，或者，她可以发一封求救信！她屡次寄出她的小诗，却如石沉大海，无奈，她只得随诗附一封求救信。这封信极其含蓄，即使山穷水尽，她依然像呵护和氏璧一样，呵护着自己珍贵的自尊。

编辑先生：

我是被困在旅馆的流亡学生，我写了一首新诗，希望能够在您编的《原野》上发表出来，可以让人们听到我的心声。

副刊编辑方艾觉得这首《春曲》还是不错的，于是放在待发稿件里。信，他只付之一笑。"困在旅馆"并不是很明晰的表达。他觉得，最近有很多学生为了发表文章而堆砌遭遇。

希望被囚禁于时光的锁中，阳光匍匐在残破的花枝上，溅落的雨水烫伤了少年的诗意。美好而脆弱，是一个人的灵魂。坚韧而不屈，是一个人的灵心。常想，濒临那样的绝境，我们的才女，要以怎样坚硬的心肠，去对抗吝啬给予一丝温柔的这残酷世道？

坚强从来不是选择，坚强是一种必需。当生命走到决绝，坚强是飞翔唯一的姿态。哪怕生命再羸弱，命运再不堪一击。渡过山水，漫过云烟，踱过长廊，掠过暮风。我们依然选择跟最初的自己不离不弃，我们依然抱紧梦想的余温，任凭清风的去留。

逃避，从来不敌宿命变幻。坚守，才是充满希冀之光的归途。绝望中，萧红投书《国际协报》主编裴馨园。这一次，她不再隐瞒，用最真实的血泪，向社会发出疾呼的求救。

这一夏，微微的暑气囚禁了繁盛的花枝，帘幕卷起无边的愁绪，蒙尘的小诗上墨渍已干，寥廓的苍穹，孤雁哀鸣而过。长风扫落人间的悲伤，灵魂闪着永恒不熄的光。她低下头，酌字酌句地写着求救信，发丝拂过她坚毅的脸庞。她不知道等在她前方的是路，还是悬崖。然而，她愿意去拼、去搏。即使命运竖起所有的刺，她亦要让胸膛唱出浸血的歌。活下去，只为不屈的灵魂。

前世今生

风若蜀锦，细细描摹面目如画的盛夏。慵懒的花朵开到阑珊，勾起了柔美的线条。笑意，在夏的唇角隐落时，秋意才会弥漫过来。

今晨和昨夜，仿佛壁垒分明的两个世纪。日子与日子之间不争不斗，老死不相往来，连缀在一起，却构成了一个人的生命。生命中的神奇令人费解，然而爱，却令人沸腾。这种大爱，并非男女私情，而是同情心。

这封署名悄吟的信，令裴馨园大大震惊了一场：花季少女因逃婚追求自由而导致衣食不继，遇人不淑又被抛弃在旅馆，无钱交费马上就会被卖入妓院，因反抗家族婚姻而跟家里彻底决裂。

　　裴馨园将信给大家传阅了一下。萧红的字迹俊秀而不失刚毅。"难道现今世界还有被出卖的人吗？有！我就将被卖掉！""我们都是中国人！"这个女子，即使在绝境，也不让软弱乘虚而入。她这哪里是求救信，分明是战争的檄文！她的文字是有生命的，哪怕一封求救信，都可以激发人心的汹涌。"我们要管，我们要帮助他！"一时群情激昂，大家都表示一定要帮助她。

　　夜里，裴馨园突然觉得有些好笑，他笑着对夫人说："在中国人里，还没有碰见过敢于质问我的人呢！这个女的还真是个有胆子的人！"

　　第二日，萧红给裴馨园打了求助电话，大约是怕求救信又一次石沉大海。这一次，裴馨园决定立即去旅馆。他想叫萧军一起去，不想萧军埋首稿件，头也未抬便拒绝了，只说世间可怜人多了，他有什么办法？于是，裴馨园带上另外三个编辑，一路风驰电掣，直奔道外16街的东兴旅馆。

　　从阴暗的门外骤然挤进一线光，令萧红微微眯了眼。她漆黑的眼眸此刻如陨落的星子，燃尽的烟花。苍白的脸，失神的眼，褪色的蓝布衫，赤足穿皮鞋。从这几个男人的目光看去，她仿佛一个毫无生气的布偶，只有在目光流转中，依稀可见往昔的灵气。艰苦的生活，是敲骨吸髓的魔鬼，它不仅仅能吸干人的精神，亦能吸干灵魂中最可贵的东西，比如自尊，比如同情。报馆里，那个同情心欠奉的编辑萧军，也是在被生活践踏后，有了这样冷漠与自私的个性。

不由得想，其后他们多年的情感纠葛中，萧红曾想用柔软的热，叩开萧军坚硬的冷。可惜最终，她也没有成功。一切，在未遇见时便已有了雏形。萧军无论如何也想不到，自己拒绝帮助的，正是日后与他生命息息相关的女子。

命运的神奇之处，就在于将两个看似不相关联的东西，用种种巧合关联在一起。命运是个淘气的孩子。自从他们回编辑部后，萧军的耳朵里就灌满了萧红。大家七嘴八舌地说着萧红的气质，萧红的才华，萧红近乎疯狂的神态。他们七嘴八舌出了很多主意要为萧红筹款，然而结果却是一筹莫展。最大的帮助，只能是以报馆的名义，让老板不要虐待萧红，要供给她饭食而已。然而这种帮助，对于萧红而言，也已经犹如甘霖天降。

夜里，萧军在一片黑暗中，仿佛看见一道光。那些关于萧红的破碎的句子，将他勒得喘不过气来。他烦躁地推开被子，默默注视着清冷的月色。心中厚厚的冰层，有了细微的碎裂声。这一夜，他失眠了。心中空置的琴弦，发出寂寥而空旷的回响。

7月13日，裴馨园对萧军说："萧红想借几本文艺的书看看，不如你给她送去，她是没有自由的人。"萧军在心里叹息了一声，到底还是去了。

不知人在命定的时刻到来之前，是否隐隐地会有某种预感。这预感，让人一反常态地拖沓踟蹰，唯恐早一步进入宿命的必然。观他们相恋的光阴，痛苦似乎比欢愉更为漫长难挨。这一场爱，刻入骨髓，却有着无法言喻的伤痛。纠葛在一起，厮缠在一起，分不开，断不掉，合不成，彼此都注定成为彼此的劫。

萧军原名刘鸿霖，辽宁人。他从小在绿林人物的围绕下长大，出身颇具传奇色彩，养成了他一身的豪迈气概。这种流浪武士的气质与他本性里浪漫多情的因子结合，构造了独特的人格特质。在当编辑之前，萧军是地道的行伍出身。他从小习武，沉迷武术，18岁时到吉林军阀部队34团骑兵营当了一名骑兵，后又考入"东北陆军讲武堂"所属的"宪兵教练处"，成为一名宪兵，然而他的军旅生涯并不顺畅，甚至可以说是一波三折。奇异的是，无心插柳柳成荫，他的文学道路倒是顺畅无比。他发表了几篇小说，又给《国际协报》写信，说明自己的困境，希望文章得以发表获得稿酬。裴馨园欣赏他的才气和豪侠之气，于是答应每月给他20元稿酬让他安心创作。就这样，萧军成为了"哈尔滨有史以来第一个职业作家"。

纵观萧军的一生，他的绯闻颇多，情感线索是凌乱的。他并没有行伍出身的豪侠男儿那颗坚定的心。这一生，他爱过许多人，爱到最后，他也不明白爱的究竟是谁，或者说，到底什么才是爱。爱到最后，萧红变成了他生命里一颗艰涩的果子，他捧着果子无所适从，想丢弃，命运又偏偏不允。在萧红的这些男人中，萧军是最不配爱她的，然而，她却让他爱了她。正如胡兰成，明眼人都知道，他是配不起张爱玲的，然而她却只爱他。

古往今来的才女，大抵总要爱上一个错的人，或者爱上一个终究要失去的人，隔着天地，甚至隔着生死，才能令生命在痛楚中更加深邃。若非长夜痛哭，怎知爱曾来过?

萧军还是来了。他以报社编辑的名义，来到东顺旅馆。旅馆老板只得将他引进长长甬路尽头一间原本是储藏室的阴冷潮湿的房间，幽暗的灯光被沉重的脚步声踏得支离破碎。门的那边，脸色苍白的萧红蓦然立起，夕阳的余晖在她的发丝间轻轻跳跃，她的眼睛绽放出少女般的神采。

萧军，萧军，那个她梦里的人，就这样来了，近了，带着一抹耀眼的天光。两个截然不同的生命，缥缈着、纠葛着、羁绊着、牵挂着，在黑暗狭长的甬道里，沿着命运逶迤曲折的脉络，渐次交融，两个生命从此有了交叠。岁月无声斑驳，爱是泅渡不过的河。他来，带着爱她的使命。

萧军敲开了门，昏暗的灯光下，他依然能看到这个女子圆圆的眼睛里盛满了惊吓，仿佛随时都能生出一双翅膀飞走了。她的声音，似最纤弱的琴声。"你找谁?"像花朵离开树梢，惊醒了睡眠中的鸟儿。

"张乃莹。"萧军推开了门，昏暗的灯光映着一室的凄凉。灯影下，萧红穿着一件褪了色的蓝色单长衫，一双变了形的女鞋，散发中已经有了明显的白发，臃肿的身形让她呼吸急促。萧军努力不去打量她，只盼着赶紧办完公事。对于爱莫能助的悲凉，他之前就见过许多，既然帮不上，又何必给人以脆弱的希望?他将裴馨园的信递过去，又给了她几本书。

萧红定定地看着信，仿佛要把信看出一个洞来。纤长的手指不停颤抖，像蝴蝶残破的双翼。她喃喃地说："我原以为你是我北京的朋友李君托了来看我的，原来你是报馆的，你是三郎先生，我刚读过你这篇文章，可惜没有读全……"萧军扫了一眼她看了一半的文章，是他的短篇小说《孤雏》。萧红眼底流露出交流的渴望，她太孤独了，萧军是沉重现实里不期而至的光，她伸开手，想挽留那一丝光。

光顺着指尖流淌下来。萧军站起身来，打算告辞，抬起眼，却撞上萧红满眼的哀求。"我们谈一谈，好吗？"萧军迟疑了下，终于点点头，重新坐了下来。她的精神瞬息盛满了汩汩的清泉，声音也变得滋润起来。她轻轻地，语调流畅地讲述着她的遭遇，清风从他们的耳畔吹过。

七月的花都开满了，一树一树，都是希望和光。

第三卷
相逢的终究会相逢

爱是沉沦

　　"我爱诗人又怕害了诗人，因为诗人的心，是那么美丽，水一般地，花一般地，我只是舍不得摧残它，但又怕别人摧残，那么我何妨爱他。"——《春曲》（二）

　　萧军一边静静地听，一边翻着散落在床上的几页信纸。他看到上面画的一些花纹和紫色的字迹，还有仿魏碑《郑文公》的几个较大的字，于是问道："这是谁画的图案？"萧红回答说："我无聊时干的。"她从床上寻到一截一寸长短的铅笔，举起来说："就是用这段铅笔头画的。"萧军怀疑自己眼花了，这个女子，眼底闪过一抹慧黠的光。他清清嗓子，又问："这些双勾的字呢？""也是！""你写过郑文公吗？""还是在学校学画时学的……"萧军看到两首字迹工整的小诗，有些迫不及待地问："诗呢？"萧红倒不好意思了，淡淡的胭脂色浸染了她的双颊，令她有了一抹娇羞的动人："也是。"

雾霭散尽，碧空洗涤浮云的衣裳。月光隐没，澄澈的心打开琉璃的世界。一切苦难，都在喧嚣中收起了翅膀，一切爱意，都在枝丫中攫取着阳光。他心里那间久经尘埃的客栈，终于有了宽敞的亮。他的世界绿波芙蕖，花灯树影，清风明月，鸟鸣琴音。这美，这炫目，投于萧红脸上，便是曹植笔下的《洛神赋》，如轻云蔽月，如流风回雪。她再也不是困守旅店的弃妇，她是女神！"在他的面前，只剩下一颗晶莹的、美丽的、可爱的、闪光的灵魂。"他向着自己发誓："我必须不惜一切牺牲和代价——拯救她！拯救这颗美丽的灵魂！这是我的义务……"

一直以为，美是比爱更高级的所在。当曹植写下文采璀璨的《洛神赋》，他是怀着求美的心的。有了这份求美的心，爱将不会沦为情欲般卑贱。我相信，无论他们的爱在尘世的卑贱里如何渐至微弱，至少在此刻，他们的爱是带着灵魂的纯粹和求索，是那么的真，那么的挚。

"只有爱情的踌躇最美丽，三郎，我并不是残忍。只喜欢看你立起来又坐下，坐下又立起，这其间，正有说不出的风月。"——《春曲》（四）

美赋予了他们爱，爱赋予了他们美丽的语言。陷入爱情的人，总觉得语言不够用似的，短短的瞬间，就要迫不及待地讲述自己的一生，仿佛非要把另一个拉进自己的前半生，他的缺席仿佛是不可饶恕的罪恶。再也没有什么，能够及得上陷入爱情的人们那样丰富的情感了！再爱下去，只怕要把爱人做成糕点吃掉。爱得那样纵情，爱得那样贪婪，但依然觉得爱不够、爱不够……

他们聊着文学，聊着人生，亦聊着爱。爱是一个哲学问题，爱最简单，亦最复杂。什么是爱？怎样便是爱？恐怕没有谁能讲得清。爱，从无一个量化的标准。它来，或者不来，全凭一颗心来感悟。此刻，灿若朝霞的余晖令萧红的脸色有了氤氲的美，她笑着问萧军："你对于爱的哲学是怎样解释的呢？"萧军答："谈什么哲学。爱便爱，不爱便丢开！""如果丢不开呢？"萧红又问。萧军爽朗地答道："丢不开，就任它丢不开。"两人同时哈哈大笑起来。

他们又聊到了生死。"三郎，你怎的不放聪明些呢？""你怎的不放聪明些？""你为什么要活着，请不要拿模棱的话来复我。""那你为什么还要在这个世界上留恋着？拿你现在的自杀条件，这般充足。"萧红笑了起来。萧军的熟稔，让她有种久违了的情怀。那是亲情，是家的感觉。在家人面前，一切思想都可以呈现，不需刻意打扮文字。萧红认真想了想，说："因为这世界上，还有一点能使我死不瞑目的东西存在，仅仅这一点，它还能系恋着我。"

萧红就像悬崖上灼灼绽放的花，万丈深渊并不能剥夺她对爱、对真、对美的渴求。唯其长夜的深冷，才唤得醒生命的粲然。唯其在苦难中泅渡，烈火中焚烧，才能在涅槃的痛楚中，将灵魂淬炼，令岁月重生。

　　萧军意识到，面前这个女人并不像他想象的软弱，她具有最顽强的魂。聊着聊着，他们的手就握在一起。他想拥抱萧红，然而，又怕无法抑制的热情摧毁了这朵美好的花。想了又想，他只是指着桌子上用一片纸盖着的半碗高粱米饭问萧红："这就是你的饭食吗？"萧红点点头，迅速低下头掩盖眼里浮现的凄楚与尴尬。萧军的眼睛被水汽迷住了，他也慌乱地低头，做出寻找东西的样子。良久，他才翻找出仅有的五角钱，他把钱放在桌子上，勉强地说："留着买点什么吃罢！"他没有告诉萧红，因为没了这五角钱，那一天他徒步走了很久才回的家。

　　贫穷并未成为他们热恋相爱的障碍，过往的经历更无法打扰他们想要爱着的心。从那一晚开始，他们的灵魂已经渐渐长在一起，缺失的半圆在体内悄悄弥合。有人说，这样的爱是否来得太快，太突然，连萧军也会忐忑不安地写下这样的文字："你会说，我们的爱进展得太快了！太迅速时，怕要有不幸的事情发生在横障我们吧？""他们也许会很文雅地笑着对我们说：我们只是一对狂饮爱酒的醉泥鳅，是不会咀味到那酒是怎样的甜美与芳香。是一双不会节用爱情财产的挥霍儿，不久就要穷困了。"这些文字，带着文谶的宿命，像爱的轩窗后面一抹阴影，将他们热烈的爱悄然包围。

　　然而，突如其来的爱，让两人如同发现了宝藏的手舞足蹈的孩子。他们顾不得禁忌，只想一遍遍探索对方，只想吸干对方的灵魂，与之融为一个。他们甚至生出奇怪的思想——没遇到我时，你是怎样活下来的呢？若爱是沉沦，有多少人宁可万劫不复。因为若没了爱，人世间的一切是多么荒凉，多么凄清。

　　他们真正的结合，是在第二天晚上。7月14日，无媒无凭，仅凭莽撞爱着对方的心，两人结合在一起。萧军在小说《烛心》中，曾经写过这种疯狂凌乱的心曲，小说里，萧红化名"畸娜"。他诗人的气质此刻全部被发掘出来，再也不是那个故作冷漠、板着脸的男子了！他甚至孩子气地想："我们真是太迅速了，由相识至相爱仅仅两个夜间的过程罢了。竟风驰电掣，将他们经年累月，认为才能倾吐的、尝到的……那样划着进度的分划……某个时期该怎样攻，某个时期该怎样守，某时该吻，某时该拥抱，某时该……怎样——天呢！他们吃饱了肚子，是太会分配他们的爱情了，我们不过是两夜十二个钟点，就什么全有了。"这些颠倒错乱的言语，在徐志摩的《爱眉小札》里也时有出现。诗人的灵魂是最可爱的，细细读来，令人忍俊不禁。

　　许多人说，男女的爱是不同步的。然而萧红与萧军，竟然在短短的时间，几乎同时侵入到对方的灵魂。那一刻，他们无比确认，对方就是自己的灵魂爱人。或者你会说——他们的爱的确太迅速了！然而，在他们相恋之前，他们的等待已经足够长。再也，再也没有生命允许如此挥霍了。

　　原来，爱上一个人竟是这样的，不需要仪式，无所谓流言，如此迫不及待，只因为在见你的那一瞬间，我们同时为过去的一切自卑和愧疚。我们竟然忙着与不对的那个人恋爱，我们竟然荒废了如此多的时间！

　　昏暗的油灯跳跃着生命的韵律，深夏的夜万般情愫如浮云聚散，流水潺潺。她注定是一个不平凡的女人，能够走到别人走不到的爱，触摸别人不敢触及的光。原来，痛彻心扉的别离，只为又一场明媚的相聚。

"三郎，我不许你的唇再亲吻别人的唇。""若能把你吃进肚子里就好了。"爱到痴狂，便生出戾心。必须把爱人切成片吃进肚子里，才算放心。然而，吃进肚子里，再想见他又怎么办呢？所谓爱，就是不让人尽兴的东西罢了！萧红愤愤地想。

窗外，多情的虫鸣起了和弦，做起了爱的陷阱，将它的爱人囚禁。萍花回旋在水上，杨柳侵扰着堤岸，百年的爱恨不过短短一秒，片刻的相拥却比永恒更为隽永。只有爱，是时光抵达不了的远方。爱是净土，爱是菩提，爱是此心澄明，爱是痴迷癫狂，爱是琉璃世界，爱是禅，爱是佛，爱是道不破的玄机。

因为爱情

因为爱情，露水轻扰花枝；因为爱情，疏竹敲打轩窗；因为爱情，平添一段琉璃心肠；因为爱情，惹起几多如絮轻愁。清风刺穿古琴的遗韵，阳光溅起尘世的喧嚣。爱如流水在你的生命里清浅，紧握灵心就不怕在更深的时光里杳然。爱，必然是你生命里的痕迹；情，必然是你哒哒马蹄的归途。马蹄惹起落花的香尘，烛光在时光长廊里幽微。千载而下，亘古不变的，唯有真爱，唯有那颗对真爱孜孜以求的心。

他来之后，天不像天，地不像地，你也不像你。突然就疯了，一遍遍翻找着魂魄。突然就迷了，将寻常的生活看成佛，看成道。魔怔了，也悟道了。只是错乱了，迷失了。他的一切都以为你量身定做，他的一切都是那么的可爱，他的喜怒哀乐操控着你的心绪。他明媚的笑容，清澈的双眼。他翻卷的袖口，落拓的衣衫。他的五官看似随意摆放，却令你觉得无比妥帖。甚至他乱糟糟的屋子，也让你觉得是一个个故事的堆叠。杯子是故事，盆花是故事，衣服是故事，甚至扣子也是故事……

你翻找他儿时的相册，一心想穿越回去抱着他。怎么会遗落那么多的时光呢？你觉得需要补课，恨不得拖他回去将过去重来一遍。

爱里的人，有着不可思议的疯狂。萧红吃不饱饭，却终日神采奕奕。在爱面前，饥饿都要让路。爱将我们重新打碎，竟变出一个我们完全不认识的自己。

萧红的笔尖在纸上疯狂游走，不成章，不成句，全是喃喃呓语，却又癫狂得可爱。她在《春曲》（三）中写道："你美好的处子诗人，来坐在我的身边，你的腰任意我怎样拥抱，你的唇任意我怎样的吻，你不敢来在我的身边吗？诗人啊！迟早你是逃避不了女人！"萧军挑眉，不满道："谁是诗人，你在咒骂谁是诗人？"萧红辩解道："我只会爱我所不能爱的一些东西们，我可以尽兴地摧残他们呦！"萧军反驳说，自己不是诗人，自然不是她所爱的，她尽管来摧残就好了。萧红却陷入了苦闷，她怎么能够摧残她爱的萧军呢，但若不摧残，这样的爱又如何尽兴呢？

不得不赞叹，中国的文字有如此精妙繁复的表述！当你与爱情狭路相逢，那些文字如一个被灌醉酒的树獭，颠三倒四地向你走来。陷入爱情的，都是傻瓜。爱情疯子，大抵是这世上最可爱的疯子了。

泰戈尔说："采着花瓣时，得不到花的美丽。"陷入爱情，不觉得轻盈愉悦，反觉得束缚囚禁。萧军想摆脱这种囚禁，他是天性爱自由的诗人啊，怎能禁受爱情烈焰的焚烧？怎能忍受爱情囚笼的禁锢？

一个浪荡的灵魂想要离开这铺满鲜花的秋千，如鸟儿扑向苍穹。那一季，落花格外温柔，风轻吻着帽檐，大朵的光阴在光与影中隐没。他的眼底却是灰色的鸽群。他抑郁地对萧红说："我梦到你与别人亲吻！""我们就这样结束了吧！结束了吧！这也是我意想中的事。畸娜你不要以为是个例外……""你爱我的诗，也只请你爱我的诗吧！我爱你的诗，也只爱你的诗吧！除开诗之外，再不要及别的了……总之在诗之领域里，我们是曾相爱过来……"

这个不忠的恋人，该拿他怎么办好呢？萧红陷入了困境。两颗发热的脑袋，拼凑不起一副理性的思想。正如鲁迅所说，他们像两个刺猬，一生小心翼翼都在寻找合适的、不伤害彼此的距离。这两个相爱的灵魂，从出生伊始，就意味着互相伤害啊！爱的副产品是令人痛楚的，然而爱，又是那么令人沉沦！萧红无数次地想，爱情，你的另一个名字是否叫作不忠？

如果有爱情学校，萧军则是永远毕不了业的学生。他携着淡漠的"拯救"气息而来，像失控的马蹄，将萧红的生活践踏得乱七八糟，还要理直气壮地说一句："你有罪啊！怪你过分美丽！"想要不爱了，连美丽都成了罪名！然而，想要不爱便不爱吗？真的能像萧军说的那样"爱便爱，不爱便丢开"吗？此时，他的身想离开她的心，他的魂却关联着她的魂。他们像两个被打碎的鸡蛋，融入锅子，分不清是你还是我。再往下，就是些汤汤水水的日子了。

"当他爱我的时候，我没有一点力量，眼睛都张不开，我问他这是为什么？他说爱惯就好了，啊！可珍贵的初恋之心。"
【《春曲》（六）】当她满怀信心打开爱的魔盒，却不顾等在那
端的，会否是爱最冰冷的决绝。她不能想，也无力去想。瞧，她
是连眼睛都睁不开的。汤汤水水是日子，来得早些吧！当爱隐没
了躁动和激情，而归于寂静，从容的美丽才会缓缓地展开。群峰
隐没的古塔，邂逅一段明媚。梦境清浅地哀伤，只愿你的心许我
皈依。你是我的佛，我修行着你，便可功德圆满。

　　彼时，萧军的心尚未真正归属。他有一段长达10年的婚姻，亦
有几个暧昧对象。且莫说给他织补毛衣的"慈悲"姑娘，单说那沙龙
玲珑万千的女主人，眼波轻轻流转，便能生生地勾了他的魂。他是沙
龙的常客，也是那名叫李玛丽的高贵女主人的追逐者之一。洒脱如萧
军，怎能甘于让一朵摇曳的野花，淹没整个春天？适时，他才25岁，
从包办的婚姻里走出来，他觉得，自己还有大把的光阴可以挥霍。

《幻觉》

昨夜梦里：
听说你对那个名字叫Marlie的女子，
也正有意。
是在一个妩媚的郊野里，
你一个人坐在草地上写诗。
猛一抬头，你看到了丛林那边，
女人的影子。
我不相信你是有意看她，
因为你的心，不是已经给了我吗？

疏薄的林丛。透过来疏薄的歌声；

——弯弯的眉儿似柳叶；

红红的口唇似樱桃……

我的名字常常是写在你的诗册里。

我在你诗册里翻转；

诗册在草地上翻转；

但你的心!

却在那个女子的柳眉樱唇间翻转。

听说这位Marlie姑娘生得很美，

又能歌舞——

能歌舞的女子谁能说不爱呢?

你心的深处那样被她打动!

我不哭了！我替我的爱人幸福!

(天啦！你的爱人儿幸福过?言之酸心！)

因为你一定是绝顶聪明，谁都爱你；

那么请把你诗册我的名字涂抹，

倒不是我心嫉妒——只怕那个女子晓得了要难过的。

我感谢你，

要能把你的诗册烧掉更好，

因为那上面写过你爱我的语句，

教我们那一点爱，

与时间空间共存吧!!!

我正希望这个，

把你的孤寂埋在她的青春里。

我的青春！今后情愿老死。

残缺的灵魂，注定要用女性的温柔细细织补。萧红忍得住痛，也要给萧军描补一个不一样的未来，尽管他配不上这个鎏金的未来。

他倾慕的李玛丽，终究不会给他任何爱的回应。她看他的眼里，有虚假而完美的笑容，却空洞茫然，因为没有爱。天边的泡沫怎及得上眼前的烟火？诗人的心是不死的鸟。他倾慕的人，却未必会给他一片天。就这样，他投身于萧红编织的花环陷阱里。那不可测的未来，熠熠着，明灭着，于狭长幽暗的隧道深处，呼啸而来。

我的爱人，不要埋怨我的笨拙，你的完美永远是我学不会的誓言。萧红是完美主义者，同时也是唯情主义者。她既抗争，又不得不向生活妥协。尽管有许多人因为关切她，而时常来探望她，她的生活境况也稍有好转。然而，在情感上，她可以选择的毕竟不多。若她的家境优渥，学问精深并能出国深造，嫁给有名望的丈夫梁思成，那么，即使这棵树上结出涩果子，她总可以爽快转身离开，自有别的树殷切地将丰硕的果实递上。

时光的针线，无法描补男子脆弱的誓言。你动情的话仍在耳畔娉婷绵软，唇齿间却已透着缥缈的寒。抖落的忧伤，唤不回瞬息的过往。是谁在说，许你孤单，以爱的名义？

满饮暖爱

倾了一座城，许你一场爱。许多的爱，在盛世面前止步，在乱世却激荡起生死相依的情怀。真爱，可以是一场欢愉，亦可是共度的情怀。

正在新生的感情灼烧着萧红时，生存困境也一波接一波地袭来。她的肚子大得像倒扣着的小盆。萧军整日都在跟他的朋友一起想办法，他甚至想疏远萧红，让真正有能力的人帮助他。他心里选定了方未艾。

方未艾是商报副刊《原野》的编辑，在诸多出身贫苦的作家和编辑中，只有他的家境最好。他非常欣赏萧红的才华，曾在《原野》上发表了一期两萧的诗歌专号，作为对他们结合的纪念。然而，方未艾是老派人士，深知朋友之妻不可欺的道理，对萧红即使有欣赏和怜惜，他也是懂得避嫌的。

正当萧军他们一筹莫展的时候，震惊全国的洪水铺天盖地地就来了。8月，松花江水位暴涨，洪水决堤，水漫金山，哈尔滨一片汪洋。这场水患，让数千人丢了性命，几十万人受了灾。他们丢掉了家业，呼天抢地地挣扎在洪荒中。一时间，东兴旅馆外面是一片明晃晃的刺目的白，尖叫哭喊之声不绝于耳。东兴旅馆的一楼已经浸泡在汪洋中，房客都涌上二楼。然而对于萧红而言，却不失为一个逃离的机会。

萧红倚在窗畔，看着一片片的日光在水面上浮动着，想着她深不可测的宿命。一闪而过的希望灼亮了她的眼，很快，她又垂下眼睛，睫毛颤抖如蝴蝶的双翼。这一走，要走到哪里去呢？她没有家，只有新认识的几个朋友，还有爱人……然而她的爱人也是没有家的！

房东又上来催房租，嘴里发出诅咒的声音："你倒是怎么样呢？才几个钟头水就涨得这样高，你看不见？一定得有办法，太不成事了，七个月，共欠了四百块钱。王先生是不能回来的。现在一定不能再没办法了。"萧红费力地发出几个音节，她说："明天就有办法。"然而，她的办法在哪里呢？她的办法只有等。萧军不来，他的朋友来也好，总之，能够带离她走出牢狱就好。

多年后，她在散文《弃儿》中详细地描述了当时的情境：

　　"水像远天一样，没有边际地飘漾着，一片片的日光在水面浮动着。大人、小孩和包裹青绿颜色。安静的，不慌忙的小船朝向同一方向走去，一个接着一个……一个独自凸得满头般的女人，独自地在窗口望着。她的眼睛如同黑炭，不能发光，又暗淡，又无光，嘴张着，胳膊横在床沿上，没有目的地绝望着。

　　"倾城的大水，毫不怜悯苍生，仿佛一只张了嘴的巨兽，吞噬着周遭的一切。它来的时候，尚带了一丝余温，人们亦尚可从容应对。然而很快，这只巨兽发出饥饿的咆哮，冲着一切生灵亮出了利齿。先前的从容被一浪接一浪的洪水吞没了，剩下的，都是惊慌和恐惧。人群慌乱起来，遥遥的，死亡气息渐行渐近。

　　"水的稀薄的气味在空中流荡，沉静的黄昏在空中流荡，不知谁家的小猪被丢在这里，在水中哭喊着绝望地来往尖叫。水在它的身边一个连环跟着一个连环地转，猪被围在水的连环里，就如一头苍蝇或是一头蚊虫被绕入蜘蛛的网丝似的，越挣扎，感觉网丝是无边无际的大。小猪横卧在板排上，它只当遇了救，安静地，眼睛里放希望的光。猪的眼睛流出希望的光和人们想吃猪肉的希望交结在一起，形成一条不可知的绳。

　　"依着窗口的女人，每日她烦得像数着发丝一般的心，现在都躲开她了，被这里的深山给吓跑了。方才眼望小猪被运走的事，现在也不占着她的心了，只觉得背上有些阴冷。当她踏着地板的尘土走进单身房的时候，她的腿便是用两条木做的假腿，不然就是别人的腿接在自己身上，没有感觉，不方便。整夜她都听到街上的水流唱着胜利的歌。"

在这绝境中，萧红依然等待生命中的爱情。它是光，是暖，是希望。她不知道，她的爱情会不会漫过肆虐的洪水，不顾一切地向她奔来。然而，她相信，她有信心。

流星疏木，走月行云。洪荒尽头，是爱浮动的光。尽管尘烟弥漫的今生，寻爱之路注定艰辛困苦不堪，然而抱紧今生，就不会将短暂的相守遗落在来世。我在疏离中寂寞地等待，只因你曾赐我以光，给我以暖。我不要如花美眷细细瞻仰，我只要现世安稳不离不弃。

8月9日，旅馆的老板终于拖家带口逃命去了，整个东兴旅馆变成一座废墟。寂静，无边的寂静，如水浪，一波接着一波向她袭来。阳光挤过狭窄的雕花窗子，将灰尘照耀得通透，她像即将登台的皮影，剪影里是看不出的淡漠。她的心烦中带着一丝冷，除了坚强，她还能剩下什么？等吧，等吧，最艰难的时日不都熬过去了吗？她不要将悲戚舞成凌乱，若生活赐她以寒，她将报之以歌。

彼岸，那个命定的人正在想尽办法筹措资金。他当什么呢？当那条流着棉花的破棉被吗？在困窘里过久了，这次仿佛头一次与困窘这头怪兽四目相对。他发觉自己的口袋竟然像一只破篮子一般，什么也盛不住。夜，像烙铁一样，在他的皮肤上吱吱作响。他的心疼得几乎肿了起来，只听见牙缝里透过凉风，像灰鹰扑扇而过。

他想起自己还有一件上好的制服，连忙翻了出来，拿在手里，像拿着一个大元宝一般。明天，当了它吧！换来一元钱，五角钱买吃的，五角钱给她坐船。至于自己还是会游两下的。天不亮，他就迫不及待地扑向当铺那块鎏金的招牌。他头一次发觉，那块鎏金的招牌每一个字都那样美，那么令人心醉。然而，当他欢笑着的眼触及笨重的铜环，他整个身子都僵硬起来。当铺已经人去楼空！四周响起凄厉的叫声，正信阳河开口了！他跌跌撞撞回到家里，死尸一般沉到床上。仿佛失了聪，失了所有的觉知。他懊恼地想，为何自己花了五角钱买了一根裤带呢？难道不能一手提着裤子，一手去救他的爱人吗？那时的人，爱与不爱都是真的。爱未必烈，却娇憨得可爱。有了这份情怀，再苦的日子都会过成诗。

江是宽阔的，脚步是轻盈的，孤雁哀鸣着羽翼划过沉沉的天。天被白亮与湛蓝吞没着，反倒显出阴郁。水面似谁家的阳台，漂浮着花花绿绿的衣物。洪水这只巨兽不安地翻转了身子，发出酒足饭饱的呻吟。散落在水中的木板散发着生命的气息，像富贵人家推不开的红门。萧红小心翼翼将脚踝没入水里。盛夏的水中，依然是刺骨的寒。巨兽睁开红红的眼睛，将她整条腿吞没。顾不了那许多了，她总是要逃生的。即使萧军不来，她总是要自己想办法的。半个时辰前，东兴旅馆好心的老茶坊敲开了她的门。他说："姑娘，趁老板都走了，你赶紧逃生去吧。"萧红闭了眼，眼泪回流到心里：是该为自己设法了。

她搭上一艘运柴火的救生船，像一片孱弱飘零的叶子，转瞬间没入无边的海。风高浪急，行人的眼泪汇集成滚滚的江河。水流似断线的风筝，追寻着死神的脚步。果真逃得出吗？萧红抓住衣襟，眼里闪耀着对生的渴望。遥遥的，一声接一声的呼唤绵延而至。那声音，似流离鸟儿重返窠臼的清澈，似刺穿时光的冷然。她疑心自己听错了，她的耳边从早到晚灌满着喧嚣嘈杂，想必是幻听吧？

"张乃莹！张乃莹！"单薄的船板随时都有没入水流的危险，然而船舷处，摇摇欲坠的呼喊声却似黑夜里微弱的灯盏。烛光，漪纹一般漾开，在她的心里，燃起了熊熊大火。是他！是他！是她前世的宿命今世的爱人——那个人是萧军，是萧军啊！她如同得了失心疯，不管不顾跳进水里，那边的萧军也跳了进来。两人如同笨拙划水的鹅，缓慢地，无限幸福地靠近对方。近了，近了，洪水碾压过百年的光阴。寻常的日子慢若云走，珍贵的时光却快如闪电。那光，那亮，劈开了茫茫的洪水，将两个人的心紧紧连接在一起。

爱人，我命定的爱人！倘若你是劫，我愿意与你万劫不复。倘若你是债，我愿以生命来偿还！只因在我必死的时候，你的慈悲，照亮了我晦暗不明的路。那么多爱我的，怜惜我的人，只有你，不管不顾地来到我身旁。所以我的爱，也只有你最配！

爱是什么？爱是自心生魔，苦乐自担。爱是梵音，菩提自生。爱是最需要你的时候，你跋山涉水来到我身边。

爱的行囊

花痕是韶华的泪眼，清枝是明月的窠臼。爱情是一只小小的行囊，可折可叠，可伸可缩。兴之所起，背了它浪迹天涯。想一个人想到不能自已，也恨不得他是一只小小的行囊，随着你走遍山长水远，云起云落，一直走到灯火阑珊处。

相爱的人，总是将日子过得有恃无恐，张扬着那份癫狂的感动，只想把幸福一个劲儿地挥霍。相爱的人，也总是那样迫不及待，只想把厚重的日子过得轻薄。情深不寿，其实不是不寿，是命定的好日子都被挥霍光了，剩下的不是灰烬，就是新的轮回。

两人相偎依着来到裴馨园家里。裴馨园是主编，也是萧军的引路人。他办了许多份报纸，家境也宽裕些。然而乱世，即使小富也未必即安。他的两个孩子尚年幼，需要管家保姆照拂，何况还有个老岳母。妻子黄淑英是旧式妇女，没知识，也赚不来钱，一家的经济全靠裴馨园勉力支撑。碍着与萧军的交情，加上确实怜惜萧红的才华和境遇，他说服了妻子让萧红住在他们家里，并嘱咐家人不要打扰萧红，让她静养。

当落魄的萧红出现在黄淑英面前时，被她上上下下打量的凌厉的眼神弄得无所适从。她感到自己耳畔发热，头却似挂了重物一样慢慢垂下。旧衣的襟角如被风撕破的絮，颤巍巍的，光随着她光洁的小腿蜿蜒游走，一直到她脚上那双破败的棉鞋。时值溽暑，她为何还穿着棉鞋呢？那道说不清道不明的目光，正映着她的困窘，让她不安极了。

然而，再深的窘境，也不能令她灰心。她还有一张牌，那张牌有着一双明亮的眼睛，照耀着她未来的路。浮华的世事洗净了历史的长天，缥缈的情事湮没于青石巷陌。雾霭中，你的爱如佛，光影流转，熠熠生辉。相守时，他们才发现，所有的日子都插上了翅膀。

萧军带萧红去他们向往已久的道里公园。莹莹的烛火，迷蒙的光影，潺潺的流水以及植物温柔的呼吸，映在相爱的人面孔上，都是流光溢彩的美。她拍着手，欢呼着，她简直不相信此刻的自由是真切的。她痴傻地捧着三郎的脸，兀自落泪，又转悲为喜，哈哈笑着。他们的爱情似乎是秘而不宣的浪漫，又非要闹得人尽皆知似的。夜深了，谁都不愿意起身离开。任何一句语言，都是对此情此景的打扰。此时，语言也不行了。在爱面前，一切都是那么的卑微。

寄人篱下的滋味总归是不好受的。自从察觉黄淑英那道并不友善的目光后，萧红也寡言不少。如若萧军不来看她，她总是将自己关在屋里看书。缺乏沟通令双方隔阂更深，黄淑英本来对这个不速之客就不欢迎，这下更气恼了。她日日操持家务本已辛苦，还得再多伺候一个不通人情世故的萧红。她哪里知道，才女的心纤细如发丝，一个无意抛来的眼神，就足以隔断通往她心里的路。才女，终究是脆弱而多疑的。

其后，当他们真正一起生活时，萧军也曾对她若林黛玉的性格有了怨怼。他说："我不爱林黛玉那样的，我只爱湘云或尤三姐那样的！"黛玉比萧红幸运，她毕竟是阔小姐，有父亲的钱财为之撑腰。而萧红与萧军，倒真如他们所说，像主人家收养的两条流浪狗。后来，萧军索性也搬了进去，住在裴家客厅。黄淑英的脸就更不好看了。

敏感自尊如萧红，是不肯承受黄淑英的怨气的。她时常一大早就跑出家门，等待萧军下班，再将她接回裴家。渐渐的，他们游荡在街上的时间越来越长。两人都有诗人的灵魂，不管不顾率性而为，索性郎情妾意，挽着手偎依着走。有一天，他们走着走着，遇到裴馨园时，萧军拉着萧红的手跑过去打招呼，裴馨园却像烫着似的跳着走了。萧红与萧军一片怃然。

更难挨的是，黄淑英对萧红说的那番话，据萧军推断也可能是裴馨园的意思。一天晚上，房间里只有黄淑英和萧红，黄淑英勉强做出一副温和的样子，委婉地说："你们不要在街上走来走去，街上人多，很不好看呢！人家讲究着很不好呢。你们不知道吗？在这街上我们认识许多朋友，谁都知道你们是住在我家的，假设你们不住在我家，好看与不好看，我都是不管的。"萧红垂了头，脸涨得很红。她的指节被碾得发白，嘴唇哆嗦着，一句话也讲不出来。晚上，萧红将话转述给萧军听，萧军的眼睛发亮，他愤愤地说："富人穷人，穷人不许谈恋爱？"

洪水追赶到公园，他们唯一的乐土成了水中的废墟。只有那灯，不甘不愿的，灯笼似的红光，映着漫漫的水。他们的心你追我赶，拥挤到一处，像找不到决堤的江。万顷的江水，碾压着回忆中的凉亭。垂柳发出断裂的声音，宛若时光的陶瓷，碎了。发酵的是世情冷暖，跳动着的，则是十指相扣，恨不能一夕忽老的那颗心。当苦难袭击相爱的人，他们的心会长成一棵坚韧的树。

我相信，世间重重阻碍，并非为了阻隔，而是为了更好地成全。爱从来都是神圣祭台上的火焰，悬崖上的花朵，需要被艰辛踏遍，才能绽放到极致。绝望到极处，才是生的福音。裴馨园全家的搬离，让两对折翼的鸟儿又一次承受无情的风霜。他们将被褥全部带走。萧红只得枕着包袱在土炕上睡。萧军也不出门了，他用下颌顶着床沿，担忧地看着萧红。他的爱人，要遭受多大的刑罚呢？可是他能做什么呢？有那么一瞬，他甚至想代她受过。萧红的心居然翻滚起诗意，她在心底暗暗勾勒着这样的画面："这是两个雏鸽，两个被折了巢窠的雏鸽。只有这两个鸽子才会互相了解，真的帮助，因为饥寒迫在他们身上是同样的分量。"

饥寒迫在他们身上是同样的分量。要有多精致的灵魂，才能落笔生花，写出这般可爱的文字！然而，精致的灵魂并未能拯救才女的危机。她的肚子疼了起来。这一疼，所有温柔的诗意都收起了花瓣，雨哀号着落下来，风仿佛要撕破有情人心底最后的渴望。然而对生的渴求，在彼岸，站成一尊坚毅的雕塑。即使疼痛再迫人，即使四处借钱再尴尬，他们也不管不顾了。他们要活下来，要活得更好。活着，就是胜利。

疼，铺天盖地地袭来，疼，犹如一只长着利齿的兽，啃噬着肺腑。她的脸如纸一样惨白，她的呼吸只是倒着回流，她在床上翻滚成泥人。不知道什么时候，萧军湿漉漉地回来了，眼里盛满了光，尽管只借到少少的钱，弄到一匹马，然而总算可以将她送到医院去了。马负重前行，一点也不愿卖力。萧军则跳下水拉着马蹚着水走。萧红像货物一样被抛在车上，沉沉的，什么也来不及思考。疼得轻些的时候，她试着跟萧军评论刚才经过动物园的大象，说，看它笨得多可爱啊！萧军又是气，又是笑。这个长不大的小孩子啊！

漫漫的水，仿佛永远没有尽头，相爱着的人，也是一个不会完结的故事。当他们跋涉在水中，只想将疼痛快快减轻，却不知，最幸福的时光，已经在疼痛中撕裂着过了。

必是最深的疼痛，才能逼出人性中的温暖。必是最深的困窘，才能迫出人心底的坚强。倾城之恋是一场轰炸后的断瓦残垣，逼出一个轻浮浪子想要地老天荒的誓言。而这一场洪水，又浑浊出生命里最清绝的真心。所有正在进行的贫瘠，都是未来日子细细点数的富有。所有的苦难，注定会镀出亮丽的诗篇。

　　她的一生，注定走不出四月天的静谧优雅，亦走不出临水照花人的惊艳清漠。命运给予她的都是冰冷与狼狈，除了坚韧的心和永不放弃对生的渴望，她没有更多的精致与婉转，可供人临摹观瞻。她的生活太狼狈也太困苦，她的爱情太卑微也太辗转。然而纵使在寂寥的红尘里被岁月一再辜负，她也曾握住仅有的温暖永不放手。她注定成不了谁生命里一树一树的花开，然而，她却成了那个在黑暗的隧道里提灯前行的女子。她的坚强，照亮了我们看不到的白天，照亮了我们不曾珍惜过的福泽。

太薄弱，是爱情遗留的美

生命是一场坚韧的放逐，流浪者在墨黑的夜里，寻找温暖的光。有时，无意间一个沉静坚毅的眼神，就能拓宽生命的境遇；有时，颠沛流离中一声轻不可闻的誓言，就能令爱情有所附依。

精神之光如同爱情的裙裾，它不会使人拘束，又能装饰那碧绿的翠，湛蓝的美。沐浴在爱里的女子，都会感受到爱人精神之光的照耀。于是，即使是苦，也会令她甘之如饴，因为她知道，他会一直陪伴在她身边。

柔弱如女子，要吸附着爱她的人赐予的琼浆玉液，感受着爱的温度，情的烈度，才可活得下去。若这点精神散了，淡了，女人这朵花就要憔悴了，枯萎了。萧红便是这株等爱的花。她天生就要为这情而活着，不管是琼浆玉液，还是胆汁毒药，她都不管不顾。她像沙漠里的旅人，一生都生活在缺水的渴中。爱可滋养她，亦可流放她。

然而，她仍不失为烈性的女子，坚韧的女子。因为即使在最艰难的时刻，她亦未让泪珠装饰她的脸庞。她用她温柔的疼痛，缠绕着爱人锋利的心肠。她的坚强，是不具侵略性的，然而却是真真实实存在着的。

萧红苍白的脸仿佛一张孱弱的纸，经不起风的轻轻一撕。24个小时的分分秒秒，于她，都是炼狱的煎熬。终于，在天微微亮的晨曦，一个女婴啼哭着诞生了。她长叹一声，合起了眼睛。从汪恩甲离去到苦难终止，整整4个月的时间。4个月，无论精神还是肉体，她都遭受了难以想象的责罚。她无暇怨怼命运，她太累了，真想就这么睡去，一直睡到地老天荒。

梦，是墨黑的地狱，是更深的责罚，是冷酷的法官，仿佛，在宣判她不可饶恕的死罪。她在承受着酷刑，这个酷刑便是新生儿哀哀的哭泣声。5天，整整5天，孩子的哭泣声一直环绕在她的耳朵里。她颤抖着，"声音里母子之情就像一条不能折断的钢丝被她折断了"。她甚至从梦里挣扎出来，跌跌撞撞地扑向冰冷的墙壁，那墙壁渗透的月光，此刻不是温柔而是凄楚。她用力拍打着墙壁："孩子，不要哭，妈妈这不是来抱你了吗？"妈妈，来抱你了，抱你了。可是，她必须隐忍，必须狠心。因为她知道，这一抱，她是再也放不下的。这个孩子，她不能要，不能要。

　　如今社会，我们已经很难想象当时的艰难，亦很难理解萧红的心态。不由得想起武媚娘当时灭子的狠心。身为女子，我们总会身为母亲，亦知做了母亲一颗心是柔软的，心之所系情之所牵，都是这个小小的婴孩。然而，在饿殍遍野的时候，在政局动荡的时刻，若狠不下心牺牲了孩儿，那便会有更大的牺牲。正如她所说："真是自私的东西，成千成万的小孩在哭怎么就听不见呢？成千成万的小孩饿死了，怎么就听不见呢？比小孩更有用的大人都饿死了，怎么就看不见呢？真是个自私的东西！"隐隐的，我看见一种叫作使命的东西，或者叫作"大爱"。那是只有政治家，或者作家才有的使命感。作为尘世饮水冷暖自知的小女子，自是不必有大爱无疆的情怀，却也懂得尊重别人的境遇，悲悯别人的抉择。

　　人的选择是不同的，若是我，我宁可与这初生的我的孩子在绝望的世道里同生共死也会不离不弃。然而我不是她，我亦不是上帝，不能主宰她的生命。对于一个美丽的生命，我们能做的，不是干涉与点评，而是宽厚与慈悲。

　　慈悲，是命运赋予我们最深沉的感动。因为慈悲，我了解她的苦。因为慈悲，我看懂她的痛。因为慈悲，我流着泪写着关于她的文字。因为慈悲，我眷念着一个美丽的魂。

　　医院来了一个女人，三十多岁了，敷着脂粉，却遮挡不住面颊上的斑点。她的丈夫是公园临时的看门人。她瘦，穿着白色的长衫。她坐下来，试图与萧红交谈。毕竟，她领养的将是萧红的孩子。她知道一个母亲心底的那份难舍难分，于是试图安抚萧红的情绪。屋子里的产妇都露出同情甚至惊吓的神色。她们还记得这个奇怪的母亲。当医生将孩子抱到她们眼前，当她们个个欢天喜地时，却听见萧红凄凉地大叫："不要啊……我不要呀……我不要看啊！"一屋子人都肃静，为之落泪。这一次，萧红依然是以被蒙脸，流着泪说："请你抱走就是了，再不要说别的话了。"那女人闻之，叹息一声，又坐了一会儿，到底轻轻地接过孩子，走了。萧军却追了出去，对着她的背影喊，等她长大了告诉她，她的妈妈是个作家！

萧军又折回去，紧紧握住萧红的手。那一刻，萧红不再是他心目中单薄脆弱，像藤蔓一样的女孩，而是一株傲然的树，站成挺拔的身姿。她是母亲，她有很深的根基，她的灵魂长大了。萧红勉强一笑，惨白的脸上冒着细密的汗珠。她说："这下我们没有挂碍了，丢掉一个小孩使多数小孩得救的目的达到了。现在的问题就是住院费。"萧军一句话也说不出，他只紧紧攥着萧红的手，他听到自己的心在合着的掌心里跳动。"她是时代的女人，真想得开，一定是我将来最忠实的伙伴。"他周身的血液都沸腾起来。

然而"住院费"三个字，如同千钧巨石，压在萧军和萧红一贫如洗的生活里。去哪里筹钱呢？他已经没有什么可当的了。他又回来，望了望萧红惨白得近乎透明的脸和隐忍的叫声。他的眸子更深了。生活，何曾给予这两个有才华的人儿温柔以对？萧红的身影已经犹如皮影了，遥遥地看，如雾霭中残破的花枝。坚强如萧红，也说起了丧气的话："我会死了吧！我死了你就可以同他们走了。但是我现在不想死，亲爱的，我连要死的梦怎么都不做一个呢？……尽看那些美人蕉，它是那样的引诱你吗？"萧军握着她的手宽慰她："只有要死的人才会想到死，我们只想怎么活……并且要活得美丽。"

当苦难如挣扎的老树用千年的枝丫刺破长天，阳光却沿着脉络渗透下来。生命多辛苦，坚强必将成为最亮丽的底色。

湍急的日子被锋利的思念磨平，思念的河床又被爱的光环轻轻覆盖。光阴蹑手蹑脚地经过，并不想打扰灵魂的苦乐悲喜。日子像踮起脚尖的猫，慵懒中带着几许期待。墨竹在杏花酒的清香里抖落疏朗俊逸，淡月在花枝疏离里洇开长天的空蒙。天寂灭了，又微亮了。风烟，袅袅婷婷地路过你的欢愉，她的悲愁。日子再辛苦，总还得优雅从容地过下去。尘世赐予一身尘埃，我却静若石莲花开，不生尘埃，洁净如初。

萧军想了许多方法，依然凑不出一毫一厘。大不了去坐牢，还可吃牢饭，怕什么？这个社会原本就无道理可讲。只先宽心住着，他们还敢怎么样？对于行伍出身的萧军，那种豪迈不顾一切的劲头又起来了。他觉得，这个社会哪里有公平可言？既然如此，暴力是解决问题最简单最直接的方法。萧红已经憔悴得不成样子，连呼吸都是惊心动魄的疼。她咬着唇，唇都咬出了血，将哀号化为呻吟。她知道，再也不能令爱人担忧了，他已经不堪重负。

多想，将那沧桑看尽，洗尽浮世的疼痛，从此温一盏杏花酒，在老去的青石巷陌里，过不问烟火的生活。一切，只为你曾经给予我的誓言。一切，只为你蓦然间，那张爱情的脸。

越发觉得，尘世像一帧经卷，佛的手指略过，一切喜怒悲欢骤然惊动起来，甚至于百年惊醒。人心是寂寞的，佛心却是灵动的。令人心活跃着的，并非生命的本真，而是肮脏的欲望。

萧军忍无可忍冲了出去，打翻了医生正在玩的棋牌，揪住大夫的领子说："你们这些指仗杀人吃饭的刽子手们！我向你说！如果今天你若医不好我的人，她若从此死去……我会杀了你！杀了你全家！杀了你们的院长，杀了你们的院长全家……杀了你们医院所有的人，用你们所有的生命来抵偿她……我等待你们给我医治！"那些医生吓得要死，玩也不敢玩，赖也不敢赖，只得收拾药品去给萧红打针，这才将萧红从死神那里请了回来。

萧红这一页，于佛心翻过，是劫，于人心阅历，却是爱。他们没有钱，住院的费用也是一拖再拖，为了她，萧军豁了出去，用野蛮的武力对付那些冷酷的人们。见死不救么不是？那么，就一起死吧！一直觉得，萧红和萧军这段爱情，来得突然，去得勉强。然而就在这一处，在萧红哀哀欲绝即将撒手人寰的时候，萧军敢于为她拼命的架势，那发红的双眼和怒起的头发，让我信了他的真。

太薄弱，是爱情遗留的过于短暂的美。也许，我们都有一颗太贪婪的心。对爱情期许太高，太高。只要爱真的来过，哪怕只有那么一瞬，一霎，然而它真的来过，就足够了。尘世多凄冷，然而为了你曾经对我最真的爱，我愿意在深冷中绽放出最炽烈的美。不是你值得，而是因为你的爱值得，你的真值得。

你是，唯一可循的光

清漠的过往封存于时光的画轴，悠远的笔墨漾出浮生的欢愉悲喜。渡口桥头，岁月静好如初，是谁掀起了帘幕，期许一场不期而至的遇。爱就是不多一步，不少一步，我等候千年，你刚好在灯火阑珊处。

尘封的烟雨在苍翠的书卷里辗转，一山的空蒙比万水的奔涌更为牵心动肠。多少情爱在洗旧的年华里温润，多少爱情在漫立的时光深处寂寥。在爱的旧巢里，岁月建筑起沧桑，细雨清瘦了地老天荒。双燕来或不来，我都会将思念等成一株苍翠千年的树，一个不老的誓言。

太脆弱，是爱情单薄的福气。我不信你誓言坚若磐石一生对我不离不弃，然而我信你想要努力给予我的那个神话，你澄澈的双眼，你曾经真诚的心。我不信爱情，我只信你。我不信爱情，但我依然敢这一生只爱你，只等着你。

当萧红与萧军再度回到裴家时，我不知道，这个将自尊视若生命的女子，是怎样走得出尴尬窘迫的心牢？寄人篱下，本是人生悲惨的境遇之一，何况还身无分文。黄淑英的脸色越发不好看，碍于对封建妇德的遵从，一直隐忍不发。裴馨园听多了整个家族对萧红的诸多抱怨，比如冷漠、不通人情、不知感恩，亦变得不耐烦起来。这些怨气积压着，终于在11月的某一天，找到了宣泄口。黄淑英又在萧军面前抱怨萧红的种种过错，萧军忍不住同她大吵一架。这一吵，裴家是断不能住了。

人性太不稳固，人性亦太脆弱。前一秒与君称兄道弟，有福同享有难同当，后一秒立即嫌他是累赘，像端着的锅子里烙的饼，一心想尽快脱手。很多时候，人们同情悲惨的境遇，只是为了凸显自己高尚的同情。萧军的出场纵有千般自私，然而他却是洞悉世事的。还记得以裴馨园为首的人七嘴八舌说要帮助萧红的时候，萧军却说，这世上可怜的人多了，哪能帮得过来？既然帮不过来，又何必沽名钓誉，白白给人以希望呢？事实证明，萧军是对的。冷酷的人未必冷酷到底，而那些跃跃欲试要将自己的道德高标置于他人困苦之上的，却往往无力坚持到最后。

裴馨园只说萧红与萧军令他们夫妻失和，请他们不要再妨碍他们夫妻和睦。他将五元钱包在信封里给他们，令他们另寻他处，就这样，像打发叫花子一样将他们打发出家门。无奈的萧军只得找一辆马车，将还在病弱中的萧红带走。天地苍茫，一时间他们也不知道走去哪里。到处都是炫目的光，到处都是蚀骨的冷。天地这么大，哪里才是家？

马车来到新城大街一家白俄经营的欧罗巴旅馆，碰巧，这家旅馆三层楼上有一间空房子，是屋顶斜倾的阁楼间。然而这样的环境也是好的，起码价格低廉。不曾想，乱世中飘摇的旅馆，像一只长着血盆大口的饥饿野兽，小小一间阁楼，竟然要六十元一月，一天两元钱！当那个白俄经理伸出手来说："你的房钱，给！"萧红与萧军从他的神情里，看出他对穷人的不信任。然而怎么办呢？他们是彻彻底底的穷困之人，除了给马车夫的五角钱，全部的财富加起来只有四元五角钱。白俄经理得知萧军的经济状况，眼睛瞪得跟铜铃一样圆，他凶神恶煞地说："你得明天走，你得明天走！"萧军说："不走！"白俄立即说："不走不行，我是经理。"他眼里流露出的势利、蛮横和鄙夷刺伤了萧军。他怒从心底起，从床底取出剑来，指着白俄凶巴巴地说："你快给我走开，不然我宰了你！"白俄吓坏了，连滚带爬逃了出去，还报了警。慌乱中他看不清楚包在报纸里的是剑，还以为是枪。警察来查看，方知是剑，闹了一场乌龙，并未追究萧军的责任。个中有曲折，但总算有惊无险。连求带吓，萧军跟萧红到底有属于自己的巢穴。天下之大，有情相守才是家。天下之大，有了你，我才有了家。

她开始打量这个简陋的屋子。一张床，一个沙发，一把藤椅，而后就是空荡荡的白。这白，源于哪里呢？萧红好奇地寻着。原来，是白得耀眼的床单。可算是有床单了啊，萧红慢慢地抚摩着心想。萧军却有不同的想法。"大约我们是要睡空床板了！"他对萧红说。果然，俄国女招待将枕头、床单和被子都撤走了，床上只剩下一张龇牙咧嘴的草褥光秃秃地呈现在那里。那抹耀眼的白，随着白俄女招待的那方花头巾，倏忽消失了。整个屋子是赤裸裸的褐色和晦暗不明的清冷，小屋被月光洗劫，一室的凄怆怎么也遮不住。然而那有什么关系，有情相守便是家。她不怕岁月赐她苍凉困苦一贫如洗，只求他的目光深情相依可托流年。

"浪儿无国亦无家，只是江头暂寄槎。结得鸳鸯眠更好，何关梦里路天涯。

"浪抛红豆结相思，结得相思恨已迟。一样秋花经苦雨，朝来犹傍并头枝。

"凉月西风漠漠天，寸心如雾亦如烟。夜阑露点栏杆湿，亦是双双悄倚肩。"

在乱世的颠沛流离中，他们的爱一贫如洗，情却富可敌国。没有婚礼，没有仪式，更没有人们祝福的目光。萧军在简陋冷寂的旅馆中，对着半窗月色，凝神而思，一蹴而就绘成万千情丝。三首定情小诗，两两伉俪情深，文坛骤然绽放起粲然焰火。自此文坛上的"二萧"诞生了。

尘世烟火种种，岁月沧桑分付，也曾茕茕孑立行走世间，让清澈的心在流年的辗转里安稳如初。也曾将寂寞过成惊心动魄，步履踉跄着投奔单薄的幸福。风烟漫过，我保留初遇你时的模样，不是因为眷恋你，而是眷恋着跟你在一起时的我。我保留爱上你的初心，不为祈求回报，只为我眷恋着那一刻眷恋我的你。

她曾记得，在她极渴极渴的时候，他手足无措地帮她找水，又问："你是哭了吗？为何擦眼泪呢？"她答道："何曾哭泣，擦汗而已。"在她极饿极饿的时候，饿得精神恍惚，饿得以为桌子可以吃，她听得他回家的脚步，看到他两手空空一脸愧疚时，她将肚子拼命压在床上，为的是不让他听到饥饿的擂鼓声响。他问："你肚子疼吗？"他焦灼地又问，"你病了吗？"她摇摇头。目光如掠过屋脊的燕子。那一刻，他系着她，她系着他。他不忍她饥饿，她不忍着他的不忍。尘世的浮华纷纷低下头来，再多的财富，都抵不过真心一场。

与裴馨园的闹翻，让萧军失去了工作，于是找一份新的工作，便是他们唯一期待的事情。他们分着一碗玉米粥吃，甚至分着一根鞋带系。困窘令他们腹中空空，却令他们愈发情深意笃。每天清晨，萧军早早便会出门，他将萧红推回房间："你进屋吧！"她知道，心爱的人只想将苦难一力承担。她回了屋，却觉得焦灼不安。那屋是晦暗的，墙是深灰的，空气里悬浮的霉味压迫过来，令她无法思想。那墙也似活物，瞪着她，使她被牢牢禁锢住了，无法与外物接触。思想什么呢？此时满心悬系的，只是对爱人的担心。冰天雪地，他饥肠辘辘……无力感混淆着对食物的渴望向她袭来。多少次，她就这样睡着，又好似醒着。一双耳朵却无比清灵，莫说他回家的脚步声，即使灰尘与地板摩擦的声音，都听得真真的。

　　风雪纷乱若刀光剑影，冰寒兀立若万尺苍松。他穿着打孔的鞋，潮湿的衣裳，寒冷令他几成雕塑。他眉毛上悬挂着冰川，眼睛里却是簇簇的火焰。他回来了，带着冰凉的湿气，半碗粮食和一颗炽热的心。他说："天快黑了，我们去吃饭吧！"借来的五毛钱，吃不起大餐，果腹也勉强。萧红背得出上面的菜单，辣椒白菜、雪里蕻豆腐、酱鱼……然而他们通常只能吃点粮食，将心里的菜单默默吃一遍。

　　冬里的日色那样单薄，仿佛经不起轻轻一撕。撕碎了光暖，寒冷就要侵入进来。他们的棉衣在当铺睡着，两人的精神却在寒冷的街道醒着。明天，明天一定会找到工作，一定会有许多许多钱，嗯！

　　经历困苦，方知日光是易碎的，寒冷是有重量的，而一颗澄净深邃的爱心却是经得起时光挥霍的。那时何曾会想，人性是脆弱易变的。为何人们能在患难的时光里唇齿相依，亦泅渡不过安逸日子里的朝朝暮暮？他们的爱情在狼狈的贫困里璀璨温润，却终是输给半生拖沓光阴里的红尘琐碎。于是，我不再抱怨爱情太短，幸福太薄。对你慈悲并非因我的初心端寂，石莲花开，而是在苦难的日子里你曾紧拥我的灵魂不离不弃，你曾不怨不怼给我生命里最动人的春色。

　　我原谅了爱情的脆弱，你在长长时光里对我的懈怠。我慈悲着你曾给我的慈悲，感恩着你不需要感恩的恩泽。花曾开过，你的爱曾来过。于是，我说值得。你是我短暂生命里，唯一可循的光。

月明花满，不如情暖一场

烟火小巷，被浇醒的记忆生出浅浅的绿。杨柳陌头，被晕染的画桥铺满风与月。月白风清，曾经的曲调在醉里迢迢地现。东廊风软，微醺的朱颜似老去叶叶的情。由深夏入长冬，不过是上苍指尖微微的弹，然而衰老和憔悴，却爬上愁苦人的脸颊。有情饮水饱，那是饱足人的神话。真的饥渴难忍，哪有人解脱得出狼狈，赎得出从容？

他们似两只离巢的雏鹰，互相拥抱着在比寒冬更苍冷的人间取暖。活下去，是他们唯一的梦想。萧红和萧军不断地设法谋生。萧军在报纸上登了求职广告，说自己可以教武术、国文，学费低廉。萧红则设法联系往日的朋友以及老师。生活，能逼出一个人的坚韧，亦能逼出一个人的智慧。若非穷困到极致，他们或许不会知道，自己并非一棵柔软的藤，而是虬根坚韧，盘根错节扎根深入的树。苦难，让温饱逃开他们，却又让他们离生活更近。

终于，萧军找到了家庭教师的工作，每个月可以赚二十元。然而除去交房钱，还是入不敷出。饥饿仍是他们的常客。那一阵来找萧军的人很多，然而靠谱得却少，虽说生活暂时有了着落，可是那些形形色色的学生说不上课就不上课，他们依然为一日三餐发愁。每天，萧军披霜挂雪地出去，直到天色晦暗才踯着脚回来。耳朵是不能碰的，硬邦邦的，一碰唯恐掉下来。萧红仿佛成了职业等待人，专门守在门口等萧军回来。礼拜日的时候，萧军则建议睡一整天，这样就可忘记饥饿。

饥饿是她的另一份职业，她将这份职业写成了文字。

"'列巴圈'挂在过道别人的门上，过道好像还没有天明，可是电灯已经熄了。夜间遗留下睡蒙蒙的气息充塞在过道，茶房气喘着，抹着地板。我不愿醒得太早，可是已经醒了，同时再不能睡去。"

那香气四溢的"列巴圈"，仿佛勾引着人犯罪。她饿呀，饥饿早就击退了她的自尊，又向着她的羞耻感发出挑战的讯息！钥匙在门锁里轻轻地转动，她探出头去。牛奶是乳白色的，乳白色是什么呢？是河水最深的潜流，那么光滑，那么细腻。大大的"列巴圈"将她的胃撑得满满的，像一艘鼓风扬帆的小船。她的耳朵像儿时的"火烧云"一样，这"火"很快就弥漫上脸颊。这不是"偷"吗？街道哒哒的马蹄令她狂乱的心舒缓下来。"不对，我饿呀！这不是偷！"第二次打开门，她似乎下定决心。"我饿呀，他也饿，所以这不是'偷'。"这煎熬的瞬间，仿佛一个世纪那样漫长。

她折回来看看熟睡的萧军。她觉得，这个人是她的"敌人"，如果母亲在，那么她也是她的"敌人"。那种秘而不宣的羞耻感，一直弥漫在她心里，挥之不去。直到后来，天亮得厉害，人们醒了，"列巴圈"都不见了。它们被谁吃了呢？萧红想象着它们滑过舌尖，带着乳白的馨香。

萧军走了，他只喝了热茶就出去了。萧红又忍不住责怪自己，如果"拿"到"列巴圈"该多好！他就不至于饿着走了。关在房门里，她开始研究街路。她看着讨饭的母亲抱着饥饿的孩子，她想自己也是这样的情况。一边悲悯穷苦的人，一边怜惜着自己的境况，索性关了窗，关了窗却发现窗子生满了霜。于是，她看见玻璃窗默默地流泪，汇集成滔滔的江水。

"从昨夜饿到中午，四肢感到软，肚子好像在学校时被踢打放了气的篮球。窗子在墙壁中央，天窗似的，我从窗口伸了出去，赤裸裸，完全和日光接近，市街临在我的脚下；直线的，错综着许多角度的楼房；大柱子一般的工厂烟囱；街道横竖交错着，秃光的街树；白云在天空作出各样的曲线。高空的风吹乱我的头发，飘荡我的衣襟。市街像一张繁繁杂杂颜色不清晰的地图，挂在我的眼前。楼顶和树梢都挂住一层稀薄的白霜，整个城市在阳光下闪闪烁烁撒了一层银片。我的衣襟被风拍着作响，我冷了，我孤孤独独的好像站在无人的山顶。每家楼顶的白霜，一刻已不是银片了，而是一些雪片、冰花，或是什么更严寒的东西吸住我，像全身浴在冰水里一般。"

一直以为，萧红是个美丽的错误。她生不逢时又身为女子，过于倔强刚强又过于感性和依附爱情。俗世的错误，往往因着最美好的灵魂。尼采说，天才都有孩童般的天真。望着萧红的文字，时常讶然到静默无语。在她的笔下，词句可以被任意推翻重新堆砌，墙壁窗户都似乎有了活的灵魂。萧红笔下，无一不是有生命的。想穿越时光抱住这个美丽的错误，问问她为何岁月从不予她静好，她的灵魂却一直不曾蒙尘？当是怎样的坚韧，才可心怀世间的一切柔软，尘世刺她满身伤痕，她却流泪报之以歌。

高仰山来了。这位萧红少女时代最敬佩的男子，又走进了她黯淡无光的生活里。高仰山环视着这破败的居住环境，问萧红："你是一个人住吗？"萧红低了头，小声地说："是。"随后又隐隐不安，为什么要撒一个谎呢？说同三郎一起住又能怎样呢？高仰山朗声说："还是一个人好，可以把整颗身心都献给艺术。只有忠实艺术的心才不空虚，只有艺术才是美，才是真情爱。""爱是爱，爱很不容易，那么就不如爱艺术，比较不空虚。"他依然是那么阳光，那么健谈。在一旁的穿红花旗袍黑绒上衣的小姑娘早就不耐烦了。什么艺术，爱，她只知道"美"。她看这个屋子一点意思也没有，床上只有一张草褥子，她不停地催促爸爸走。高仰山应着，目光却继续逡巡屋子。终于还是走了，他给萧红留下一些钱放在桌子上。

萧军回来的时候，萧红还在出神。她想着那个十五岁的少女，依然是温室里娇嫩的花朵。她们相差并不大，生活却有天壤之别。她不是少女了，她也不青春了，二十出头的年纪，却仿佛一个老去的妇人。

尽管如此，爱人的出现还是如一道光，照亮了晦暗的心事。她跳起来，扑到萧军怀里，叽叽喳喳地说他们有钱了。萧军也拿出他赚到的钱。两人孩子一般地笑着，跳着。萧军去当铺赎回了当掉的棉衣。

他让萧红穿着自己的夹袍，他穿着一件毛衣。他们相携着去酒馆吃饭，这一次，饭菜十分丰盛，琼浆玉液也不过如此。二分的小菜，半角钱的猪头肉，半角钱的烧酒，几个大馒头。两人眼睛里晃动着笑，舌尖噙着温暖的光，心底却流着幸福的泪。

他们带着一个充实的胃，走过街角晕黄的灯，路过零食亭还买了糖果。两人一人吃一块，品尝着糖果的滋味。吃完后，两人孩子气地比舌头。萧军吃的是红糖果，所以伸出的是红舌头。萧红吃的是绿糖果，所以伸出的是绿舌头。不由得想，人的种种毛病、事端以及精神的疾病与困苦，都是富贵养出的矛盾。看那富人家个个衣食优渥，精神却始终不得清静。而那些在清贫中讨生活的人，却往往有着最富足的精神。对于萧红萧军而言，哪怕是一块糖，都能令他们开心得像个孩子。

冬日，漠漠的寒铺开一片月白，空枝处凉意遍体寒露未晞。此情若半盏烧酒，一壶温茶，虽不尽兴，却也断肠。

他们用牙缸里的开水和着馒头吃，或者蘸着盐吃着"蜜月的面包"。"饿吗？""不饿。""够不够？""够了。""咸死了，再这样度蜜月把人咸死了。""我差点把你那一半也吃了！"苦寒的日子并不是那么难熬，只要有情，屋子虽陋，也是一室生辉。月明花满，终不如人世情暖一场。

一程山水隔开半笼残月，三江烟霭分付万千愁绪。待日子过得深长，待情爱渐渐倦怠，不知是否还能斜倚着你曾给我的暖，眷念着世道不近人情的寒。于是我感恩着你给予我的盛宴，感恩着我们的曾经。

第四卷
生命是一场迁徙

天空不曾留下痕迹

落雪成霜，云随雁字走。山色杳杳，清歌识旧路。暮云收尽，江风轻软，小院的黄昏也似晕染上薄薄的妩媚。爱，是他们眼底唯一的光。

他们的爱若湖中的月光，简陋的小屋若陷落的星光，虽是晦暗，却有着无限的前途。在一番挣扎后，他们终于离开旅馆，有了一个自己的小屋。商市街25号，这个美丽的名字，他们铭记它一如初恋。这家的主人是铁路局姓汪的庶务长，他看了萧军的求职广告，聘请他来做子女的老师，可用住房充抵学费。

这一天，汪家的子女早早趴在床头看。远远的，一阵叮叮当当的声音传来，他们跳着脚拍着巴掌喊："老师搬来了！"此刻，萧红端着脸盆，神采奕奕，眼底丝毫不见落魄。萧军则以斧子劈开门，好把他们的铁床搬进去。萧军里里外外忙着布置家用，萧红则用冷水擦洗着地板、窗台。过了一会儿，萧军用他们仅有的钱，买回一只小桶，里面放着小刀、筷子、碗和小壶，还有少量的米。萧军再去买木板的时候，萧红开始生火做饭。待他回返时，却发现她做错事般地怯怯看着他。原来，是她将菜烧焦了，米饭也夹着生。萧红自小生活富足，也算是十指不沾阳春水，生火做饭这事还是头一遭。萧军笑着，揽过她来说："我的孩子，不要紧，好吃着呢！"说着就自顾自吃了起来。看他吃得香甜，萧红也渐渐开了怀。

租房有了保障，一块大石头算是落了地，然而经济却依然是拮据的。家里不是缺了柴，就是缺了米，他们依然靠借贷和典当，日子才勉强过得下去。偶尔有朋友或旧日同窗来访，看到他们的窘境，也会出手相助。日子虽苦，也还过得下去。做主妇的日子令人啼笑皆非。萧军回家，经常看着萧红对着炉火发脾气。火点了三次灭了三次，萧红的手在铁门上被烫焦了两条，指甲也被烧了一个缺口。她几乎哭了起来，却拼命忍着，自己又不是小女孩了！萧军安慰她说："睡下吧，屋子太冷。什么时候饿，就吃面包。"于是，她就睡，生命仿佛就剩了睡，睡了却又梦见一大群小猪沉下雪坑去，麻雀冻死在电线杆上，行人在漫无边际的白中僵硬着，四肢冻掉了。她骇然而醒，对萧军说："照迷信来讲，为什么会做这样的梦？"萧军笑着，摸着她的肩膀说："瞧瞧，冻得这样凉。你觉得肩膀冷，才做这样的梦。"

百尺凌霜，拂落层层的霜花。他们被饥饿侵扰着，又被寒冷推搡着。但没有一刻，他们对生活是灰了心的。他们在冰冷的夜紧紧偎依，身体和灵魂一样找得到回家的路。那段日子，是他们长长回忆中一脉清晰的暖，一捧动人的光。在浮华万千的尘世，脆弱如人性，难以保持此心不变澄澈如初，当身体与灵魂走失，那盏摇曳在寒夜的微弱的烛光，便可照亮他们回归的路。

一川烟霞，镀得相爱的人眼眸里的温柔。二尺松峰，照得见冰雪里最坚韧的心肠。他们在苦难里跋涉，却真切地映出爱情里最坚贞的底色。一直觉得，忠诚并非一种胁迫，而是完全出自本心。因其深爱，故而生出忠诚的信仰。

爱是自由而非束缚。在最艰难的环境中，萌生了最顽强的爱意，这份爱意，便可抵得住诱惑，敌得过时间。于艰辛中生长的爱，是最具生命力的。

每天清晨，萧红被饥饿与寒冷推醒，黄昏却被萧军的爱意填满。有时，萧红觉得萧军是一只没脚的鸟，扑棱棱飞出去，又飞回来，很快又飞出去，仿佛短暂的停靠会剥夺他的生命。萧红站在长廊里等萧军，像一抹凄清哀婉的月光。房东女儿见了，打趣她说："呀，又在等你的三郎啊！他出去，你天天等他，真是怪好的一对！"萧军来了，房东女儿又会惊呼："和你度蜜月的人回来了，他来了！"他的唇上挂了霜，却有着炽热的温度。她在他的爱里迷离，寒冷与饥饿遁去锐利的锋芒，此情缠绵而生花。

时光隐去，岁月沉淀了多少情事。光阴老去，烟火封住了多少回忆。穿梭于人间的沧桑中，你的爱是我的梵音，我的爱是你的菩提。我们彼此证悟，又彼此相依。

即使再过多少年，她犹记得屋檐上一线逼仄的天，那光，劈开生活的狭窄，狠狠跻身进来。她看见房东女儿骄傲的大耳环晃啊晃，听着她冷然的笑语晏晏和善意的打趣，听着她说新看的电影。而后，听到爱人渐行渐近的脚步声。她躲进屋子里，像一朵长脚的花。果然，听到了萧军在院心清桑子咳嗽的声音。当他推门欲进，她怪叫着跳出来。两人笑作一起，抱作一起。仿佛一只鸟，恋上一朵花。又好似一朵花，迷上一只鸟。

那么多的时光经得起肆意挥霍，但却经不起百年回首轻轻一忆。回忆里，满目的温存变成满心的伤痕，在这伤痕里，又开得出明妍的小花来。当他的爱离散至淡漠，或可紧握着回忆里的温存，缓缓度日。这温存，有多温柔，就有多锋利。云屏漫锁，寒水东流，是谁在耳边轻吟：彼时我们相爱，彼时年华正好。

彼时，萧红不过22岁的年纪。却已经被生活磨砺出沧桑，砥砺出成熟。寒冷的啃噬燃起了她心底的炉火。困苦的磨难，亦迸发出热情的花朵。多年后，她的朋友纷纷回忆，再也没有比这一对更加乐观热情的了。中央大街上，萧红与萧军经常像流浪艺人一样，边走边唱边弹奏。萧军脖子上系一个蝴蝶结，手里拿了个三角琴，萧红穿着花短裤，下身则穿女学生的黑裙子，滑稽的是，脚上居然蹬着萧军的尖头皮鞋，非常引人注目。不仅仅是他们的好友，连抗日英雄赵一曼都对这一对风姿飘洒的神态、乐观爽朗的性格非常欣赏。

多年后，在那本泛黄的回忆录里，萧军漾开笔墨，将记忆深处那幅画面娓娓道来：

"尽管那时候我们的生活是艰苦的，政治、社会环境是恶劣的，但我们从不悲观，不愁苦，不唉声叹气，不怨天尤人，不垂头丧气。我们常常用玩笑的、蔑视的、自我讽刺的态度来对待所有遇到的困苦和艰难，以至可能发生或已发生的危害！这种乐观的习性是我们共有的。""不管天，不管地，不担心明天的生活；蔑视一切，傲视一切……这种'流浪汉'式的性格，也是我们所共有的。""正因为我们共有了这种性格，因此过得很快活，很有'诗意'，很潇洒，很自然……甚至为某些人所羡慕！"

爱是造物主赐予的福泽，然而，即使身在爱中，也很难说自己就证悟了爱，明白了爱。爱是什么？自古至今，只见字纸里泛黄的凄美清绝，只见刀光剑影里生死相随的惨烈绝美，抑或只见戏曲里顾盼生辉着一个人的柔肠百结。爱是什么？爱是复杂也是简单，爱是神奇也是平凡。爱是粗糙的日子骤然生出的细腻，爱是刚硬的心肠蓦然融化的温柔。识别爱，只靠心。

有人说，爱是一种信仰，能够抵得过岁月的锋芒。然而，真的爱，却是没脚的鸟。他来，你让他躺在你的手心休憩。他走，还他一片岑寂高远的长天。因为懂得，允许他来去自如。因为懂得，捂着满心的疮痍告诉自己要慈悲。

爱，当是脆弱如花，经不起风霜的轻轻一扯。爱是捧在手心的琉璃，噙在口中的甘露。爱是脆弱的，故而短暂。我们宽恕着一切脆弱而美好的东西，不侵扰，不激烈，不纠缠，不怨怼。凤箫锦瑟，暝烟无际，你的爱是曾于我生活的枯寂中迸发出的花开。沧波故苑，落梅烟雨，你的爱救我灵魂于苦海。

只因那一瞬，你的爱来过，我的世界骤然明亮。所以我虔诚地相信，它的微光，必将照亮我老去的路，使我生命不至枯寂不闻。于是，我关上记忆的匣子，不再打扰那时静好的你我。我学习着对你慈悲，亦是对自己所拥有过的爱的慈悲。

灿若莲花，心若菩提

月光滴落瓦檐，窗棂敲响着钟声。穿过苍茫的宿命，溯流而上的只是往昔的情怀。历史的雾霭散尽，是谁在风露中一遍遍拨动着绿绮？流水的光阴漫立，曾经的蚀骨，不过是一抔黄土。那些我们以为念念不忘的，终有一天会化为尘土。

萧红的一生很是挣扎，为叛逆，为自由，为生存，为爱情。她这一生都想成为她渴望成为的样子。她想成为一名男子，以豪爽侠义和才情过人，为自己谋得一席之地。她何尝不渴望"一点浩然气，千里快哉风"？她又何尝不奢望一展抱负，不负平生之所学？她愿世风淳朴人类大同，怀抱着过人的才气用悲悯的心扶持天下万物苍生。她愿一切沧桑都化为岁月深处最动人的妩媚，让所有的苦难都随风。

是命运对她太吝啬吗？是她生不逢时身为女子吗？那答案，扯着筋连着骨，当不必去追去寻了吧。后来，她的理想很简单。与相爱的人相互扶持，在风雨飘摇中走出一个家。

她将豪爽的笑挂在脸上，不过是因为身旁那个他。她将悲戚的泪藏在心底，不过是为了对他最真挚的爱。若岁月安好，她亦可与夫君举案齐眉，换取他眼中的一心一意。若江山飘摇，家如舟顷刻覆没，她亦可站出来，为爱人谋得一个家。

家是什么？家是两情相守。家是你我心底有同一个担心，却不让对方知晓。家是粉饰太平背后的真爱，家是苦难中的风雨同舟。家是因为我爱，所以一切都值得。

忘了是在哪一时，哪一刻。她等她的三郎，琢磨着不可知的心事。房东女儿又来了，笑吟吟地说："看电影了吗？蝴蝶演的，可好看了。"她抬头苦涩地笑。日子，也该过得有光泽些了吧！总不能营营役役，只为果腹而活吧？

萧红找了一份职业。之前她听说青年画家金剑啸给电影院画广告，月薪有40元。萧红觉得自己也是可以胜任这样一份工作的。不久，《国际协报》等贴出了招聘广告员的广告，萧红很受鼓舞，当即决定要去。不想，萧军则一口咬定是个骗局，不想她去，然而又争不过她的执拗。待到顶风冒雪地去了，商行的人拦下他们，说星期天不办公。第二天他们又去，商行的人冷冰冰地说，这里已经不替电影院接洽了。萧军一张脸气得通红。"为了40元，就去给他们耍宝！画什

么广告！只是情火啦，艳史啦！无耻兼肉麻！"一时气不过，竟跟萧红吵一架。

　　再刚毅的女子，也不过个女子。夫字天出头，断不能做夫君不高兴的事。萧红心底这一把燃起的火化为灰烬，她不再提这件事情。不想，一直言辞愤愤的萧军，倒是心里放不下了。贫穷，软弱人的心志。尽管心底依然觉得是个骗局，可还是不愿意放过机会。后来他又去了两次，依然被当猴子一样戏耍。萧军愤愤地骂了他们一通。转而又骂起自己来。萧红不作声地看着，心里却暗暗好笑，他这个样子好像有谁捉他去做广告员一样。

　　那天夜里，萧军人睡下了，心却醒着。他推着萧红继续自我剖析："你说，我们不是自私的爬虫是什么？只怕自己饿死，去画广告……画得好一点，不怕肉麻多招来一些看情史的，使人们羡慕富丽，使人们一步一步地爬上去……毒害多少人不管，人是自私的东西……我们就是不能推动历史，也不能站在相反的方面努力败坏历史！"萧红的眼睛在深夜里亮了，簇簇的，如长天的星。她的爱人，她想，他是一个有理想有抱负有使命感的人，他是真的男人。她想着，睡眠就将她捆着丢到更深的夜里去。

　　不想第二天，他们居然遇上了金剑啸。这个金剑啸是何方人士？金剑啸是满族人，出生在沈阳刻字工人的家庭，很小的时候他就显露出艺术方面过人的才华。后来，他考入上海新华艺术大学学美术，也曾在田汉领导的南国社当演员。1931年他入党后创立了天马广告社，为党的地下刊物画插图、设计刊头，后又担任报社主编。他是二萧走上左翼文艺之路的引路人。1932年，萧军就在一间小餐馆与之结识。金剑啸虽然年纪很轻，却在文学、美术、戏剧和音乐领域造诣都很深。他与萧军一见如故，结为密友。

这一天，萧红与萧军在路上遇到金剑啸，细心的萧红发现他鞋子上的颜料。金剑啸笑着说，自己在为一家电影院画广告，并邀请二萧为之帮忙。每月40元的薪水，他们一人一半。萧军的眼睛亮了起来，尽管绘画并非他的专长，他依然表现得十分积极。那天，他们草草吃过饭，时间已经不早了，萧军慌慌张张向外跑，还一边说："饭也不晓得快做……女人就会磨蹭，女人就能耽误事！"萧红边跑边暗暗觉得好笑，仿佛昨夜愤愤地说"自私爬虫"的不是他了一样！

这份职业萧红比萧军得心应手。萧军不在的时候，她与金剑啸出去作画，一直到10点才回家，回家就看到萧军气红的脸。那一夜他们争吵了很久，萧军买酒回来，萧红抢着喝了一半。喝醉了酒，萧军在地上滚着控诉着她："一看到职业，途径也不管就跑了，有职业，爱人也不要了！"萧红看着他孩子一样的举止，又愧疚起来。她说："我是很坏的女人吗？只为了20元钱，把爱人气得在地上滚着！"

第二天，两人看看空了的米袋，面面相觑。不知是谁一笑打破了僵局，两人到底还是手扯着手一同去作画了。20元，对于他们的生活还是很有效的。这一次，萧红给金剑啸打下手，萧军给萧红打下手。然而好景不长，他们很快就被电影院老板辞退了。动荡的社会，哪里有安稳的衣食？没有安稳也不要紧，有情相守，便是最深厚的福泽。

情深了，日子过得便薄了。于是再深的寒、再乱的世，也无法令相爱的人改变磐石的坚。想起苏小小曾对出嫁的姐妹说，能够跟心爱的人在一起，哪怕吃糠咽菜呢，都是福气。若岁月吝啬，不与人两全，当舍安稳而取情义罢！放眼世上，安稳却无情意的夫妻比比皆是，将日子越过越淡，最终味蕾消失，尝不得苦亦尝不到半分甜。而那些在艰辛岁月里跋涉的爱人，却于灵魂深处，俗世底处，迸发出夺目的璀璨。

这一生，多想与至爱一起度过，方为不辜负，方为长相守。倚一枕暮云，赏杏花微雨。画一阕黛眉，怕清歌断肠。爱是花间的离殇，爱是凉生玉枕。爱是天降的甘露，爱是人世间最华丽的罪名。尘世太脏，宿命太苦，只愿与你的灵魂偎依缱绻，开成石莲一朵。你的栈桥是我的长街，你的寂寞是我的生花，你的爱，便是我的修行。

1932年，新一轮的战火将他们的周边裹得像一个茧子。萧红每日看到街上的人惊慌失措地跑来跑去，像即将被蒸熟的蟹。他们的眼睛绿着，放着绝望的光，那是对生的渴望。"伪满洲国"的成立，让东北成了列强争相宰割的羔羊。雪上加霜的是，水患袭来，那些无辜的民众仿佛被捆住了脚丢进漩涡中，一个接一个翻腾起水花，在茫茫无际的水中发出绝望的哀号。

彼时，萧红的日子过得忙碌起来。她一方面参加金剑啸组织的"维纳斯助赈画展"，一方面加入"牵牛社"，进入左翼文化人的圈子。在赈灾义卖中，萧红再一次体现出出色的绘画天赋。尽管是两幅小小的粉笔画，一幅画是两个萝卜，另一幅画是萧军的破傻鞋和两个杠子头。

有人说，萧红尽管是地主的孩子，却有着对贫穷深刻的理解和平民艺术家的天赋。我倒觉得，萧红的灵魂里住着一个最纯真的孩子，她恰好符合了古代文人所尊崇的"人类大同"的理想。在她纯粹的世界里面，都是平等、自由、美好和光明。她不会受任何世俗偏见、阶级观念的影响。她画破傻鞋，是在画她的爱情，她画萝卜，是在画她的生活。她只画她所看到的，眼之所至，心之所至，情之所至。仅此而已。佛心亦如此，无论珍珠黄金抑或瓦砾沙土，佛心所至，处处菩提。她并没有刻意同情谁，她自有她的世界。

她对人世间的种种，有着天真纯然的爱。她对人间的苦难，有着超乎人性的关怀。萧红才是真的诗人。贫穷落在她的生活，得到了诗意的栖居。而生活的细微处，则是满溢的爱。

这次义卖令灾民得到一些救济，对于萧红也有无比重要的意义。她从家的小天地走出来，跋涉向更远的远方。她有了许多志同道合的伙伴。她不再是张家被囚禁的女儿，亦不再是被爱情困锁笼中的鸟儿。她是一朵浮世里波光潋滟的花，褪去叶的青涩，枝蔓的羁绊，在溪涧辗转，开出一朵一朵的春光。她收起迷惘，亦不追问前路，她只知，此心安处，处处皆是菩提。

爱到阑珊

　　曾几何时，我们软下心肠，藏起粗粝，背起忧伤，漂洗沧桑。为的是赎回最澄澈的心，与曾经的爱再度相逢。因为唯其在一场又一场的重逢里，我才能遇上若只如初见的你，我才可相信你曾爱我的真实。

　　终有一天，在漫长的日子里，爱不会比寿数走得更远。可怎么办？我无法停止爱你，我无法握住你给予我的虚空在荒凉的世界茕茕子立。没有了你，要那些岁月有什么用？

　　有时，爱情就是这样炽热得不可思议。那些愁绪，妒意或者疯狂，恰恰是因了爱得真，爱得痴。当爱融入骨髓，我终于变成我曾经鄙夷的样子。盲目、疯狂、嫉妒、多愁。当他们在牵牛社初露端倪时，爱情的烦恼也不期而至。

"牵牛坊"的名字原本取意于怒放的牵牛花，那些极其有生命力的花儿，漫山遍野地攀爬。它的主人叫冯咏秋，毕业于北大，曾任名报记者，并跟齐白石学过国画。他是左翼文化名士，亦是画家，十分热情好客，广交天下名流。牵牛坊的人都十分推崇鲁迅的思想，鲁迅那句"横眉冷对千夫指，俯首甘为孺子牛"，令众人心下叹服，于是个个领得一个"牛"的绰号。冯咏秋自命"傻牛"，坊里还有"老牛""黄牛"……萧军和萧红刚一走进这个圈子，大家哄然说："又牵来两头牛！"

"牵牛坊"虽然是地下组织，然而那些进步青年热情活泼并且多才多艺，他们演话剧，唱京剧，做诗文，聊生平，凭着年轻人天性里那份活泼热情的劲儿，只要挖掘出点共同的东西，他们便立即引为知己。比如萧军发现警察署署长黄田，他们是东北陆军讲武堂的同学，立即喜出望外，非要喝个天昏地暗不可。萧红与黄田署长的夫人袁淑奇有一搭没一搭地聊着，她是个胖胖的小夫人，萧红称她"小蒙古"。

那一晚，萧红整个儿心不在焉，因为一迈进"牵牛坊"，她便看到一个美丽的影子。壁炉淡黄色的光将她的影子镀得暖暖的，她黑的卷曲的头发松散地垂在肩上，她的头发是波光粼粼的湖面，春意盎然，她的风情娉婷在发梢，一点一滴，都美得令人心颤。雾气在萧红的心底流淌，毕竟都是水一般的女儿心肠。她妒啊，她亦是恨，然而她仍然不住地赞，说"她波状的头发和圆形的肩，停在淡黄色的壁炉前，是一幅完美少妇的美丽的剪影"。适时汪林尚未婚配，敏感如萧红，怎不知这美是一个多致命的威胁。

在爱情里被背叛的滋味是最不好受的。然而，何为爱情的背叛？男人总是言之凿凿地为自己的多情脱罪。仿佛没发生什么，就谈不上背叛。

"你为什么没告诉我她也在？原来你们早就是一个圈子的人了！"萧红气愤地问。"汪林只是我们的旧邻居而已，我并未与她有瓜葛。""你的眼睛骗不了我的心，你看整个晚上，你都在同她讲话，眼里放着光呢！""女人就是事儿多，女人就是麻烦！"萧军气鼓鼓地说。

这些熟稔的争执，是爱情里常有的内容。爱情是个布满花环的陷阱，你爱慕它的美，待陷进其中却又抱怨它束缚得紧。哪里有可能兼得呢？举案齐眉倒是耳根清净，然而那不是爱，亦没有令人羡慕的光环。也许对凡俗之人来讲，简单便利即是人生，然而诗人的心却不是这样想，诗人总渴望用更疼痛的撞击，来感知生命的存在。若非被爱灼伤了眼，她并不知道，她曾经看到过光。

女人在爱情里总是预言家，心思是最敏感的。男人也并非迟钝，只是往往，他们乐见其成，并认为自己可以把握好其中的尺度。他们希望被许多女人爱慕，这种虚荣并不亚于女人。然而情是开闸的水，一旦放开，洪水湍急并非人力可以控制。

汪林以为得到默许，开始大胆地追逐萧军。她频频邀请萧红萧军出去划水、游玩，又屡次到小院来与萧军聊天。每次，萧红撑不住回屋睡觉，萧军依然神采飞扬地与她说话。那身淡绿的春装在星子的照耀下，焕发出少女的光晕。萧军有些目眩，他帮她解答着一篇文章里关于红唇与人血的贬损，眼睛里却是簇簇的光。汪林的烦恼很简单，源于一个编辑写的文章，他抨击那些摩登女郎的红唇如同"人血"般，爱打扮的汪林怀疑他在骂自己。

那时的文人，没有复杂，于是一点芝麻小事，就被渲染成心灵的惊涛骇浪。那时的爱情亦是单纯，情动了，心思恍惚了，却慌张得不知如何处理。一方觉得是不忠，另一方却觉得被爱情戏耍了。

终于有一天，那红唇与烦恼都不见了。萧军将她介绍给那个编辑认识。会写文章贬损"红唇"的编辑，一下子掉入"红唇"的花环陷阱，很快便乐不思蜀。汪林也是爽快的人，她似一剪微风，微微熏人却并无侵略。坠入爱情后，她再也不来纠缠萧军了。事后，萧红还调侃了写文章的编辑的爱情观。"骂小姐们是恶魔是羡慕的意思，是伸手攫取怕她逃避的意思。"

这场有惊无险的情愫暗渡，给萧红心里抹上浅浅的阴影。她隐隐看到，若日后经济宽裕，萧军那颗如野马般的多情的心，是停不了悸动的。一种威胁感，隐约而来。

果然，不久后，萧军又一次遭遇了丘比特的眷顾。一天，他喜滋滋地走进家门，迫不及待地炫耀，自己又有一个粉丝了。"是个上海的女学生，她要到家里来。"萧红的目光暗了暗，嘴唇翕动着，却终是未发出任何声音。

萧红未想到，陈涓那来势汹汹的美，比汪林还要危险上几分。她比萧红小六岁，不必用"人血"涂唇，少女的唇，桃花点的痣，玲珑得润泽，饱满得可爱。萧红一点一点打量着陌生的侵入者。她携带着她浑然天成的美，席卷了她的生活。"她很漂亮，很素净，脸上不抹粉，头发没有卷起来，只是扎了一条红绸带，这更显得别有风味，又美又净。葡萄灰色的袍子上面，有黄色的花。只是这件袍子看上去不美，也无损于美。"她默默地想着，隐隐地，一双清澈的眸子也细细地打量着她。

只是美也罢了，更气恼的是，她也会写文，也发表过一些文字。陈涓也是个爽性的人，不过来了一两次，便与萧军如哥们儿一般。他们一起去溜冰，快乐如同冰花一样，在寒气里惹出一连串的芬芳。

这芬芳让萧军甘之如饴，却让萧红度日如年。她像一只被激怒的猫，虎视眈眈地盯着明亮婀娜的入侵者。她的明媚多姿，令她悠长的哀伤无处寄存。萧军喜欢的终究是明媚爽朗的女子，他不爱将忧伤细细奏来的阳春白雪，倒是喜欢手执铁板唱大江东去。幸好，艰苦的生活犹在，即使有暧昧情动，亦不会有伤他们被生活缝合在一起的患难之情。

陈涓到底从汪林那里听到了萧红的怨言。为了辟谣，澄明她对萧军只是友情而非暧昧，再去的时候她亲热地挽了男友。然而，依然得不到萧红的谅解。阴影在她心里已经越来越深了，慢慢地，他们的情感似乎有了一线窄窄的裂痕。陈涓说走的那天，萧红萧军压下心底的委屈为她践行。陈涓回了家，一时伤心继续饮酒，萧军突然去了。陈涓知道，萧军一向不喜欢哀怨缠绵的女子，于是收拾了一脸悲戚，大大方方让萧军陪她去买酒。待到了家，萧军突然在她脸上飞快地吻了一下，随即消失在黑暗中。陈涓怔怔地望着他的身影被黑暗一点点吞没，心中酸涩，许多言辞纷纷折戟沉沙。

世间男子，并不把感情看得重要，万花丛中，并不会为哪一朵牵心动肠。他们苦读着圣贤书，不过为有一天仕途显达，可以坐拥花丛。爱情最残忍的真相，是一个人不管不顾编织幻想，而另一个人却将血淋淋的真相不加掩藏。

爱情是杯苦酒，往往需要独自吞咽。我带着对你的爱于尘世中流转，将生命的片段过出流水的清晰。我不信宿命姻缘能够推得开最真的心，我只在爱你的喧嚣中走向梵音的寂静，让所有的愁苦开出炫目的花。你的爱是为我准备好的毒，晒干了所有月光都不得一盅解药。爱你是一种最深的寂寞，是我的劫亦是我的幸。我自甘堕落亦自甘沉沦，只盼此生舀尽我的愁苦，来世偿还我一场深情。

当她的芳魂走到很远很远的时候，垂暮之年的萧军这样点评当年他们的争执。他说："如果按音乐做比方，她如同一具小提琴拉奏出来的犹如肖邦的一些抒情的、哀伤的，使人感到无可奈何的，无法抗拒的细如头发丝那样的小夜曲；而我则只能用钢琴或管弦乐表演一些奏鸣曲或交响曲！"

月白风清，远云逶迤，暮色长廊深处，梨花斑驳成秋。再深的寂寞，如若说不出，便会被人妄着猜。然而，世间有几颗七窍玲珑心，有着琉璃的通透，懂着情人眼底的泪？她是做了黛玉，可惜那个人，终究不是宝玉。其后，萧军说喜欢湘云那样的女子，不喜黛玉。不由得想，对于一个男人，即使有再高的才华亦罕有澄澈的灵魂。他们的心是躁的，情是浅的，只需捞几瓣美，赏着花的甜，令自己的生活过得更容易。至于悉心栽培那朵花，当是多么奢侈啊！

然而我仍然相信，他在老去的光阴里回忆着她，那些她为他吃醋的时光，瞬息活回到他眼前。他无法说出更生动的语言，他心底知道他的辜负，然而他却无奈。

他知不知，不爱了，便都是宝钗都是湘云都是潇洒都是得体，爱了，便都是黛玉都是计较都是心窄都是癫狂。能够在你面前失去云淡风轻，能够在你面前让你负累无比，一切都源于，真的爱你。

宁可苦一点，累一点，都不要辜负一颗真的爱你的心。爱是珍稀的甘霖，一生只得那么几滴，去便去了，此后的人生虽是万紫千红，却独独少了一颗真心。真心枯萎，何处慰寂寥？

跋涉，一朵流年

　　每一剪流云都有它的归宿，每一息微风都有它的执着。我们忧伤着不可触碰的过往，又怅惘着无从捕捉的未来。夜长风急，青春已经告罄。我怕来不及抱紧你，我怕来不及在最美的时候遇上你。太残忍，是时光的步履匆匆。太侥幸，是你终于落在我灵魂上的目光。花深深，柳阴阴，让流水的时光漫过你未遇到我的前生，分满汀芳草付与你找寻我的来世。

　　在萧红为他们的爱情满心悲凉时，她的事业抽长出嫩绿的芽儿，开成簇簇的花。她终于作为一个作家而被左翼文艺团体接纳，继而被整个东北作家群接纳。一颗蒙尘的明珠，被风雨漂洗，终于焕发出动人的光泽。

1933年元旦，她发表在《国际协报》的《王阿嫂的死》，令她声名鹊起。小说的主人公一个是丈夫被地主烧死的孕妇，另一个则是失去父母的孤儿。两人相依为命，却依然逃不出死亡的阴影。死，作为生的对立面存在，它是无可回避的。然而，死恰如深邃遥远长夜里隐约的烛光，照亮着人们对生的渴望。唯其在冷漠世情中与死的悲怆遇上，才会在颠沛流离的人生里攀住生的一线光明。

这个身体孱弱灵魂却无比顽强的女子，跋涉过人生最冷硬的事实，却依然有着纯粹的心肠，用一支瘦笔，丰润了人世间最荒芜的春天。一霎烟雨，十里月光，流水碾压过岁月的亭台，月色冷掉一树的喧嚣。悲伤，可以是无声的。听当庭秋水慢，看玉柱斜飞雁。萧军说萧红如一把只会唱出心如发丝般忧伤的提琴，我却觉得她如筝。爽利若战台风紧，细腻似春江花月夜。她亦有生当作人杰的一腔豪情。只是爱，有时会软了心志罢了！

王阿嫂让她一文成名，以至于再去拜访友人，大家均笑着说："王阿嫂来了啊！"此后，她一发不可收拾，又写了《弃儿》《看风筝》《腿上的绷带》等作品。渐渐的，微薄的稿费竟成了她主要的生活来源。后来，萧军与萧红又给白朗创办的报纸做特约记者，提供稿子。白朗每月付给他们一人二十块大洋。

生活骤然富裕起来，美好闪身而来，指缝里流淌着幸福，眉间眼底氤氲起潋滟。这个小女子，终于以一个坚强的灵魂，走出了生命里一方湛蓝的天。这是对她具有重要意义的日子。过往，她被生活颠簸得粉碎，没有一块骨头是弥合的。如今，她正把那些碎片一块块拼补起来。阳光溅落尘埃，她将遗失的日子在流水的河畔捡回，她穿梭在过往瑟瑟的回忆里，令今后的每一个日子都是思想圣境，灵魂归宿。她终于逐渐找回自己，一如当初她渴望成为的她。

此时，他们的爱情虽然屡屡触礁，然而在文坛的人看来，依然是天作之合一段佳话。当萧红用笔名"悄吟"的时候，萧军则用笔名"三郎"。萧红改作"田娣"，萧军则改为"田倪"。生活的无虞令萧红宽心不少，她的创作亦进入高峰时期。《生死场》中的部分章节，就是在这段时间写成的。

未写萧红前，觉得这个小女子唯一可圈可点的地方，当是与鲁迅的一段佳话。她不似张爱玲，未写过稍长的小说，只写一些短篇。总以为作家是要写了小说，方为正统，方见功底的。然而读了她的文，才明白究竟好在何处。她的文是未经雕琢的璞玉，细细读来，却都是惊奇。那句子，似水流经鎏金的石子，透着富丽的光滑。生命软化了钝质，变得空灵而飘逸。灵魂是轻盈的，情是清冽的。她的心是长脚的花，随风起舞，光芒内敛。

她的语言与其说是质朴，倒不如说是奇异。就像一株奇异的植物，在你意想不到的时候，推开你灵魂深处的一扇又一扇的门。她的世界生命繁多，连桌子椅子和墙壁都参加了"生命的盛宴"。她以精灵般的纯粹，将一蓑轻愁，泯于天地苍茫。

她生一颗精灵的心，因而，必将为世俗所不容。她不曾为家族所容，自她成作家后，这种情况反而恶化了。她的声名鹊起惹怒了张氏家族。她的小说大都以张氏家族为表现内容。比如小说《王阿嫂的死》以富昌屯号为特定环境，而张氏地主显然就是张乃莹家族的缩影。其中还涉及某些隐私。这一举措令其父张廷举大发雷霆，当即宣布开除张乃莹祖籍。从此，这世间再无张乃莹，只有一个萧红了。

时常想，若一个人颠沛流离到连最初的名字都不能够领回，那种凄怆，怎足为外人道？纵使心底千般哀怨，她亦是不肯在父亲与族人面前流露出一丝软弱。后来，萧红在哈尔滨街道上与其父狭路相逢。两人竟冷眼相对，都似要在对方的身体上看出一个洞。凛冽的风喘息着，拂过他们的衣襟。萧红听见她的心破碎成冰，一块块断裂下来。身畔，是萧军若有所思的眼睛。萧红的弟弟张秀珂是同情姐姐的，然而他亦是充满无奈地说："姐姐的思想和行为超越了封建阶级所能容忍的极限。"

孤独像一条蜿蜒的蛇，似要钻透这寂寥的人生。萧军听了萧红对于身世的怀疑，略加思索，写了《涓涓》一文。孤独，啃噬着她的灵魂，比孤独更寂寥的，则是飘零无依的身世。当家族最后一道屏障冷冷地撤出她的生活，远走的童年，再也赎不回明澈的笑容。半梦半醒间，如何骗自己说岁月静好，此心安然。虚空的心，并不为忘却尘世烦恼万千，而是所有的风景都转身离去，你的生命就此永无归宿。这一生，怎么这样漫长，漫长得找不回来时的路？

她只有写，在写中才能找得回自己的存在。若停下来，不写，她就要成为一个被晒干的影子，或许会蒸发，如花瓣上徘徊不去的晨露。孤独的灵魂总是在书里走着，汲取着琼浆玉液，以情喂养寂寥。

轻花浮影，将尘世酿成薄酒一盏。饮了，醉了，那些伤心与怨怼也就淡了，散了。

这一年对于萧红，是难得快乐的年份。"牵牛坊"认识的朋友对她的生活关爱有加，在她困难的时候，"小蒙古"甚至悄悄递给她一封信，里面有10元钱。那时虽然萧红经常饿肚子，然而在进步文艺青年的各种活动和游戏里，她的阴霾一扫而空。在写作间隙，她还加入了"星星剧社"，扮演了许多有趣的角色，她的艺术天赋再一次得到发挥。然而好景不长，迫于黑暗统治的压力，剧团很快解散。她与萧军只能回到写作的路子上来。

1933年10月，对于萧红与萧军而言，绝对是个值得纪念的日子。他们自费出版了一本小说散文集，原名为《青杏》，后改名为《跋涉》，里面收录了萧军与萧红总共11篇作品。他们筹措印刷费的过程中，许多好友表现出动人的温情。舒群节衣缩食攒下的钱，原本是交给贫困的父亲度日，然而父亲听说出书的事，立即爽快地拿出钱来，全然不顾自己窘迫的生活。朋友的纷纷解囊，终于让这本文坛上重要的小册子得以问世。

此时，金剑啸正在为《跋涉》设计封面。山是灰黑色的金字塔形，水是银色的水纹荡漾，鎏金的文字底下是二萧的合名。然而，美好的封面有着复杂的工序，当时，他们的财力与时间均不能允许。萧军只以红色的蘸水钢笔，潇洒几笔，封面就成了。萧红一下工工整整地誊抄稿件，一下又跑去印刷厂看印好的稿子，心里开满了慌乱的花。不期而至的欢喜冲撞着他们年轻的心脏，他们被热追赶着，恨不得逃进江里去。两人吃了顿丰盛的午餐，一头扎进松花江，萧军又捉到一条鱼，准备做晚餐。好像饥饿的蝴蝶遇上芬芳四溢的花蜜，他们将薄如蝉翼的翅膀晾晒在月光下，脱下苦难的羽衣，用笔墨敲醒不曾沉睡的梦。

梦想是薄弱的，不会比蝴蝶的翅膀更坚韧。然而深情之所至，执着之所至，一切苦难都要为之让路。他们被热浪灼着，鸟儿在枝头上跳着。终于，他们奔向印刷厂。放假三天！怎么能放假呢？他们忍不了等不了，师傅放假就自己来装订！在空荡荡的房间里，萧军与萧红忙忙碌碌着，锤螺丝钉，数页码，抹浆糊，暮色袭来，他们居然装订了整整100册！萧军雇了一辆车，将小册子拉回家去。当晚，他们就迫不及待地将书分发给一些朋友。

《跋涉》在东北引起了极大的轰动，引起了整个文坛的瞩目，他们被誉为"黑暗现实中两颗闪闪发亮的明星"，萧红则被誉为"东北第一女作家"。生活的多艰，时局的动荡，并未使花的灵澈有所减损，反而成就了它的激滟生姿。

然而，人性是薄弱易碎的。时局动荡，许多男子都守不得他的初衷，何况花一样柔弱的女子？当萧红听到《跋涉》被当局查封的时候，几乎魂飞魄散地奔回家里，抓住有敏感字眼的书就烧。萧军则气得直跳脚，说她可为了一个虱子烧掉整件棉袄了。然而，她怕呀，死亡的阴影如影相随，她感觉一只无形的手，已经渐渐迫近她的喉咙。

就是在这一年，德国法西斯上台，放火焚烧了国会。愤怒，终于让人心凝聚起来。她再也顾不得个人生死了，不要做"自私的爬虫"，她冒着生命危险画了一幅讽刺希特勒法西斯专制的画，发表在《五日画报》上。一层石激起千层浪，一时间国内民众反抗者无数。

后来，她又遇到了傅天飞送来一份"腹稿"，那一日，萧红听傅天飞、舒群与萧军秘密聊天，听得很入迷，碗也顾不得洗。不久傅天飞就义，而他的"素材"则在萧军的《八月的乡村》，萧红写的《生死场》中均有体现。

她是硝烟弥漫乱世动荡里流转的花一朵，山姿水魂滋养着她的灵心，苦难给予她一双灵眼。或许那些战火与烽烟，会激起弱小女子心底的坚韧。然而，身为女子，最渴望的却是，轻抚千年情怀，还我一场归来。

有爱，有家，有你，有我。这一生不求繁华纷乱尘烟浩瀚，只求淡烟细雨静默相守。跋涉出硝烟弥漫刀光剑影，跋涉出沧海桑田历史变迁，亦只恋着我眼中的你，我心底的家。

光阴生苔

　　每一个迷失在尘世的灵魂，都渴望一场救赎。这救赎或者是爱，或者是美，或者只是活着的勇气。胭脂晕染过的光阴，在尘世冷暖中交叠着醉。只想赐灵魂一场华丽的盛宴，剥落千年的时光，将爱你的记忆镀成山长水远。此心澄澈明净，此爱不离不弃。

　　在颠沛流离的生活中，文字是她唯一的救赎。世道易变，爱人的心更易变，千年不变的，唯有她一支瘦笔写润的文字。那些文字搭建起的戏台上，几疏花影，漫天星光，生命奢华的美恍惚着怒放。唯其有了文字，生命不疾不徐，恍若盛开。唯其有了文字，生命璀璨流转，如同一场华丽的奔赴。

　　传来的第一个关于文字的噩耗，是《跋涉》被当局查抄。遗落文字明珠固然心若刀绞，然而那种令人窒息的恐怖阴影更是挥之不去。那段时间，萧红时常从噩梦中惊醒，捉住萧军的手，惊恐地说着自己的梦。萧军则叹息着叫着，小孩子，哪里就这样严重了？

命运总是捉弄人的。那时，她的现世安稳已渐渐初露端倪。她在灯影里抄着稿子，有灯，有暖，有爱人，有饱饱的面袋子和米袋子。对于一个在苦难中颠沛流离过来的才女而言，这哪里是陋屋一所，这分明是天堂。天堂的光和暖养着她的灵感，喷薄而出的灵感又养着她的文字。一张散发着木屑香气的小桌子，咿咿呀呀地念着灵性的文字。一张松软的眠床，躺得下她千疮百孔的灵魂。

她渴望休憩，渴望辗转的尽头有温暖的光。正如鸟儿渴望开满花的枝头。然而，她生来就是没脚的鸟，必须不断飞翔，才能让生命走得久远。停下来，或许，那生命就枯萎了。

可怕的事实将花苞般的灵魂逼到悬崖边——萧军失踪了。据说是有人拍了他一下，他便一去不回。她苍白着脸色等。墙是黑的，灯影也是暗沉的，内心的恐慌如跳动的灯光无时无刻不追逐着她。她看见逼仄的墙压下来，将她辛苦构建起来的爱巢吞没。她环视四周，那米、那面、那锅、那盆……她微微颤抖着，像被秋风吞噬的枯败的叶子。她不知道命运会赐予她怎样的责罚，如果可以交换，她愿意用自己的痛楚交换爱人与她的朝朝暮暮。

萧军带着苍白的唇回来了，他的脸色发青。原来他是被朋友拉去警告，说剧团已经有两个人被抓走了。四处都是白的，缭绕的烟雾是白的，日光是白的，尘土也是白的。朋友的脸是白的，萧军教的学生脸是白的，二小姐的脸也是白的。流言四起，极尽荒唐的是，居然有一封告密信飞进商业街25号的房东手里，说萧军密谋绑了他儿子。这个地方住不得了，住不得了。萧军的朋友来了又去，仿佛一群准备南迁的鸟儿。

一天，金剑啸突然青着脸来，神色凝重地说："三郎，我们该走了！""到哪里去？""上海。""上海？我连个鬼都不认识……"萧军的眼睛是绿的，他舔舔干裂的唇。"我认识，我有熟人。""那么……好，我研究研究。"萧军迟疑着说。金剑啸的眼睛突然发出狼一样的光："不是研究研究，是准备准备！"

情况已经很危急了。萧红摸着怦怦乱跳的心脏。他们呆呆地坐着，互相觑着，仿佛开口说几个字成了最艰难的事情。还是萧红先开了口，她的泪水盈满如涨潮的海水，她怯怯地说："逃到哪里去呢，人生地不熟。这些锅怎么办呢？"这句话让萧军差点乐了。"真是孩子！锅、碗算什么？"他推了推她，"伤感什么，老悄，走便走了……我在你身边，你怕什么！"萧红勉强地笑着，眼眶里泛着红。

然而，紧迫的风声突然熄灭了，仿佛一记哑炮，日子在虚张声势之后又有了明快的色泽。令萧红惊喜的是，她弟弟张秀珂打破父亲的禁令，开始与姐姐通信。他在报纸上读到三郎与悄吟的文字，知道悄吟就是姐姐。亲情是不问理解与否，纵使姐姐千夫所指那又有何妨？依然割不断血浓于水。他的一颗心是向着姐姐的，理解不理解，倒不是很重要了。

常常想，爱是最不讲道理的，恐怕最威严公正的法官，亦不能在"爱"的挟持下做出客观的判决。恋爱着的灵魂是无理可讲的，对方即使犯了天下之大罪，相爱的灵魂自可为之赎罪。亲情更没道理可讲。能够大义灭亲的，恰恰不是神性，而是丑陋的人性。张秀珂并不理解姐姐逃婚，并与男人二次同居的事，但是他爱姐姐。弟弟的谅解给萧红这个"弃儿"一束耀眼的强光，刺得她的灵魂几乎睁不开眼。

长久处于黑暗中的灵魂，是会被强光刺到目盲。正如一贫如洗的人，突然获悉自己拥有财富无数，当即吐血身亡。萧红便是如此，强烈的幸福感让她生了一场大病。当然，很久以来心灵的恐慌，也是很深的隐患。病了的萧红被萧军带到了医院，后来又转移到他乡下的一个朋友家里。这时，得到了片刻喘息的恐怖阴影又弥漫过来，将城市逼仄的天涂成黑色。那些嘈杂着，带着死亡气息的脚步声，渐渐的近了。

俗世的尘嚣湮没在光影里，宿命的长巷注定追逐着藤蔓上滴落的阳光。岁月给予黑暗养料，逼迫纯粹的灵魂放弃光明。当山河破碎，两颗慌张的灵魂离了温暖的巢穴，却无论如何也找不回他们沧桑满目的家。天下之大，容得下群雄争霸，容得下弱肉强食，容得下蛮夷侵略，容得下烽火狼烟，却独独欠他们一张眠床。

我推开冷漠的预言，去看那文明的沧桑与沉沦。千百年来，文人最忧伤的使命，就是要在动荡中肩负起家国的责任。可，义人却偏偏具有最通透脆弱的灵魂。山河破碎，却要用文人的血来祭奠；帝王的昏庸奢靡，却需要文人来背千古的罪名。沿历史的长河溯流而上，有几个文人被妥善安置？有几个文人在太平盛世握住富贵与显达？心志高洁，终抵不过命若草芥。若明珠落于空谷，遗落的，不仅仅是感怀身世的悲痛，还有对美丽灵魂消亡最深的遗憾。

太匆匆，世间最美的花，亦是最柔弱。太薄弱，美好灵魂的流离与折堕，总能牵动俗世人的一番心肠。萧军说萧红似黛玉，指的是她多愁善感，小题大做。他哪里知道，黛玉葬花，葬的是美好的灵魂。葬黛玉的，必然是纯粹的情。这样的女子，注定是要情去葬的。然而，她却以高才，生于无情乱世。然而，她却有爱人在枕畔，却终是负了她的痴心一片。是命？还是运？女子在疏落的花影里转过身去，月色遗落，孤清满袖。也许世间的美好，注定要孤独地行走。太盛大，凡俗之人又有几个配得起？

萧红的病到底是好了。那追逐的脚步也更近了。临行前，旧货商人已经等在门外了，车铃是清脆的，如刀锋般割着萧红的耳朵。再等一等，她要最后看一眼这口小锅。她抓住往昔生活唯一的温度，眼里噙着泪：

"小锅第二天早晨又用它烧了一次饭吃，这是最后的一次。我伤心，明天它就要离开我们到别人家去了！永远不会再遇见，我们的小锅，没有钱买米的时候，我们用它盛着开水来喝；米太少的时候，就用它煮稀饭给我们吃。现在它要去了！共患难的小锅呀！与我们别开，伤心不伤心？留恋没有用，都卖掉了，卖空了！空了……"

破碎的日子可以慷慨悲歌，亦可以菩提自守。苦难被风烟晒得很薄，日色的弧度必然比刀锋更加锋利。别了，那苦难的尘世里留给灵魂唯一的歌。她不过是生命里倏忽而过的过客，却为何看不穿情执熬不过流年，心心念念的只有过去的朝朝暮暮？那不是一口普通的小锅，是活着喘息的小锅。它也曾将贫瘠熬成丰润，见证过爱情最脆弱的誓言。如何割舍得？

这个乱世才女，她的生命浸透着一种情，可也不是悲。仔细推敲，是一种笃定的认真。哪怕是一只小锅，都让她看得有了生命。对生命，她是有敬畏的。她朝觐着生命，膜拜着苦难，脚步轻盈掠过尘世的飘摇。当是灵魂深处怎样的力量，才可以让她慷慨到对万事万物赐予深情？当是怎样的一点慧根，才会让她以情眼看这死亡的世界？这一生，她的获得少之又少，而这一生，她的给予却是多之又多。

我敬畏着写着关于她的身世飘零，关于她的璀璨思想，不敢有须臾懈怠。我穿越她的魂体验着奔涌而来的喜悦、幸福、悲怆、彷徨，我经历着她的人生以及她刻入骨髓的孤独，将那些孤独的花瓣采撷给潺潺的生命之河。于是，那些流经的孤独，都在尘埃里开出了花。

海边筑巢

从明天起做个幸福的人，
喂马劈柴周游世界，
从明天起关心粮食和蔬菜。
我有一所房子，
面朝大海春暖花开。

从明天起和每一个亲人通信，
告诉他们我的幸福。
那幸福的闪电告诉我的，
我将告诉每一个人。

给每一条河每一座山取个温暖的名字，

陌生人我也为你祝福，

愿你有一个灿烂前程。

给每一条河每一座山取个温暖的名字，

愿你有情人终成眷属，

愿你在尘世获得幸福，

我只愿面朝大海春暖花开。

——海子《面朝大海，春暖花开》

不知为什么，谈起浪漫的爱情，人们总是不由自主地想到海边。谈起闲适怡人的居所，人们也会想起海边。于是海边成了一个唇语，像蝴蝶偷吻一朵花般带着愉悦。它像一个随时等待被看穿的秘密，却有着最浪漫的情怀。

蝴蝶分享着花的甘甜，花朵分享着蝴蝶的秘密。海不惊不扰，处于生命随处可得的彼岸。它是每个人的秘密。它的独处亦是共享，它的孤独亦是喧嚣，它是热闹中的独处，它是一脉情感的线，细细穿过人类的情感，将散落的美好串联成永恒。海，是人类共同的爱人。当此心蒙尘找不到回家的那一段时光，只需要去看看海，听听海的呼吸。

不由得想起了海葬。所谓海葬，不过是人类寻根的路途。若非海中蕴藏了丰富的情感，又为何我们痴迷于海的怀抱如同婴儿依赖母体？所有深情眷恋的人，都有一个海的归宿。所有的爱，都会在海中得到证悟。

他们逃亡的路并不顺利，一路被盘查，受尽惊吓。然而这次逃亡，是向着海的，于是倒像是一场浪漫的旅途。她的目光熠熠在船舷半落的阳光下，满溢的海水一点一点，漫过她生命的微光。从未有一个时刻，她的心虚空又充实，茫然又坚定。最初的怅惘很快被无边的大海所吞没。青岛是一个怎样的岛？萧红默默地想着。

抵达青岛的第二日是端午，正是萧红二十三岁的生日。二十三岁，原本是小女儿膝下承欢或被爱人捧在手心里疼着宠着的时光，然而她却在乱世风尘里飘零无依。这个生日并未留下她的只言片语，然而却是含着愁怨的。她的悲伤很细腻，又像一条涓涓的河。

若说林徽因是人间四月天，萧红则恰如九月天。九月，秋走得还不是很深，溽暑的痕迹依旧在，在四季不分明的地方，只等奔过十月，笔直地落入肃杀的寒意。九月，花朵忙着凋零，叶子接洽着果实，万物互通消息，所有最后的生命试图以极致的美，来一场盛大的告别。林徽因在将醒而未醒的早春，而萧红则在将眠而未眠的暮秋。于是两人，一人诗意得令人向往，一人寂寞得让人心疼。

观象山一路一号房子，一栋石头垒成的二层小楼。苍翠透迤的山，浩瀚跌宕的海。这里虽比不得江南的柔烟软雨，风清月润，却是灵心澄澈，一水隔尘。萧红听到自己欢快的声音，和着石匠们采石叮叮当当的声音，像沙漠上一闪而过的驼铃。树木苍茫的幽深，倒显出几分料峭的清癯。

她抿了抿唇，久违的笑漾在唇边。她抬着头笑，对他说，她喜欢这里。他眼底也是笑着呢。哪个文人会不爱海呢？眼前的景物骤然收敛光泽，夜色却似一匹华丽的缎，如雕如琢。他们在一簇灯光下奋笔疾书，似乎要将灵感悉数倒在桌子上细细点数，看他们的财富究竟有几多。夜越写越长，文章也越写越长。萧红写着《生死场》，萧军则写着《乡村的八月》。她唤醒了她世界里的万千生命，她走不出她用纤丽文字建筑的悠远牧歌似的深情世界。

大海的浩瀚杳远，带走了她多愁的因子，令她的心志有了一种温婉的坚韧。有一种力量，默默推开了乱世的辗转奔波，困苦的昼夜侵扰，滋生在她灵澈的心底，漾出璀璨的光。那种力量叫作悲悯苍生。

几乎在她的童年，她就有一种灵魂的悲悯，这个灵透的女子，自小就读得懂灵魂的声音。世人势利，看人总分三六九等，而她却不，她却只看着灵魂。她的慧眼穿过尘世的沧桑，静看灵魂的困苦，她释放她微弱的爱，光暖着孤苦的魂，她的所到之处石莲绽放，菩提自生。

那时，她有了一些奇怪的邻居，这些邻居似乎信仰"主"，每日不是咿咿呀呀唱悲戚的曲儿，就是神神秘秘发出抽抽噎噎的祷告。萧红听了倒还受用，萧军则不乐意了。他嚷嚷道："搬家，搬家！真不明白，她们有什么可怜呢？穿得很漂亮，吃也吃饱了，只是缺一个男人……缺一个男人寻一个便好了，用不着这样祷告上帝……"萧红反驳道："人不像你说的那样简单……无论什么样的人，他总是有痛苦的，只要他有灵魂！"萧军不以为然："我不大了解这样人的灵魂……她们的痛苦也许是活得太腻了……"萧红的眼睛突然亮了起来，她愤然地说："你这人……"

他们因为这样奇怪的邻居，发生了若干次争执。甚至有一次，萧红因为可怜同院的人没地方住，动员萧军让他们住到自家小厨房去。萧军却打趣道："那唱戏曲的白太太不是有一间房吗？"萧红说："那怎么行，她是爱清洁的人。"萧军说："她不是信'主'的人吗？不是全要'博爱'吗？她收留了他们，她的灵魂就得救了。"萧红气急，湿润着眼睛，抖动着嘴唇说："人真是没有慈悲和怜悯的动物……谁全是一样……"萧军尽管依然用"耶稣"和"主"反唇相讥，不知怎的，心底却被萧红的真挚情感所打动，到底让他们住在了自家小厨房里。

萧红天生一副反骨，有着生活优渥的大小姐出身，偏偏与穷困的人打得火热。她与白太太、老婆婆，那些灵魂可怜的人，关系十分融洽。她汲取着他们的营养，滋养着文字幻化的世界。她以悲悯苍生的力量，将坚强的种子散遍罹难中的国度。生命或有坎坷，做人当须自强。

青岛的岁月，虽算不上岁月静好，却也是安稳妥帖。萧军在舒群的帮助下得了份职业，在《晨报副刊》做编辑，萧红亦参与了《新女性周刊》的编辑工作。固定的收入令他们的生活不再狼狈不堪。那些有小锅、小碗叮当乱响的日子似乎又回来了。很快，他们有了一个新朋友，跟萧军一起在报馆工作的张梅林。三人常常聚在一起，用平底的小锅煎油饼吃，萧红还会做俄式大菜汤。不论可口与否，三人吃得十分开心。

那是她生命中又一段好时光。阴霾尚未笼罩这个依山傍海的小城，时光漫足，尚可挥霍。几个20出头的年轻人还都是些大孩子，一旦玩起来，就往野里玩。那是一个山清水秀的小城，整个城市都是山路，曲曲折折，逶逶迤迤，像一阕九曲回肠的小词，又似缠绵跌宕的乐章。他们爬够了山路，索性到海里去撒欢。萧红与萧军比试水性，拉了张梅林做裁判。只见她捏着鼻子，闭起眼睛，沉到水里手刨脚蹬一阵，得意扬扬地探出头来问张梅林："我是不是泅得很远了？"张梅林无奈地笑了："一点也没移动，看，要像三郎那样，球一样地滚在水面上。"萧红看了看同样努力搏水的萧军，一本正经地摇着头说："他呀……只任蛮性，拖泥带水地瞎冲一阵而已……"

日子过得稍微好一些，萧红的孩子脾性就冒了出来，她巾帼不让须眉，处处希望自己有男子的豪放与力量。当她将写好的稿子给张梅林看时，张梅林却老老实实地说："你写得过于纤细，有些田园牧歌的风范，还带着一丝抑郁……"萧红清澈的眼睛睁得大大的："呀！是这样吗？女性气味很浓吗？"张梅林说："相当的。"萧红失望地摇摇头，眼睛黯淡下来。张梅林连忙说："但这有什么要紧？女性有她独特的视觉，除开思想外，应该和男性不同的，并且尽可能发展女性的特点……"听了张梅林一番宏论，萧红觉得心里有几分安慰，然而还是有一丝忐忑。在女性被压抑的当时，作为女作家，她有着挥之不去的自卑。

常想，与她几乎同时代的女作家、才女，为何会有一种清绝的骄傲或者淡然的优雅？一切缘于身边的男子对她们的默默呵护。比如梁思成，他可将他深爱的人推向神坛，让众人瞩目。比如陆小曼，亦有徐志摩的默默帮扶。然而萧军却不具有这样细腻的灵魂，他觉得细腻简直是一项罪名。他更不会懂得，他正拥有的是璞玉，是和氏之璧，是真正的未经雕琢的宝石。他只以粗糙的灵魂给予她肉身的栖居，却不曾分给她的灵魂半分精神的滋养。没有滋养，自信便没有了土壤。多少次，萧红渴望像个男人那样说话、做事、写文，多少次，她期待这个冷漠势利的尘世，给予她才华以及灵魂足够的尊重。

这一生，她不求男人小心呵护，视她如珍如宝，她只要流年沧桑走遍，她的才情有所归依。然而这一切，萧军是不能给的。他甚至不如一个朋友。她并不怨怼他直言的恳切，因为她听得出里面真诚的欣赏。

在张梅林眼里，萧红是个带有孩子气的灵动的女子。她瘦瘦高高，由于总生病的缘故，脸有些苍白，一双灵澈的双眸顾盼生辉，时而梳着两根小辫，时而用一块天蓝色的绸布随意束了头发。她很孩子气，对自己外形不满意时，也会画一些古典美女，然后愤愤然掷了笔，转头对张梅林说："我不喜欢这样的女人。"说得现场的人哄然大笑。

当萧军戴一顶檐边很窄的毡帽，着一件淡黄色的俄式衬衫，腰间束一条带子，活像洋车夫时，萧红则穿着布旗袍、破皮鞋，像落魄人家的大小姐。大家都取笑他们落拓不羁，也羡慕他们"得成比目何辞死，只羡鸳鸯不羡仙"。任谁看，他们都是一对逍遥恩爱似神仙的夫妻。然而无数个不寐的夜里，她抚摸着自己的心，那悠远悲戚的牧笛扣敲着她心底的脆弱。待要想表达自己怅惘的心绪时，又知萧军一向不喜欢"活得太细腻"的人，不喜欢那些"不当吃不当穿"的东西，于是只好将寂寥的影子藏在光亮的笑容下，用一支清绝的笔去诉一诉衷肠。

夜长风紧，咸湿的海风递送来谁家幽怨的折子戏？是谁的灵魂在月光下轻轻哭泣？是谁的灵魂推开窗棂，在尘世寻觅着最后一丝光暖？我用情用力过好今生，赎尽所有的罪。不为福报，只为将岁月看尽，山水走穿。对岁月最后的慈悲，当是看尽长安花，始共春风容易别。我用一个完美的谢幕，换得一句此生再见，后会无期。

第五卷
我以灵魂的微光照亮苍穹

灵魂的皈依

爱是什么？世间并无标准，亦无度量爱的刻度。爱有许多种，有恋人之爱，父母之爱，朋友之爱，兄长之爱……这些不同形式的爱，星罗棋布地分布在人生各个角落。这些爱，以不同形式，互不相扰地静默存在，它们推开尘世的颠沛流离，给予寂寥的灵魂一个归途。

笑起来，都是泪。说起来，都是缘。在萧红的生命里，途经的那些男子，究竟哪一个对她影响最深？是她的祖父？美术老师高仰山？汪恩甲？萧军？鲁迅？还是其后的文坛新秀端木蕻良？我想，对她的一生影响最深的两个男子，当是祖父和鲁迅。唯有不带攫取的爱，才能唱起清绝的歌，穿透灵魂的胸膛。唯有不带攫取的爱，才会有深厚的力量，照亮苦难的幽微，赐予灵魂一场皈依。

曾有无数次的思考，为什么许多人兜兜转转，才知道生命的最美，是在生命的初端？当我们心心念念的长大终于残忍地到来，却骤然发现，世界上没有一个男子，能比最初的那个男子更爱我们，而且心无所求。这个人或许是祖父，或许是父亲，或许是生命里曾经给予我们无私之爱的男人。他的爱必然像海一样深邃寥廓，他的情比最湛蓝的天空还要广阔无垠。

她以为再也不会遇上，如祖父那般爱她的男子。她曾经以为萧军是"祖父"，然而事实却令她失望。但是，她又怎能责怪？他尽管不能给她丰衣足食，然而却曾与她在漫天的洪水里紧紧相拥，他也曾在她陷入绝境时拼死相救，他也曾与她在节衣缩食的日子里苦苦相守。这一世，他带着粗糙的灵魂势必做不了她的"灵魂爱人"，但他毕竟是她寒冷时划过的那根火柴。他曾给予她梦幻般的温暖，他给过她一个家。

萧军是萧红生命里不可逾越的痕迹，正如树的年轮。那些伤痕都藏在褶皱里。他可以给予她瓢水食粥的现世安稳，然而却吝啬于用丰厚的爱滋养她的灵魂。想起那句"就像蝴蝶飞不过沧海，谁又能忍心责怪"，爱情的美在于它的脆弱，爱情的完美，恰恰在于它的不完美。

她看尽了山长水远，看透了世态炎凉，她的心冷寂下来，灵魂的光亦摇曳如风中之烛。她热忱地生活在生活里，用空灵的笔写尽人间的悲苦。她不再惦记着灵魂，并非为妥协，而是因慈悲。

她不敢奢求，毕竟那个毫无索取地爱你，给你像阳光一样洒满灵魂的爱的人，于这长长的一生中，是那么少，那么少啊。

然而这个人，他总算是来了。

那时，青岛亦被笼罩在白色恐怖中，文学阵地逐渐转移到以鲁迅为代表的上海，他就像巍峨的山上猎猎作响的战旗，文学青年都渴望得到他的指导。萧红与萧军也在寻找这样的机会。一番顺藤摸瓜后，他们找到了上海内山书店的地址，并怀着激动的心情无比虔诚地写下第一封信。信投了，那些鸟儿一样奔腾蹦跳的心思也就沉淀下来。仿佛做了一个梦，睁开眼，只见万丈璀璨流光。

万万没想到，鲁迅不仅复了信，还在第一时间回复了。

刘军先生：

给我的信是可以收到的。徐玉诺的名字我很熟，但好像没有见过人，因为他是作诗的，我却不留心诗，所以未必会见面。现在久不见他的作品，不知到哪里去了？

来信的两个问题的答复：

一、不必问现在要什么。只要问自己能做什么。现在重要的斗争的文学，如果作者是斗争者，那么无论他写什么，写出来的东西一定是斗争的。就是写咖啡馆跳舞场吧，少爷们和革命者的作品，也绝不会一样。

二、我可以看一看，但恐怕没有功夫和本领来批评。稿子可以寄'上海，北四川路底，内山书店转，周豫才收'。最好是挂号，以免遗失。

我的那一本《野草》，技术并不算坏，但心情太颓唐了，因为那是我碰了许多钉子之后写出来的。我希望你脱离这种颓唐心情的影响。

专此布复，即颂

时绥

迅上

十月九夜

难以言喻的喜悦将萧红每个细胞都灌满了，如猎猎的风，如潺潺的水。她渴望用一种方式表达她近乎癫狂的喜悦，然而却头一次发现了语言的无能为力。她抬头看湛蓝的天，天空有个温婉的弧度。海水将天的檐角擦得很亮，她的喜悦是来不及收的稻谷。

人在过于强烈的感情面前，都是无能为力的。既不知道如何处理自己的悲伤，又不知道如何处理自己的喜悦。萧红与萧军狂欢着舞了一会儿，两人又齐齐捧着信，合唱一般你一句我一句地念着，眼里噙着泪。

后来，他们立即将《麦场》跟原文《跋涉》一起，用挂号信寄给了鲁迅先生。随信寄出她与萧军的合照一张——她穿着斜条纹绒布的短旗袍，两条辫子上的蝴蝶结非常俏皮可爱，一双大眼睛神采飞扬，她故作严肃的表情里，活泼和淘气隐约可见。

信寄出后，噩耗传来。青岛晨报办不得了，白色恐怖已经让报刊陷入瘫痪。他们的好友孙乐文给了萧军40元钱，让他赶紧离开青岛。临行那一天，萧红慷慨豪迈，一会说要卖床，一会说要卸掉门窗。她豪气地说："管它呢！"一边大摇大摆地跟在三轮车后面，踢着她的破皮鞋。并非萧红的孱弱和伤感可以一夜之间消失不见，而是那个人，给了她的灵魂一个保护罩，令她的灵魂得到滋养而重拾坚韧的本色。

在很长一段时间里，我一直揣测萧红与鲁迅之间，除去前辈对晚辈的关照和厚爱，必然多多少少会有一些，眉间眼底的情愫吧？然而却是我们的心过于浊了。因并无亲历过这种"祖父"的魂，总想着世间是不应有的。

这种无私无欲的情，世间是有的。那种令人落泪的神性的爱，不能因为我们不够运气，就怀着私欲揣度。

当夜，他们慌张地逃离了青岛，此后又像一株蒲公英，追逐着尘世的缘分，散落着飘零，却赎不回他们的宿命。

青岛，远了，淡了。上海，近了，深了。萧红的心不生悲，反生出喜。上海，近了。那个慈祥的面孔，也该近了。他只是悬浮在记忆里的浮雕，却唤醒了她体内最坚定的力量。在船舱上，沉闷腐朽之气携带着残存的恐怖扑面而来，然而她的心却如波光粼粼的海面。

沧桑的记忆在她的身后缄默不语，洗尽铅华的前方，才是她的家。那里有她的祖父，有她童年的后花园。

他们辗转着，找到一间狭长的大亭子间。推开古老的窗棂，苍翠的菜园映满眼帘。安顿好后，他们就迫不及待地给鲁迅写信，说了迫切希望见面的心情。然后他们七手八脚将帆布床、桌子和椅子摆进来，摆好后便开始数钱：40元钱，船票用去20元，租房9元，那么手里的钱为18元有余。想来，买好米面、锅碗瓢盆后，也是所剩无几。见到鲁迅，便是更为迫切的事儿了。

这一天，他们收到鲁迅的回信。他言辞隐晦地写道："来信当天收到。先前的信、书本、稿子也都收到了，并无遗失，我看也没人截去。见面的事，我以为从缓……待到有必要时再说吧。"怅惘的遗憾悄然而至。也许，见面只是一种"遥远的希望"，然而有希望总归是好的。

就这样，虽然在一个城市里，他们还是殷勤互通着消息。那时他们所居住的环境非常差，萧红在寒冷中瑟缩着帮萧军改《八月的乡村》，时而眼睛濡湿着问："面粉再低下去怎么办呢？""东西寄出去连一点影子也没有。"萧军在日后回忆起来说："我们像两只土拨鼠一样来到上海！认识谁呢？谁是我们的朋友？连天看起来都是生疏的！……我本来想用那18元钱去当兵……上海卖文章的梦我是不做了的……不过临行之前，我们是要见一见我们精神所信赖的人，谁知道连见一面还是这样艰难！"

然而，虽然阴霾从未远离他们的生活，有了鲁迅精神力量的滋养，他们情绪却还是高涨而愉悦的。

有一次，张梅林来看他们。他赞叹道："你们这里倒是不错啊，有美丽的菜园呢。"萧红手里拿着一块抹布，左手向腰里一撑，假装庄严地说："是不是还有点诗意？"张梅林看了看她伪装得脸紧绷绷的，眼睛里却透着狡黠，又看看萧军闭着的嘴唇，几根小黄胡子微微颤抖着，三人都忍不住哈哈大笑。终于三个人爆发出一阵大笑。

在这独守异地的颠沛流离的日子里，那样年轻的人，没有深厚的精神底蕴支撑，每一个长夜，都令他们的脆弱清晰可见。他们呼吸着那些脆弱，试图抓住悬浮在雕梁上的一线微光。那光，便是鲁迅先生的只言片语。以后的日子鲁迅总会及时复信，很少令他们失望。讲起来又辛酸又好笑，每当收到鲁迅先生的信，他们只在家读是不够的，散步的时候也要读。他们只是用六枚小铜板填饱肚子的穷人，然而精神上却似拥有一座永远取之不尽的大金矿！

两个痴人，往往一个读，一个含着泪听。读完，换另一个。在路人眼里，两人行为乖张如同异类。而在他们心底，却是什么都不管不顾，一心只想宣泄他们的幸福。

生命中总有那么一个人，让你一直舍不得放弃自己。比起爱护自己，你更加害怕看到他眼底的失望。当你绝望到不想做自己的时候，你还想让自己是他眼中的你。

那个人的字，像一块烙铁，烙在她的心里，她移不开，更放不下。因为那是她生命里，可望而不可及的光。是神性，是宽恕，是慈悲。

那多情的烟云，洗涤一抔风骨。所有遗落的过往，都被记忆的匣子染成风情一片。经年后，在萧红短短的落拓时光里，他无私的爱护浸润着她的清魂。她曾放逐灵魂三千，却得到他深情呵护的光暖一束。他是万丈红尘的冷寂里，她无限感恩的皈依。他的爱，并不能够给她岁月静好的情，却给了她一个灵魂的家。

上海旧事

　　常想，爱的本身并无稀奇，亦不惊艳。能够令爱光芒明澈，潋滟自生的，当是有情之人。不由地想起我们所喜欢过的词人，无论是宋代的晏小山、秦少游，还是苏东坡、姜夔，抑或清代的纳兰容若，我们爱他们的词并非为词之莺莺燕燕的婉转华美，而是为蕴含在其中深切的情。情之由心，方为爱。看过太多的情事，深觉男女之情虚假颇多，真挚却少；脆弱居多，坚固甚少；短暂为多，长久为少。许多开头华美异常，而结局却终至潦草。许多感情从富余走向贫瘠，那些相爱的人，爱着爱着，就懈怠了。

　　一段情，需要多少真心供养，才会有力量，熬得过时间的侵蚀？然而最好的情，最真的心，往往无关私欲，爱的那一方只希望成为对方生命里的一树花开。正如金岳霖之于林徽因。最好的爱护，最纯粹的心，往往无关风月，他只希望给予她灵魂一个温柔的眠床。正如鲁迅之于萧红。

男女之情若得以刹那相逢，狂喜欢愉，终究要走向淡漠。而那些远离了人性，趋于神圣的光暖之爱，却会比生命走得更长更远。

那一年11月27日，是萧红与萧军生命中最重要的日子。这个日子，他们灵魂的使者，膜拜的偶像给他们写了一封信。

刘、吟先生：

本月三十日（星期五）午后两点钟你们两位可以到书店里来一趟吗？小说如已抄好，也就带来，我当在那里等候。

那书店，坐第一路电车可到。就是坐到终点（靶子路）下车，往回走，三四十步就到了。

此布，即请

俪安

迅上

十一月二十七日

说到"俪安"二字，来历很是有趣。萧红曾连篇累牍地写信对鲁迅提出天真的抗议，说为什么称呼她为"夫人"或"女士"？萧军也趁机捣乱，说为什么叫他"先生"呢？明明鲁迅才是萧军的"先生"。

对于此，鲁迅做了幽默的回击："中国的许多话，要推敲起来，不能用的多得很，不过是因为用滥了。意义变得含糊，所以也就这么敷衍过去。不错，先生二字，照字面讲，是生在较先的人，但如这么认真，则即是同年的人，叫起来也得先问生日，非常不便了。对于女士的称呼更是没有适当的，悄女士在提出抗议，但叫我怎么写呢？悄婶子、悄妹妹、悄侄女……都并不好，还是夫人太太，或女士先生罢。现在也有不用称呼的，因为这是无政府主义者式，所以我不用。"这封见面信的结尾，鲁迅开玩笑地说，不知"俪安"这两个字，抗议不抗议？

他们不知道，鲁迅之所以迟迟不肯安排见面，是因为他处在十分艰难的境地。此时鲁迅处于半地下状态，他的名字上了"当局"的"死亡名单"。鲁迅的身体十分孱弱，生了一场大病，就连复信也是气喘吁吁。尽管如此，鲁迅还是十分关注文学进步青年的思想动态。他就像一个长者一样，给两个孤独漂泊着的灵魂，给予深情的慰藉，指明未来的归途。

他们日思夜想的日子终于到了。一个阳光明媚的冬日午后，萧红与萧军怀揣着一万只蹦蹦跳跳的小麻雀，推开了内山书店的大门。鲁迅背对着他们，身穿一件黑色的瘦瘦的短长衫，窄裤管藏青色的西服裤子，一双黑色的橡胶底网球鞋。他转过来，目光里充满温和慈祥的光。他对萧红与萧军打了招呼，而后取了内室的信件与物件，裹在日式包裹里，挟带着就出门了。

他的身影瘦削，可是步伐却很矫捷。他们怎么也没想到，鲁迅是那样瘦啊！萧红的鼻子有些酸涩，然而又不能落泪让先生难过，于是低着头默默地走着，眼睛里的水汽令脚底磕磕绊绊。

那个几乎为神明的人，怎会是如此虚弱和憔悴！萧红默默地打量着他：浓浓的森森直立的头发，浓而平直的眉毛，一双眼睑微显浮肿的大眼睛，因为瘦，眼睛格外大。他的双颧突出，两颊深陷，脸色苍青又近于枯黄和灰白，凸显得鼻孔特别大，里面近乎煤灰般的黑。

萧红看着鲁迅先生的影子，努力不让回旋在眼窝里的泪水掉下来。那影子，很是寂寥。那肩膀，很是瘦削。而这样一个人，他的步伐里却孕育着无尽的力量。两人又是钦佩，又是心酸。当他们品尝着五味杂陈的滋味时，鲁迅已经推开了咖啡厅的门。他很熟稔地同那里的朋友打招呼，挑了一个隐蔽的角落坐了下来。聊了一会儿后，许广平带着海婴也来了。鲁迅先生很平静地为他们做了介绍。当萧红伸手与许广平握手时，她的眼泪涌了上来。那是亲人的感觉，亦是家的感觉。

许广平亦是很喜欢眼前这个才女。她觉得萧红单纯率直，衣着已经很旧了，鞋子亦是破的，然而却精心地梳了两条发辫，然后让蝴蝶在上面蹁跹着。她皮肤白皙，头发乌黑，然而却夹杂着一些刺目的白发。许广平心里发紧，眼眶也有些酸涩。

这次聊天时间并不多。然而鲁迅还是解答了萧军与萧红的很多困惑，并简要地指明了他们今后的出路。我想，鲁迅的存在就好像一道可以令人伤口愈合的光。他有一种力量，可以抵达你的心灵深处，改写你命运的不如意，盈满你的匮乏，而后给予你不曾有过的力量。

尽管他言语不多，萧红干涸的灵魂深处依然涌动起了汩汩的清泉。告辞的时候到了，在萧红依依不舍的眼睛里，鲁迅将一个信封放在桌子上，淡淡地说："这是你们所需要的……"他们的眼泪瞬间落了下来。之前萧军给鲁迅写信，提到生活困难，想借钱的事情。不想，鲁迅以这种云淡风轻的方式，去呵护了两个苦难中挣扎的文学青年最脆弱的自尊。

回家后，他们又给鲁迅写信，说了内心的刺痛。先生这么瘦弱，自己年轻力壮，却还要用先生的钱。鲁迅回信安慰他们说："我知道我们见面之后，是会使你们被爱的，我想，你们单看我的文章，不会料到我已这么衰老。但这是自然法则，无可如何。"信中，鲁迅也有苍凉之感。他说，年少时身体还是好的，可见人过了五十，总不免如此。

作为文学青年，生活又流离失所，萧军与萧红难免有些心浮气躁。这也是文学青年的通病。鲁迅语重心长地劝导他们，他说："就是静不下，一个人离开了故土，到一处生地方，还不发生关系，就是还没有在这土里扎下根。我到上海后即做不出小说，可见上海这地方，也真不能叫人和它亲热。"鲁迅让萧军焦虑的时候出去走走，看看世情百态，看看各种人们的脸。

书信往来一段时间后，鲁迅又发了一份珍贵的请柬：

刘、吟先生：
本月十九日（星期三）下午六时，我们请你们两到梁园豫菜馆吃饭，另外还有几位朋友，都可以随便谈天的。梁园地址，广西路332号，广西路是二马路与三马路之间的一条横街，若从二马路弯进去，比较的近。

专此布达，并请

俪安

豫同具

广

十二月十七日

他们的手颤抖起来，眼泪不停地落下来。这哪里是简单的吃饭谈天，这分明是鲁迅借着胡风的初生子做满月的由头，帮助萧红萧军打入上海的文坛内部。这份温情与慈悲，将他们如婴儿般忐忑不安的灵魂照得通透。他们觉得天空被树枝撕裂，整个世界都是破碎拼接起的美好。

有那么一种人，他的存在能够照亮人心里所有的阴暗。那些辗转在岁月深处秘不可宣的伤口，都会在他慈祥的垂注下冰雪消融。有一种人，爱上他，你会成为别人，然而依然甘之如饴。因为你并不知道，世间还有这样一种人，依靠在他的身边，你可以做回自己。你可以天真，可以顽固，可以犯错，可以无赖，他都会用温润的目光照耀着你。每一个女孩都曾渴望过，会有灵魂的父亲或者祖父。正如每一个男孩都曾渴望有一个灵魂的妈妈。

想想萧红临死前，几乎说不出话，却依然吃力地写着鲁迅、大海，心中就百感交集。终有一天，我们会回到那光照耀着的地方，温暖而安全。终有一天，当我们的身躯凋零若花瓣委身于泥土，我们会回到灵魂那个家。那里有我们灵魂的爸爸，或者妈妈。

珠玉般的时光

盛世莺歌燕舞的过往在风烟里洗旧，销魂的风景铺开冷寂的记忆。斑驳的繁华恍惚地打开往昔的时间，尚未褪去的脂粉摇曳着牵动心肠。那是30年代的旧上海，一个具有魔法般的城市。多少名媛淑女留下空灵的足迹，多少温香软玉诉说着不肯老去的故事。

不同人眼中的上海是决然不同的：在张爱玲眼里，上海是市井的奢靡繁华；在陆小曼眼里，上海是舞场的曼妙风情；在林徽因眼里，上海是少女时代的老宅光阴；在鲁迅眼里，上海是一所大而空的房子，雕梁画栋，歌舞升平，却难以掩饰盛装下的一种伪；萧军与萧红感受到的，却是无从扎根的慌乱不安，像认不出家门的小狗。

一段时间内，他们的生活还要靠朋友接济。陌生城市的疏离感以及对衣食的隐忧，令萧红整夜失眠，她向萧军提议分开睡。他们从朋友那里又搬回一张床，一张安置在北角，一张安置在西南角。夜里萧军朦胧着就要睡去，却被一阵抽泣声惊醒。他慌忙跑过去，将手覆盖在她额头上，一迭声地问："怎么了？哪里不舒服吗？"萧红委屈地说："我觉得我们离得太遥远了。"萧军突然笑了，说："快别逞'英雄'了！还是过来睡罢！"

粗疏如萧军，自然不会知道萧红无故抽泣的原因，他以为又是"黛玉式的忧伤"。这个灵魂通透的女子，早就从爱人的心里，感受到一种近似懈怠的疏离感。她常常觉得，当他看着她的时候，眼神早已飘落到别处。

这个女子，天生就有一种感知他人心意的天赋。他人的心念一转落在她心里，早已是轩然大波。爱人情绪的波动，亦成为穿肠的毒药。

此时，虽然他们的生活无波无澜，然而敏感如她，怎能感觉不到爱人心里已有些微的倦怠。她的泪，是为他们未来情感的宿命而流。见了爱人，她依然撑着，不想用她的悲伤打扰爱人，于是笑着推他说，去吧，去吧。

在香魂已逝的多年之后，萧军在回忆里，还是认为萧红多愁善感并且孩子气。然而，我相信，在无数个不寐的夜里，他依然清晰地记得起那些相依为命的时光。他仍然记得萧红为了他能够体面地出席鲁迅的饭局而连夜赶制衣衫的样子，记得萧红如何像兔子一样闪进他怀里，记得她如何为他洗手做羹汤，又一边抱怨着来不及写作。于是我相信，他带着些微的怨回忆着那曾至亲的故人，并非为不爱，而是不想令自己想起那些爱。

那些贫瘠、落魄的时光，那些令他疲倦、动摇、心灰意冷的时光，那些在并不鲜亮的世界里拼命站立着的脆弱的爱情。他不想也不愿意承认，最终，他们的生命还是连在一起，长在一起。即使后来萧红不得不改嫁，在另一个男子怀里溘然长逝。他也不得不咽下所有的悲伤，承认她的死，带走的是一部分的他。

再也回不去了。那些亲密的旧时光。那些肆意挥霍爱的时光。那些相依为命、冷暖自知的时光。

生活的艰辛，令他们焦躁不安。生活尚靠朋友接济，纵使鲁迅常来信宽慰，也不能再向先生开口。一天，他们的朋友叶紫来拜访他们，劝萧军说，不如让鲁迅推荐试看看。萧军终于下定决心向鲁迅求援。鲁迅拿到萧红的《麦场》后，四处寻找出版的途径，然而这部稿子却一波三折。萧红急问鲁迅，自己都胖得像蝈蝈了，什么都写不出，请鲁迅先生抽打她。鲁迅回信安抚她，说自己的稿子也是一波三折，并且被删掉许多，只剩下一个脑袋了，不值钱了。先生还说，不会抽打她，既然她像蝈蝈，就写蝈蝈一样的文章，言语间十分诙谐。

1935年2月，萧红像蝈蝈一样地做了篇《小六》，这一次她的文章被鲁迅推荐后，在著名语言学家陈望道主编的《太白》杂志上刊登。编辑回复道："小说稿已经看过了，都做得好的——不是客气话——凭的热情，和只玩技巧的所谓'作家'的作品大两样。"这个消息对萧红而言，是个极大的鼓励。

不久，鲁迅推荐的萧军的几部作品——《职业》《樱花》《货船》《初秋的风》《军中》等，也陆续发表在上海的各家刊物上。此时，他们终于逐渐被上海文坛所接纳。当时，发表左翼作家作品的大型刊物只有《文学》月刊，这些作品跻身大型刊物极其不易。对于30年代政权更迭，黑暗复杂的上海滩而言，无名作家没有可靠的推荐人引荐，根本无法进入这个圈子。对于文学而言，一步顺则步步顺。当他们被圈子正式接纳后，其他的刊物才纷纷向他们投来"橄榄枝"。

至此，她那颗漂泊无依，并害怕被爱人遗弃的心，终于渐渐安稳下来。一种久违的柔软和光暖，将她轻轻笼罩住。

世间所有的灵魂，都向往着一个柔软的归宿。沿着世间沧桑的纹路，在满地的贫瘠里缓缓行走，那些被苦难堆砌的记忆，终于有了一个淡远禅意的眠床。人的一生中，总有那么一个人，让你淡化了所有的锋利，温婉了心肠。总有那么一个人，让你相信纵使岁月负你千百遍，也终将对你温柔相待。

人生一世，草木一秋。各有各的痴迷，亦各有各的缘分。是你的，拂不去，不是你的，抢不来。人间各种缘分，有深有浅，有的人只陪伴你走一段路，有的人能够陪伴你走完这一生。那被称作"爱情"的男欢女爱，总是徒有虚名，它像蝴蝶的双翼那样脆弱而不堪一击。然而还有一种情，并非爱情，亦无所求，却走得比生命更长远。

萧红并不知道，鲁迅为她做的，远比她想象中的要多。当他放下
自己的骄傲，挨家"兜售"萧红的稿子时，他可能会为还人情，而搭
上一篇自己新写的稿子。当他久病缠绵床榻时，听说萧红要来，依然
强忍身体不适，听她那些忧愁和烦恼。即使在他临终前，他心心念念
记挂的，还是这个女孩漂洋在外的人身安危。这一世，他对她的情，
与爱无关，却是连最轰轰烈烈的爱都及不上的。

何其不幸，萧红一生坎坷，颠沛流离，她追逐着真爱，却没能在
爱人怀里找到心的归宿。何其幸运，在她从未奢望过的远方，那个如
神明一般的人，以最无私的深厚，照亮了她今世的福泽。

1935年5月，在萧红与萧军的一再邀请下，鲁迅携全家看望这两
位年轻的东北作家。他们谈了天，又去西餐厅吃了饭。萧红像踩着棉
花一样，整个天都是不真实的湛蓝色。

1935年6月，萧红与萧军又搬了一次家，搬到法租界朋友唐豪的
律师事务所二楼。期间，萧红写了《三个无聊的女人》，她的幽默
犀利的文风开始有了新的萌芽。萧军的《八月的乡村》作为奴隶丛
书之二出版。奴隶丛书便是他们那次吃饭时，大家想出的名目。而
他们的好友叶紫，一个身负血海深仇的革命斗士，他的《丰收》作
为奴隶丛书之一出版。这期间，经鲁迅引荐，萧红与萧军有了几个
新朋友，其中胡风对萧红坦率、未脱女学生气的稚气很欣赏，他经
常带了夫人去萧红家做客。此刻，亦是"东北作家群"在上海滩悄
然兴起的辉煌日子。

当我看到那些美丽轻盈的文字时，我才隐约明白鲁迅想要呵护着她的那颗初心。萧红被称为"民国四大才女"，又被称为"文字洛神"，也并非徒有虚名。对于萧军说她"结构松散"，我不由微微地失望。他终究是带着俗心，看不穿文字背后关于灵魂的真容。无论是鲁迅、胡风、许广平，都隐隐看到萧红背后那熠熠生辉着的灵魂。

这世间，有人用才华写作，有人用智力写作，有人用心写作，而萧红，是用灵魂写作。她写着千钧的苦难，文字却是通透跳跃的，闪烁着一点稚气，一点慧根。这样的女子，纵使千帆过尽，也会护着灵魂不使其沾染尘埃。

天空干净的底色，镀亮了人世的苍茫。我瘦去一春的回忆，在你目光里晾晒我天真的寂寥。是你让我的天真得以漫步，是你让我的任性有处容身。是你让我相信，纵使世间所有逝去的时光都如刀如锋，在你温润的目光下所有闪光的年华都不会老，永不会离去。

灵魂火焰

许多年后，萧红写下回忆先生的文字，她依然清晰地记着先生指着弄堂镶嵌着灯光的那个"茶"字，说，记住这个"茶"字，下次找来就不会弄错。上海弄堂的房子几乎建得一模一样，先生生怕他们找不到路。她记得，那一晚，先生不顾身体不适，非要聊到深夜。雨水蜿蜒着窗子流着，她灵魂的火焰簇簇燃烧着。

常想，这是一段怎样的缘分？不惊不扰，无欲无求。即使是父亲对女儿，也未必做到如此这般。然而，世间上有很多事情是无从解释的。有缘相聚便好好珍惜，曲终人散便各自珍重。如此，也就不枉费在有情的红尘里走一遭了。

11月14日，鲁迅先生看完了《生死场》的校样，逐字逐句做了修改，并且写了序文。萧红很感动，写了长长的信向鲁迅表达她的感受。鲁迅回信说："校出几个错别字，为什么这么吃惊？我曾做过杂志的校对，经验比较多，能校是自然的，但因为看得太快了，也许还有错字。"在序言里，鲁迅给予她的创作以很高的评价："这本稿子到了我的桌子上，已是今年的春天，我早重回闸北，周围又熙熙攘攘的时候了，却看见五年以前，甚至更早的哈尔滨。这自然还不过是略图，叙事和写景，胜于人物的描写，然而北方人民对于生的坚强，对于死的挣扎，却往往已经力透纸背；女性作家的细致的观察和越轨的笔致，又增加了不少明丽和新鲜。"

然而也并不是没有批评的。为了顾及销量，先生批评得比较委婉。"叙事写景胜于描写人物"，就是含蓄地指出她在描写人物上的不足。然而先生也说，灵魂底色倒还是有的。她有一种女性很少见的力量，那种力量，扎根于现实的土壤，迸发出一种瘦而不贫，华而不丽，哀而不伤，柔而不弱的生命气息。那种对灵魂的穿透力，使鲁迅对其他瑕疵视而不见了。鲁迅对萧红，这其中固然有祖父般的宠爱，亦有灵魂的惺惺相惜。他们都是关注国民精神的，亦都是追求"灵魂的力量"的。他们的魂，在静默中交流着，他们是彼此的知己。

胡风为《生死场》写了后记，评价得比较客观。他拿着肖洛霍夫《被开垦的处女地》与萧红的《生死场》作比较，指出作者到底是没读过《被开垦的处女地》，然而也能写得真实又质朴，泛着大爱。"在我们已有的农民文学里面似乎还没有见过这样动人的诗篇。"他指出人与动物的互喻性，"蚊子似的活着，糊糊涂涂地生殖，乱七八糟地死亡，用自己的血汗自己的生命肥沃了大地，种出粮食，养出畜类，勤勤苦苦地蠕动在自然的暴君和两只脚的暴君的威力下面。"这样麻木的生命，终究会在侵略中骤然惊醒，当最卑微的生存也难以为继时，真正的生命力才会觉醒。胡风连连称赞萧红有着"女性的纤细"，也有着"非女性的豪迈的胸境"。

　　然而，对于《生死场》的缺点，胡风也是直言不讳的。同萧军一样，他认为萧红的作品结构散漫些，对题材的主控力不够。人物倒是都活着，只是独特性的凸显不够，仿佛这一个同那一个，区别也不大。语法过于出新而不顾"规矩"。后一条，我倒认为是萧红的优点。读她的字，总会被她别出心裁的语法而吸引。这个女孩，灵魂里自有区别与众人的地方。萧红的文字更像一部史诗，用最纯粹的灵心熨烫，自然透着活泛与灵动。因史诗在湛蓝的天空和草原里展开，人物的独特性倒没那么重要了。

　　细想来，芸芸众生都在命运的暴政里颠沛流离，麻木地生活在他们以为的生活里。那些可怜的灵魂，你的同我的，又怎能有大的区分？她的文字，从来也不是戏剧，而是灵心遭遇生活撞击出的华丽的伤痕，是落花奋不顾身亲吻大地的粲然，是流星划过天际的刹那光晕。

　　无论如何，这本《生死场》做为奴隶丛书之三出版，轰动了上海文坛。用许广平的话来说，这部小说是"萧红女士和上海人初次见面的礼物"，上海人对她的厚爱也是空前的。从此萧红与萧军成了上海文坛的台柱子，生活再无问题。苦寒的日子在煎熬过后，呈现亮丽的色泽。她不停地邂逅着那些灵魂饱满的岁月，与每一个珠玉般亮丽的日子把酒言欢。

　　衣食无忧后，萧红脸上红润了，神色也是活泼。好打扮的萧红天天穿了鲜艳的衣服，跑到鲁迅家里，让他鉴赏。一次，她穿了宽袖子的大红上衣和咖啡色的裙子，兴冲冲地跑到鲁迅家，很想得到赞赏。不想，鲁迅抬起眼睛来笑着说："来了？"然后低头工作，对她的新衣服视而不见。萧红急了，问："周先生，我的衣服漂亮不漂亮？"鲁迅这才仔仔细细打量了下，说："不漂亮。"看着萧红失望的样子，鲁迅耐心地解释："红上衣要配红裙子，或者配黑裙子，咖啡色就不行了，两种颜色放在一起很浑浊……所以把红上衣也弄得不漂亮了。"他谈起了服饰，也是很有见地："……人瘦不要穿黑衣服，人胖不要穿白衣服……方格子的衣裳胖人不要穿，但比横格子还好些……胖子要穿竖条子的，竖的把人显得长，横的把人显得宽……"萧红的眼睛张得大大的："周先生怎么也晓得这些事呢？""看过书的，关于美学的。"萧红又问："什么时候看的？""大约是在日本读书的时候。"萧红又孩子气地追问："买的书吗？""不一定是买的，也许是从什么地方抓到就看的……""有趣味吗？"先生无奈地说："随便看看……"萧红刨根究底："那究竟为什么要看这书？"这下，鲁迅彻底没辙了，只好沉默。许广平出来解围："周先生什么书都看的。"

　　对于萧红，鲁迅一直是很溺爱的。他曾在信里对她说："这位太太，到上海以后好像体格高了一点，两条辫子也长了一点，然而孩子气不改，真是无可奈何。"小海婴也非常喜欢萧红，每次见了她都欢喜地揪住她的辫子。萧红好笑地问鲁迅："他为什么不揪别人，只揪我呢？"鲁迅一本正经地说："他看别人都是大人，就看着你小。"

也许，这世上的缘总是难以诠释明白。萧红最爱问为什么。可是这世间的事，原本并无为什么可言。就像鲁迅先生看那些书，遇到了，也就看了。鲁迅也难以解释对萧红如父如兄的慈爱。解释不了的，都推给前世。

常以精致的心去看待生活。常想，是否一切都是缘？正如我们"遇"到一本书，"遇"到恍若天籁的音乐，"遇"一个比亲姐妹还好的闺蜜，"遇"到一起打江山的亲若手足的兄弟，"遇"到生命里至亲至爱的那个人，"遇"到那个前世的冤家……

既如此，人类的孜孜以求岂不是太狼狈，亦太可笑？不如对岁月袖手，期待一场又一场的"遇"。遇到了，就珍惜着，待之如珍如宝。分开了，就怀着慈悲，祝福着彼此在岁月两岸静好安康。

皈依爱，即使悲凉

　　幸福，漫长得好像过不完。即使身躯再度走向痛苦、疲惫、衰老和死亡，那些被幸福定格的日子，依然在时光的某一处，仿佛密封在梨花树下的酒坛，经年之后香气四溢，香得酿酒人湿了眼眶。

　　斜倚着灵魂的温暖，擦拭岁月的苍茫，将暮色洗得微白。她环视着四周，有家，有书，有他，有祖父的魂，还有一些永远欢畅笑着的友人……晨曦，是将明未明的天，所有的记忆都酣睡着愉悦着。那段生命里难得闲逸的日子，成了日后追忆里动人的微光。

　　忘记是哪一时，哪一刻，爱情尚未露出狰狞的容颜。那时他们的生活刚有了亮泽，贫穷不再追逐着他们的脚踝。

　　那时萧红的家常常宾客盈门。一次胡风来看她时，她正像个小小的家庭主妇一样，扎着花围裙收拾房间。胡风问："三郎呢？"萧红答："人家一早到法国公园看书用功去了，等回来你看吧，一定怪我不看书。"不久，萧军回来了，神采飞扬地讲他看到的精彩之处，蓦然一瞥看见萧红，果然用俯视的口吻倨傲地说道："你就是不肯用功，不肯多读书，你看我，一大早大半本书。"萧红一边跟胡风使着眼色，用眼神说"怎么样，我说得没错吧"，一边冷冷地呵斥道："是啊，人家一大早去公园用功，我们可得擦地板，还好意思说呢！"一些话令萧军绷不住笑了，大家都笑了起来。那段温暖的时光，仿佛怎么说，都是说不尽的。笔下的文字都好似生了明媚的魂。

或许，人类的感情是卑微而脆弱的，有多少感情在颠簸的岁月里彼此扶持，而在富贵的日子里分崩离析？当他们在文坛的盛名日隆，他们的感情也渐渐走向疏离。像一个名贵的瓷器，经过烈火淬炼而愈加纯粹动人，反而经不得和风细雨岁月掌心的轻轻一握。

日子安稳顺遂后，他们的感情却渐渐出现了裂痕。有人说，是李玛丽与陈涓来到了上海，令萧军心有旁骛。我却觉得，裂痕是早已滋生的，厌倦是早已潜伏的。若两人浓情缱绻，若感情强骨健躯，是足以抵御外围的感情入侵的。他们感情城堡的不坚不固，多半是因了萧军性子里的变数太大，而萧红又太过痴情的缘故。萧军从骨子里追求着爱情的刺激性和戏剧性，而爱情的戏剧性是在变化中实现的。而萧红的痴情，又恰恰束缚了这种变化的可能性。

萧军是用灵魂的触电感知爱情的人。而萧红是在生活的细水长流里涓滴取爱暖身的人。萧军要的是片刻激情的灼伤，他的灵魂厚，不易穿透，很难在细水长流的生活里感知爱的存在，他的爱情是夸张而戏剧化的。

当生活悲怆而艰难，外界的戏剧性就已经足够，他的感情会相对专一。当生活安稳无忧，他的感觉又钝了下来，感情的光环渐渐被安稳的日子蚕食了去。如果说萧红是活在红楼的人，那么萧军则是活在莎士比亚戏剧里的人。他随时准备为"爱情"燃烧成灰烬。安稳的日子于他，是一种灵魂的煎熬。

当他心目中的"女神"李玛丽，随着东北的难民来到上海，她的身边不仅仅凝聚着上海滩文艺青年疯狂膜拜的目光，其中更有萧军近乎偏执的仰慕。他写下一首一首的情诗，任自己在"爱情"的"苦酒"里痛苦煎熬，长醉不醒。这李玛丽，是当年名动东北的交际花，在萧红之前萧军就暗恋着她，无奈她的追逐者众多，她并未把萧军放在眼里。于是萧军苦苦品尝着"失恋"的痛苦，也就是在那时，遇上了同命相连的萧红。

若说萧军当时对萧红的是一种"情感转移"或者对弱者的"同情"，我认为是不对的。萧军对萧红是有动心，亦是有很深的爱情的。在患难时候，人往往会至情至性地流露感情。萧军的爱情是需要靠"电击"来完成的。爱情于他，是一个"瞬间的记忆"。在某一时，一个女人的一颦一笑，或者一句小诗连同她的遭遇，或者她打进他心灵深处的才华，她打进他心灵深处的美……一旦灵魂攫取了这些信息，埋在底下的爱情活水就会奔涌而出……

舒群看不过萧军为"爱情"形销骨立的憔悴模样，自告奋勇地去向李玛丽挑明萧军的痴情。不想，李玛丽淡然一笑说："你们都是我的朋友。"这句话，如兜头一盆冷水，浇回了萧军的理智。

萧军丝毫没注意到，在他憔悴的时候，萧红的眼睛更大了，人也显得更加柔弱……她无处倾诉，只得写着诗。

陷入爱情与被爱情抛弃的人，心里都是柔软的。诗人的感情往往比较坎坷，是因为他们要在不断的得到与不断的失去之间，寻找灵魂柔软的触感。

"带着颜色的情诗，
一只一只是写给她的，
像三年前给我的一样，
也许情诗再过三年他又写给另一个姑娘！

"昨晚他写了一只诗，
我也写了一只诗，
他是写给他新的情人，
我是写给我悲哀的心的。"

她的心思变得细腻而伤感，灵魂是哭泣着的。她说："我的心潮破碎了，他分明知道，他又在我浸着毒液一般痛苦的心上，时时踢打。"

　　李玛丽到底是个虚幻的影子，她存在于萧军的幻觉意识里，是求而不得的存在，如同一幅高悬于豪华的展厅装帧精美的画。然而真正令萧红痛苦不已的，是陈涓的到来。陈涓出现在他们贫瘠的日子里，萧军虽然对她有所心动，然而苦难的日子压迫得他无法执着。陈涓的归来，唤醒了他沉睡中的关于爱的记忆。彼时，陈涓已经结婚生子，然而依然不妨碍萧军胸中爱的火焰熊熊燃烧。

　　1936年春天，陈涓带着孩子到上海父母家，离萧军家很近。她的性格不同于萧红，是热烈而明媚的。虽说两人都率直，然而陈涓是烈日炎炎，萧红则大多是阴雨绵绵。萧军的心趋近阳光后，又生出了活泛。性格率直的陈涓，以为她有了孩子，一切暧昧的情愫都烟消云散了。她来萧军家做客，大大方方与之谈笑，临行前央求萧军送她一程。萧军答应了，但他看到萧红眼里的恼恨和黯然，心想，回去又有一番架吵。

　　陈涓不知道，二人平时为了她，经常燃起硝烟。情感大条若史湘云的陈涓再也料不到，自己不管不顾的言行，给两人造成了僵局。

　　在这一时期，萧红几乎变成诗人。她写了一组叫作《苦杯》的爱情组诗，宣泄着自己痛苦的感情：

　　"他又去公园了，
　　我说：
　　'我也去吧！'
　　'你去做什么？'他自己走了。

他给他新的情人的诗说：

'有谁不爱鸟儿似的姑娘！'

'有谁忍拒少女红唇的苦！'

我不是少女，

我没有红唇了。

我穿的是从厨房带来的油污的衣裳。

为生活而流浪，

我更没有少女美的心肠。

他独自走了，

他独自去享受黄昏时公园里的魅力的时光。

我在家里等待着，

等待明朝再去煮米熬汤。"

3月，萧红与萧军将家搬到永乐坊，离鲁迅家很近，而离陈涓家比较远。搬得远了，萧军去得反而勤了，有些明目张胆的意味。萧军越来越迷恋她了，说她是"鸟儿一样的姑娘"。在陈涓眼里，萧军越来越可怕了。一天，他喝了酒，却摸到她家门里，站在那里又不说话。陈涓嗅到危险的气息，很是着急，想请走他。走到门口，他飞快地吻了她一下。

当陈涓要离开的时候，萧军为她筹措了二十元的旅费，曾让她很感动。然而萧军接下来的举止又令她有些惊恐。当她与一个青年交谈的时候，萧军突然出现，不由分说地带走她，接着就不断喝酒。陈涓慌忙阻止，好不容易止住了他买醉，他又要纠缠着送她回家。她只得撒谎说不是回家，是去别处。萧军这才作罢。当她与青年再次谈话，萧军又冷笑着出现，而后扬长而去……惊魂未定的陈涓迅速抽离了他们的生活，北上与丈夫团聚。

"鸟儿似的姑娘"抽离了他们的生活，却留下一个碗大的疤痕。他们没日没夜地吵闹，萧军也动了拳头……萧红又在诗里倾诉："我幼时有个暴虐的父亲，他和我父亲一样了！""我没有家，我连家乡都没有，更失去朋友，只有一个他，而今他又对我取着这般态度。"夜，比以往任何时候都更深更长。爱人的鼻息尚在耳边暖热，心却如炉火中的灰烬，一点点寂灭下来。

夜像一只长着嘴巴的怪兽，吞噬着那些锦缎般光亮明媚的日子，吞噬着爱人冷掉的心肠，吞噬着她来不及落下的泪。"他心中既不放着我，哭也是无足轻重。"

一张床，两颗心。尘世的苦难永远这样壁垒分明。日子困窘的时候，怨命不给安逸，日子安逸的时候，又怨命不给幸福。

憔悴不已的萧红，只是日日往鲁迅先生家跑。此时，鲁迅也是在病中，由于不眠不休的工作，帮助进步青年做事，还要时时安抚萧红的情绪，惦记着她的痛苦。先生的身体无力支撑，病了一场。萧红再去的时候，都是许广平强打了精神，听她倾诉。许广平因要照顾着家和鲁迅，本已很劳累，但又不好意思让她回去。一日，萧红依旧坐到很晚，等许广平上楼看鲁迅时，才发现窗子都没关。夏日风大，鲁迅因此着了凉，发起烧来。此后许广平对着朋友抱怨道："她天天一来就是半天，我哪有时间陪她……她痛苦，她寂寞，没地方去就跑到这里来，我能向她表示不高兴，不欢迎吗？唉，真没办法！"

然而，同样身为女人，许广平也是懂得萧红强忍的悲苦的。她说萧红"勉强谈话而强烈的哀愁，时时侵袭上来，像用纸包着水，总设法不叫它渗出来"，"却转像加热在水壶上，反而在壶外面满是水点，一些也遮不住"。

萧红再也没想到，在她为萧军忧伤不已的时候，一道深情的目光凝聚在她的身上。他追随着她柔弱的身躯，仰慕着她过人的才情，以及她灵魂深处的力量。

初遇她的时候，是在一个法租界的公园里，他独自凝思，遥遥地，却见萧红一行人翩然而过。萧红柔弱、洒脱的身影便烙在他心底。"她眼睛很大。""她体态气质颇有苏州女子的韵致。"然而她太柔弱了。"不具寿相。"心有灵犀的人之间感知是敏锐的，他并未预言他们的开端，却预言了萧红的结局。

那双映着满满怜惜的眼，携着人生若只如初见的爱情而来，宛若静好，等在她的下一个驿站，等出了栀子花的芬芳。他，叫作端木蕻良。这个名字陪伴萧红，一直到她生命的终点。

又是一年春起时，飞絮迷蒙，恰似三月杏花。岁月婉转起心肠，像不曾经历过沧桑一样。我爱上了你，像不曾受过伤害一样。爱情的苦酒，饮了便饮了，醉了也便醉了。酒醒之后，依然要相信，有簇簇的花树，等待在你生命的下一个起点。生命不死，爱情便永远不死。

第六卷
爱情是含笑饮毒

我是他划过的火柴

不知是否前世已注定，你我怀揣着缘分的诅咒，在深邃的宿命里穿梭。我打马经过你的忧伤，你洗劫了我的灵魂。很久很久以后，我以为时光湮没了你的容颜，我终于可以大大方方将你遗忘。却不想，我已然不再是我熟悉的样子，我变成了另一个你。

那些自称饱经沧桑的人，实则徒有虚名。他们用冷漠的生活来抵御剧烈的爱情，以为将日子过成流水，就不会被命运流放千里。不曾有爱情惊艳过的人生，是颓废而枯萎的。人生在世，或许安稳从来不是目的。我们并不愿醒着，却放任灵魂睡着。哪怕若流星在夜幕奋不顾身地划过，哪怕短暂，那也曾璀璨过，鲜活过。

在某一个月白风清的夜，安稳的你，是否仍会想起那个让你灵魂激动过的某个身影。理性若你，是否宁愿放下一切，随着他浪迹天涯？

或许有一天，所有的躯体都将化为尘烟。所以我不怕被爱情的热度灼伤，我不再怨怼你曾洗劫过我的灵魂。因为我不曾忘记，那一季，你是怎样丰盈过我的生命。我不曾忘记，你停留在我指尖的暖，你在我耳边遗落的誓言。

当萧红喃喃自语道"我是他划过的火柴"，船的鸣笛声清脆悠长，浩瀚起伏的海水一波一波传递着难以抒写的忧伤。她回头再看一眼熟悉的上海，那个成就了她，又毁灭了她的地方。又是一场离别，不同的是，这一次她要孑然前行。没有了爱人温暖的手掌，她不知道在哪里能摊开掌心里的阳光。

决定去日本是一件艰难的事。她曾无数次对着爱人空了的躯体彻夜不眠，也曾幽魂一样在街头巷陌漫无目的地行走……直到他们的朋友黄源说，他的夫人许粤华在日本留学近一年，已经能翻译一些日本短文，不如萧红也过去？又有一个消息扑面而来，让她彻底动了心——她弟弟张秀珂也在日本留学。

当一段感情走向枯寂，逃离并非最好的抉择，然而也是最温和的方式。灵与肉都长在一起，生生地拔离有多痛？只有让岁月一点点修剪枝枝蔓蔓，将血脉相连的两棵植物温柔分开。

珠玉般的时光发出清脆的回响。明明灭灭的光影里，她看见鲁迅慈祥的容颜。那是她即将东渡不久，她怯怯地在门口看着鲁迅。由于先生闭门谢客许久，她不知道自己的悲伤会不会打扰他的清静。她知道，她的悲伤，一定会被他的灵魂悉数接收。但是，先生已经够孱弱的……先生的笑容将她的灵魂照得通亮，温柔地抚平她灵魂的褶皱与伤痕。他笑着说："人瘦了，这样瘦是不行的，要多吃点儿。"他的笑声是夏末碎花裙子的一角，在阳光下晶莹地跳跃着。她的眼睛浮出薄薄的雾气，像雨后朦胧可见的长虹。

7月15日，在她临行的前一天，鲁迅和许广平为她设宴饯行，萧军与黄源也在。心思敏捷如鲁迅，怎能不知这对情侣之间难以愈合的罅隙呢？然而他只许以慈悲和缄默，对他们的前程不惊不扰。

7月16日，萧红登上了去日本的船。上海，容得下一个名满天下的女作家全部的才情，却给不了她灵魂一个温暖的家。她烫了发，将妩媚带离了这个既爱且恨的城市。

逃离，并不能将忧伤遗落在彼岸，能拯救一个千疮百孔的灵魂的，唯有时间。

时间，在日本是格外漫长的。许粤华帮她找的住处，是一间纯日式的房屋，周围极其安静。一开始，萧红觉得兴奋与新奇，她想，若萧军在，该会在这榻榻米上怎样欢喜地打滚？很快，一种异样的孤独和漂泊感，就席卷而来。日本太静了，静得让人发慌。到了夜晚，四周如墓地一般静谧。

悲伤的人最怕静，静下来要面对的就是自己灵魂的洞。时间是缓慢的，腐朽的情感纷纷活过来，像一把钝刀锯着自己尖叫的灵魂。萧红跑到路上去，路上都是陌生人，陌生的语言。她又跑到河边，河边都是同上海一样的，破船、黑的水、穿破衣裳的女人和孩子。她跑到最能给她灵魂安定感的书局里去，书铺里全是她不认识的文字！这些热闹统统跟她没了关系。日本，像一口巨大的、华丽的棺材，轰隆一声，关住了她的灵魂。

她回到房间，孤独张着眼睛看着她。她铺开稿纸，灵魂的洞口对着她。她构思好要写的句子，可是笔却是缄默的……她无论如何也写不了字了。她开始抽烟、喝酒、喝水，但依然捉不住灵感。她希望灵感只是迟到了，于是从不熬夜的她开始熬夜……她想起从前，每到夜幕降临她总是会打瞌睡。她打着哈欠，眼睛里积着水，将圆圆的小脸搁置在桌子上，萧军看着她发笑。他说，她俨然像一只趴在水边亮着一双大眼睛的小海豹……

不能，不能再想了。再想，她会被过往的时光勾住魂，捉回去。她不能回去，她不想令灵魂卑微若此。此时，萧军已经到了青岛，住进了山东大学教员单身宿舍。他给自己制订了严格的生活和工作计划，每天写字、打球……他甚至将他的作息表抄了一份寄给萧红。他知道萧红在异乡又是孤独，又是生病，折腾得很不好了。他说，不行的话，来青岛住吧！萧红坚决否定了，她说，来一趟不容易，要将日文学到可以看书，才回去。她依然是那个坚强而倔强的姑娘，再三强调她不是身体不好，而是无书可看导致精神生了病，让萧军寄些书来给她看。

当第一朵樱花飘落的时候，她灵魂里的浮躁渐渐被涤清。她开始上课学习日语，并且开始写作。女房东的笑脸是温润的，她的和服是柔软的。街上偶尔飘落入耳的日语，也似有了清晰的意义。她的日语在飞速进步着……

她的笔尖飞快地在纸上流淌着，然而她的生命却在流淌里一点点消耗着。她曾在一个半月里写了3万字，也曾在10天内写满了57页稿纸……终于，她写好了《商市街》，给萧军寄了过去。这本稿子又让她在上海文坛风靡一时。零星着，还有一些小散文，如《孤独的生活》《红的果园》《王四的故事》……命运赐予她灵气与才情，她精心捧着，小心侍奉，不敢辜负。

珠玉般的句子光润着那些同样的灵魂，然而却耗尽了她的元气。她的身体越发孱弱了，先是没完没了地头疼、胃疼，后来是让她几乎死过去的痛经，这大概属于产后失调的症状。萧军曾说，她是拿生命写作的人。我想，这便是她与鲁迅灵魂相通的地方。他们都是那种极其有使命感的人，都有着认真的灵魂。他们都用生命去为人类的文明，写出一朵又一朵竭尽全力绽放到极致的花。

她将生命簌簌的火焰小心保管，让灵魂劈开坚硬的现实，一路向前。她的爱恨，缱绻在笔尖，游走在命运的缝隙里。在不断的写作中，她一次次与残忍的生活正面交锋，又一次次在无路可退中看到自己恍若清晰的人生。

这时，理性起来的萧红开始剖析自己的情感。她说："灵魂太细微的人也一定渺小，所以我并不崇敬我自己。我憧憬的是粗大的、宽宏的……"对于这段剖析，当萧军回忆这段恋情时，是这样回应的："她虽然'崇敬'，但我以为她并不'爱'具有这样灵魂的人，相反的，她会感到它——这样灵魂——伤害到她灵魂和自尊，因此她可能还憎恨它，最终要逃离它……她曾骂过我是具有强盗灵魂的人！这确实伤害了我，如果没有类于这样的灵魂，恐怕她是不会得救的！""由于我像对于一个孩子似的对她'保护'惯了，而我很习惯以一个'保护者'自居……"萧军又说，"我是一柄斧子，在人们需要我使用我时，他们会称赞我；当用过之后，就要抛到一边，而且还要加上这样一句诅咒：'这是多么蠢笨而野蛮的斧头啊！……'"

在他们分居两地时，缤纷的往事纷至沓来，灵魂倒比以往任何时候都显得亲厚。他们追忆着，也批判着，隔着异国飘落的樱花，真真切切地沟通起来。萧红将自己的病，自己所承受的折磨化为信笺，寄给远方的萧军。她感叹着说："你亦人也，吾亦人也，你则健康，我则多病，常兴健牛与病驴之感，故每暗中惭愧。"萧红只当萧军是树洞，即使不再是亲密爱人，因着这么长时间的感情，到底也还是个亲人。然而那时的萧军虽有回信关心，却终究不是发自内心。直到晚年，他才反省说："由于自己是健康的人，强壮的人，对于体弱的人，有病的人……的痛苦是难以体会得如何深刻的。"然而芳魂终作土，有遗憾的一方也只能在梦里寻着故人泪了。

或许是因为他的灵魂太粗疏，而她的却又过于细腻，一般的心肠，却产生悬殊的感受。两个人都用自己的方式关爱着对方，却都像叛逆的孩子，反抗着对方的方式。不由得想起一句话："爱我，以我的方式。"

萧红看了萧军发表的《为了爱的缘故》，记录了他们在哈尔滨那段苦乐时光，以及萧军曾经对她真挚的爱。她冰冷的心一点点柔软下来。两颗千疮百孔的灵魂在过往的记忆里，获取了鲜活的生命。

后来，她写信叮嘱萧军日常生活的点点滴滴，这些碎念一度令萧军很困扰。天凉了加衣，要枕软枕头，不要喝冷酒……说不准，两个人到底谁是谁的孩子？

世间有一种爱，是沉沦其中而当事人却不知。那种爱极淡极轻，粗糙的灵魂走不进它，粗疏的心无法识别它。然而，它就存在于一呼一吸之间，是黑夜里从不曾离开的白昼。

鲁迅曾说，他们两人如同两只在冬天里想要偎依着取暖的刺猬，近了，会扎伤彼此；远了，却又无法取暖。

于是，他们终其一生，都在寻找一个合适的距离。

樱花飘落，日本的轻寒有着漠漠的身姿，又有着清酒的清冽。江水将灵魂打捞得薄透，那些忧伤踏上返程的路途。多少年了，冬的颜色散了，春簇拥着光与暖辗转而来。多少年了，爱人的心黯了，又是新人交握着掌心的誓言。

我在想，以一个怎样的结局，才能对得起我们那么辛苦才拥有的曾经。并非我执着不肯放手，我怕你转身的锐利，将我的灵魂割成碎片。我们这一生犯过许多的错，然而最错的，是彼此深爱却又不知不晓，彼此交融却又想要逃离。不由得信了，有一种情，叫情殇；有一种爱，叫劫难。

雨落花台

　　为了你的到来，我不知准备了多少岁月，去精雕细琢那些无从捉摸的感觉。你就像我生命里的第一场雪，带着空旷的慰藉，精致的寂寥，以风霜的温情去抵御风霜。你有梦的形状，你带着天使的香气，我此生命定的恋人。我经过爱情温柔的残忍，诚实的谎言，经过那春深里簇簇的花树，黄莺轻佻的歌，与你不期而遇。

　　你留给我生命里第一次寂寞，在你死后长长的岁月。原来世间最残忍的爱，在相逢的那一瞬就埋下伏笔。所有怒放的绚烂，都带着死亡狡猾的鼻息。我常想，死亡是一条鱼，它将生命的动向演绎给你看，用来欺骗善良的人醒着的眼睛。我开始相信，你的存在，源于我的想象力。正如爱情，爱情也是一种想象力。正如生，生是死的一种虚构。我虚构了你，我相信你的存在。于是，你来了。

有时，我觉得仿佛不应该想你，你是我生命里太神圣的存在。于是连想着，也变成一种亵渎。

异国什么都没有。没有弟弟，也没有萧军，更没有鲁迅。她记得刚到日本的时候，她放下行囊就去找弟弟，却听说弟弟刚刚离开日本。弟弟租住的房子被窗帘遮盖得严严实实的。然而她总觉得，那竹帘掩盖了一个秘密，弟弟存在在这个房间的秘密。

带着怅惘，她离开了。她想写点什么，却丧失了想象力。她发现，她在想念着一个人，那个被她遗落在上海的"祖父的魂"。然而，她能写信吗？临行前她与萧军约定，尽量不要给鲁迅先生写信，以免增加先生的身体负担。先生已经很虚弱了！

她去看了电影，祖父的魂追到电影里。她烦躁极了。她不知道，其实已经有一种不祥的预感弥漫上心头。真心牵挂的人彼此都是有心灵感应的，此时，鲁迅也是焦灼不安。10月5日他写信给茅盾说："萧红一去后，并未给我一信，通知地址；近闻已将回沪，然亦不知其详……"

他想着她的样子，耳畔里似乎萦绕着她噔噔噔上楼梯的声音。她欢快的声音将屋里的阴暗撕得粉碎："天晴了，太阳出来啦！"她喘着气，带着一串笑。鲁迅和许广平都笑了起来。她走了，却把记忆遗落在他心里。那记忆气泡一样升起，带着阳光镶着的一层淡黄的边。那记忆在沉静的水面延伸，口鼻里是水呢喃的声音。他太了，带着一颗尘心。

1936年10月19日晨5时25分，鲁迅先生与世长辞了。

凌晨，萧军被一阵急促的拍门声惊醒，他从床上跳了下来。"周先生过去了！"黄源夫妇哭着说。萧军脸上的青筋跳了出来，他暴怒地说："你胡说！"黄源夫妇哭得说不出话来，他们说："这事我们能骗你吗？"天亮了，又黑了，身子是软的，很多星星跑了出来，互相推搡着拥挤着。它们是想撑破夜的黑，然后钻到亮眼的、钻石般的白天去吗？眩晕过后，他开始呕吐……他不知道自己是怎么爬出去的，也不知道自己是怎么跪倒在鲁迅先生的遗体前的。鲁迅先生的腿真瘦啊，竟没有一点肉。平生第一次，这个以坚硬豪侠之气著称的男人放声大哭起来，哭得像个孩子。他亦是为着她，分去了一部分的哭。

鲁迅的遗体被移置到胶州路万国殡仪馆，由胡风、许粤华、萧军等值夜守灵。第二天，送灵的队伍浩浩荡荡，其中胡风、巴金、张天翼、萧乾、萧军等文化界名人都参加了。蔡元培、邹韬奋、宋庆龄等亦发表了沉痛的安葬演说。

时间放空了脚步，把先生的遗体安放在没有时间场的天国里。天使将他的尘心剪掉，化为翅膀，缓缓地，在异国夜里坠下。那个夜，尚未被悲伤覆盖，那些尚未知晓的人是有福气的。他们只看得见悲伤成形的样子，却看不到一片一片落着的过程。

萧红看见悲伤凝聚成了一个她并不认识的文字。她拿着报纸上有
"鲁迅"和"偲"字的凭证，去找房东，她像慌张的猫一样抓住她的
衣襟。她又去找朋友，朋友说"偲"是印象的意思，是面影的意思，
一定是有人到了上海，访问鲁迅先生回来写的。"那么为什么有逝世
在文章中呢？""大约是鲁迅谈论'逝世'的事。不必惊慌。"

一个人的死，终究要从生的人眼睛里看过去。所谓生与死是互
为对照的，大约就是这个缘故吧。一个具有神性的人，超越了人性的
种种卑微而趋于完美的人，他的死是不留影子的。无论从萧红还是萧
军，鲁迅的死都未曾从他们的眼睛里呈现。他们抵触着这种不真实。
他们的痛苦，是因为命运让他们相信不曾死亡的，已然不存在了。然
而，又是去哪里了呢？

花朵的凋零，生长在来春的花瓣上。雪花的消融，生长在来年的
雪瓣上。常想，死亡是什么？我们拿肉身的消亡做死亡的证据，却抹
杀不掉它在人们心底存留过的真实。只要这世界上还有一个人有关于
他的记忆，他的死亡，便是一个谎言。

我宁愿相信，我们生命里那些至亲至爱的人，他们只是睡去，他
们只是令我们找不到了。然而，他们一定是存在的。他们存在于我们
呼吸的时时刻刻，他们在我们看不见、无法抵达的时间场等待着与我
们的每一次重逢。他们只是睡去。

几天后，萧红终于知道了鲁迅先生故去的消息。悲痛欲绝，这四
个字已经羞于出场，人世间一切词语都羞于出场。她想不通，先生那

些文字还鲜活，怎么人就不在了呢？她要为这些文字立一个墓碑，来祭奠她与他相逢的分分秒秒。

也许，她的时间也是不多了。上天先把她最珍视的东西拿走，这样她便可以走得了无牵挂。她开始抽烟，拼命喝冷水。她的头疼是一头难以驯服的凶猛的兽，在梦里啃噬着她，追赶着她。

她开始爆发剧烈的头疼，朋友来看她，深觉她的孱弱。她却逞强地说，她的身体没有不好，是很好的。若换了一个人，给他四五年不间断的头疼，看看他身体是好还是不好？她是孱弱的，又是坚强的。她不想惊醒那些痼疾以及朋友心底的同情。祖父已逝，先生也去了，她要选择坚强。

她写着祖父，写着童年。她给萧军编写的刊物投稿。她说祖父常说长大了就好了。"'长大'是'长大'了，但没有'好'。"她的指尖去碰触冰冷的水杯，心里有什么支撑着的东西轰然倒塌，她的情感是惊不醒的荒凉。

日本地震、西安事变都令她惊恐不已。她像没脚的鸟儿一样扑棱着挣扎，她开始给萧军写信。

"关于周先生的死，21日报纸上，我就渺渺茫茫知道一点，但我不相信自己是对的……昨夜，我是不能不哭了。我看到一张中国报纸上清清楚楚地登着他的照片，而且是那么痛苦的一刻。可惜我的哭声不能和你们的哭声混在一道。现在他已经离开我们五天了，不知现在睡到哪里去了？"

他睡到哪里去了？那个地方没有她，他睡得可好？他的藤椅在摇晃着，在将明未明的天。他笑着叮嘱她："每到码头，有验病的上来，不要怕，中国人专会吓唬中国人，茶坊就会说：'验病的来了！来了！'……"

蓝或者是绿，在深水里浮现着。最残忍的思念，当是思而不得。抽干记忆里的水，怎么也寻不到你遗留的骸骨。你的音容笑貌，都化为一团阴暗的影子。那是悲伤的形状。

萧红忍着悲痛，却还要让萧军安慰许女士，让她看在孩子的面上，不要太多地哭。而许女士亦关心着她。12月下旬，萧红回国了。她踩着与萧军情感的乱麻，踩着关于死亡的谎言。

在船上，她遇到了高原。他们的手握在一起，眼睛里噙着泪。他们想起了那年的哈尔滨，那时恰同学年少，一切的悲伤还未拉开序幕。年少的时候，总以为悲伤是有颜色的，湛蓝或者墨黑。那时的悲伤像一只拖着漂亮尾巴的鸟儿，炫目而夸张。经历了生命里的重重一击，才知道悲伤原来是无声的。能够说得出的痛苦，就不是痛苦。

她带着漠漠的寒与说不出颜色的悲伤，站在陌生的爱人面前。她的心是疏离的。爱情，也是没有颜色的悲伤。

他们一起去万国公寓中的鲁迅先生墓凭吊。路上，她一直未说

话。到了墓前，她深深地鞠了一躬，泪水止不住地落了下来。泪水是
有语言的，它不认识悲伤，它认得那些文字。那是人世间最温暖的亲
情，曾经到来过的样子：

　　"跟着别人的脚迹，
　　我走进了墓地，
　　又跟着别人的脚迹，
　　来到你的墓边。

　　"那天是个半阴的天气，
　　你死后我第一次来拜访你。
　　我就在你的墓边竖了一株小小的花草，
　　但，并不算用以招吊你的亡灵，
　　只是说一声：久违。

　　"我们踏着墓碑的小草，
　　听着附近的石匠钻刻着墓石，
　　或是碑文的声音。

　　"那一刻，
　　胸中的肺叶跳跃起来，
　　我哭着你，
　　不是哭你，
　　而是哭着正义。

"你的死，
总觉得是带走了正义，
虽然正义并没有能被人带走。

"我们走出墓门，
那送着我们的仍是铁钻击打着石头的声音，
我不敢去问那石匠，
将来他为着你刻成怎样的碑文？"

人悲痛到了极致，连悲伤都是安详的。痛哭过长夜后，才发现死
亡并不能够使人心悦诚服。她仍是不相信死亡的谎言，她只是不想打
扰他的睡眠，他只是去了她看不见的地方。她把他的墓碑埋在她的心
里，那块墓碑上刻着：生。

再见，我们至亲至爱的人，我们以一个完美的谢幕，允许你们暂
时离开舞台的中央。你们太累了，需要一个长长的睡眠。我站在下一
个轮回里，等待呼啸的风将我遣送。我们至亲至爱的人，不说再见，
是因为终将会见。

逃离，到你心灵的客栈

人生若一出缱绻华美的折子戏，演的人悲恸哀婉，看的人九曲回肠。演的人唱着看的人的心，看的人流着演着人的泪。起承转合，绕梁不绝，由跌宕的繁华终至散场的寂灭。曲终人散，散落一地悲伤无人认领。

这一生，谁为谁演着独幕剧，谁是谁剧本里的角？光阴悬挂在花枝，我曾于花树下等待你哒哒的马蹄。这一生，我成了被你领走的故事，你成了我不老的传说。即使支离破碎，散落一地哀伤，然而我们曾交换过彼此的誓言，认领过彼此的灵魂。你的眼里曾见证过我繁盛的青春，于是我以为，我们的爱是不曾老去的昨天。

在萧军的央求下，萧红回到了上海。她怎么也没想到，自己这次

"回归"，迎来的并非恋人的真心忏悔，而是再一次的背叛。

这次令萧军出轨的对象，不是别人，正是黄源的妻子许粤华，也就是萧红"旅日"后的第一个友人。在此之前，到达上海的弟弟张秀珂已经在信里隐约提及了，萧军饮酒之后脸很红，"好像为一件感情的事情所激动"。弟弟自然稚嫩得很，看不出其中缘由，只说萧军"欢喜且可爱"，对他印象十分不错。然而灵魂敏感若萧红，一眼可见其中的端倪。她捧着信，目光却茫然地落在灯上，四周一片茫茫的白。她知道，他耐不住寂寞的。

但她不知道，她的背后有一人苍凉的声音，诉说着丑陋的真相："那是她在日本期间，由于某种偶然的际遇，我曾和某君有过一段短暂的感情的纠葛……但是我们都清楚意识到出于道义上的考虑彼此没有结合的可能。为了要结束这种'无结果'的恋爱，我们彼此同意促使萧红由日本马上回来。"

这是凄凉人世最丑陋的背叛，爱人心的叛逃，对一个痴心的女子，该是怎样的刑罚和煎熬？苍凉的现世，赎不出一个弱小女子最渴求安稳的一片心。她只能在放逐中砥砺着自己，深刻着自己，以孱弱的坚强，对抗命运的无情。

一声冰凉的叹息，将她的心烧成寸寸的灰烬。灰烬冷却下来，她用余温写着诗。这组诗叫《砂砾》，或许预示着蚌贝成珠的痛苦过程。她将疼痛附在命运赐予的砂砾上，几经辗转，终成明珠。

"今后将不再流泪了，

不是我心中没有悲哀，

而是这狂妄的人间迷失了我了。

"人在孤独的时候，

反而不愿意看到孤独的东西。

"理想中的白马骑不得，

梦中的爱人爱不得。

"失掉了爱的心，

正如失掉了星子的天空。

"当悲哀，

反而忘记了悲哀，

那才是最悲哀的时候。

"什么最痛苦，

说不出的痛苦最痛苦。"

　　她的痛苦拥塞在心里，她将它们织在锦被里，绣在枕头上，夜里入了梦，还在与它们纠缠。她已经不在乎，那个伤了她的罪魁祸首是谁。当爱冰雪消融，她只想严酷着审视着自己的伤痕，为无人认领的灵魂找到一条回家的路。

或许有的爱，注定是一场漂泊。爱，终成一个人的沧海桑田，一个人的生死相依。她要偎依着自己的灵魂站起来。她不要再是谁的依附，她要站成一棵落满花的树。那寂寥，也是独立的寂寥，那伤感，带了繁华的色泽。她在枯竭的情感里种植着丰盈，将破碎的灵魂织成一匹华丽的锦。

　　"世界这么大!
而我却把自己的天地布置得这样狭小!

　　"我胸中积满了沙石，
因此我所向往着的:
只有旷野、高天和飞鸟。"

　　她的怨怼开始消弭，她的胸怀开始拓延……终于，她同她自己争夺了灵魂。她经过狭窄的悲伤，走出一个全新的生命。"我本一无所恋，但又觉得到处皆有所恋。"她天生有一段聪明的心肠，她有极深的慧根。当走出狭窄的"我"，一种更丰盈的感情填充了进来。她爱，蹁跹在纸上的文字;她爱，街头巷陌游走的生命;她爱，摇曳生姿的花草树木;她爱，长天碧水那清澈得透心的淡淡的凉意。

　　她忘记了悲哀，不再言说痛苦，她忘记了自己。她终于明白，当一个人决心遗忘旧爱时，她是连自己都可以狠心不要的。

　　我放不下你我的曾经，不是因为你，而是因为遗落在你身上的

那一部分的我。然而，若连"我"都不要了，还有什么理由放不下
"你"呢？

在这残忍的遗忘里，萧红逐渐在心里割裂了彼此致命的连接。此
时，她的心里当是无爱亦无恨的，然而还有一些将断未断的情感。那
情感，牵引着她回了国。

此时，萧军早已由青岛回到上海。回到上海的萧红，受到上海文
坛热烈的欢迎。一时间许多"花环"戴在她头上，许多刊物纷纷向她
抛来橄榄枝，她在上海文坛有了"当家花旦"的荣耀感。一方面，她
享受着事业的光环；另一方面，她忍受着光环底下残缺不全的生活。

两个人住到了一起，然而灵魂却无法拼接。他们的心是残破的
窗，比那一年他们在哈尔滨的境遇还要凄苦，外界的疾风，就能将
他们纸糊一般的灵魂撕裂成碎片。此时，张秀珂亦来到萧红身边，
然而他却更加崇拜萧军。当萧军与萧红吵架时，他总是向着萧军，
以为是姐姐任性。多年以后，他才真切地理解了姐姐那些无法宣之
于口的疼痛。

那是二萧矛盾冲突颇为激烈的时刻，萧军甚至动了手……有一
次，几个亲密的朋友坐在一间小咖啡厅聚会聊天。有人看见萧红脸上
的淤青，便问缘由。萧红眼睛闪躲着，只说是不小心撞的，然后又补
充说，天太黑的缘故。萧军却忍不住表现出男子汉大丈夫一人做事一
人当的气概，粗声大气地说："干吗要替我隐瞒，是我打的……"萧
红却依然淡淡解释道："别听他的，他喝醉了酒，并不是故意……"

关于萧红，这大约是我所写下的，最不忍的文字。以她的自尊，我不知道她究竟承受了多少不能示人的苦楚。然而我知道，这个女子灵魂深处，有我们所无法想象的坚韧。她是一株生长在岩石缝隙的植物，弱不禁风，却有着惊人的力量，以沙土为养料，以暴雨为水分，滋润着自己，让自己的灵魂永远丰润而永不干枯。

命运赐予她粗犷，她还命运以精致。命运赐予她风暴，她还命运以细雨。命运赐予她死亡，她报命运以歌声。

终于有一天，萧红上了北上的火车，萧军与张秀珂去送她。这一次，萧军似乎感知到了什么，他粗犷的灵魂突然生出了细腻的伤感。他追着火车不停地跑，手臂几乎要挥断。瞬间，那些过往穿过漠漠的荒原纷至沓来，那些被遗忘的记忆，在漫无边际的绿中渐次苏醒。他听到灵魂深处尖利的叫声。"她走了！送她回来，我看着那空旷的床，我要哭，但是没有泪。我知道这个世界上只有她才是真正爱我的人。但是她走了……"

她的逃离，终于让他愚顽的内心有了清澈的顿悟。他的灵魂破成一个大洞。他遮挡着那呼啸的冷风，在冷风里做着诗。

"昨夜，我是唱着归来，
——孤独地踏着小雨的大街。
一遍，一遍，又一遍，……
全是那一个曲调
'我心残缺'……"

"我不怨爱我的人薄幸，
却自怨自己的痴情！"

萧军一扫往日的冷漠习气，开始给萧红写情意绵绵的信。或许，他终于意识到爱人灵魂的逐渐成长，她逐渐成为脱离他的存在……她不再是他的孩子，只会在遗失爱的路口手足无措地哭泣。她终于长成一株结满花的树，美好、静默，温柔而充满力量。

当她将自己摆渡出他的生命，她终于再一次成为他的女神。他写着信，叮嘱她要注意身体，并且要时时看天。他听说，女子经常看天，会变得婴儿似的美丽。他说自己看的书，他觉得自己像《安娜·卡列尼娜》里的渥伦斯基……他深刻总结道："我或许不适合做一个丈夫，却应该永久做个情人。"

他开始给萧红写长长的信。他开导萧红说："对无论什么痛苦，你总应该时时向它说：'来吧！无论怎样多和重，我总要肩担起你来。'你应该像一个决斗的勇士似的，对待你的痛苦，不要畏惧它，不要在它面前软弱了自己，这是羞耻！"

对旧爱的眷恋，软弱了他的心志，也柔软了他"野蛮"的灵魂。萧军声情并茂地说："你是这世界上真正认识我和真正爱我的人！也正为了这样，也是我自己痛苦的源泉，也是你痛苦的源泉……你也许会说破灭倒比忍受强些，不过我不是这样想，凡事总应该寻求一个解决的办法，这才是人的责任，所谓理性的动物。""我的感情比你要危险许多，但是我总是想法处理它，虽然一时难忍受，可慢慢我总是要把它们纳入轨道前行！"

这封信，萧军想要重修旧好的愿望是明显的。虽然他嘴上说不出忏悔的话，可是却通过对萧红生活细节的涓滴关心和对她思想的扶持与鼓励，将自己的理性而温情的爱，缓缓地流向她。

收到萧军的信，萧红也是偷偷哭泣的。然而，她的心毕竟逐渐坚硬起来。她想起了她的使命，想起了许多比情感更重要的事情……这时的萧红在北京见了不少故友，包括李洁吾、舒群，以及"牵牛坊"的袁淑奇等。久别重逢冲淡了隔膜，让他们的相处更加融洽。萧红发现当年在北平认识的那些人，半数不知所踪，剩余的那些都子女成群，一时间，竟生出恍如隔世的人生困惑。

5月，萧红同友人把臂同游，去八达岭登了长城。她觉得，日暮席卷而来的大风，让她的灵魂被一种前所未有的宏伟情怀所冲击着……

此时，萧军真正开始紧张起来。萧红的独立性越来越强，她的朋友圈子已经超出了他掌控的范围。他像焦灼的蚂蚁一样去许广平家，对她说着自己的焦虑，反复说，吟可能是爱上她的朋友了。许广平自然温言相劝，希望他们重新和好。萧军又说："获得'性'是容易的，获得爱情是难的。我宁可做个失败的情人，占有她的灵魂却不乐意做个胜利的丈夫……"

　　萧军十分了解萧红，他知道，这个倔强的女子只要决定好了自己的路，哪怕饿死都不会回头乞求他。所以他不得不在来信中夸大自己的境况，说"睡眠不好""恐旧病复发"，希望她能回来，动用了一些"骗术"，才将千里之外的萧红的一颗心拉了回去。

　　相爱是一段长长的时光，这时光或许只有少许的浪漫热烈，少许的缠绵情深，却值得在漫长的煎熬中，一遍又一遍，承受着疼痛的甜蜜，重复着相逢与别离。我们的灵魂尝试着彼此交融，然而又有罅隙，于是挣扎着彼此逃离。

　　爱是什么？唯有经历过爱的炼狱的人才可回答。许多人在寻常的日子从容展开自己的人生，却不知，这世界上有那么一些人，正在爱里拼命厮杀，他们想救出自己自由的灵魂，他们想要逃离那一段长长的时光，一直到未遇见你的从前。

　　爱是一场逃离，是两个惶恐的灵魂迫不及待想要逃开对方的漫长的旅程。它的终点，恐怕只能是放下，或是死亡。

与一座城的诀别

　　我想剪一座城市给你，那里有瘦风瘦水，瘦竹瘦月。那里有雕花窗棂，黛瓦红墙。那里有三月江南，多情烟云。那里有梅子黄时，雨落花台。隔尘的阳光鞭挞着用旧的相思，沸腾的寂寞诉说着禁锢的往昔。门环上被时光锁住了深绿，山涧里簇簇的木芙蓉随意检阅着风的寂寥。

　　我不知道你在我的城市扮演过怎样的角色。满纸的繁华在我的眼眸中淡去，你像一阕未填完的词，像一幅无法画尽的画。你以真心一片拓延住笔锋的起承转合，你一襟带雪勾住我所有的风霜。你在测量不到时间的那端苍茫地隐又苍茫地现。若说爱，是世界上最难解的题，那么你，就是我一生永失的答案。

不要再说你的寂寞我的哀愁。这一世，相爱的人彼此互为宿命。
这一世，有着最深的修行也永远走不出彼此的心。

萧军癫狂地快乐着："吟回来了，我们将要开始一个新的生
活。"然而，这一次的回归，依然只带给他们短暂如烟花的快乐。

这一次，萧军明显感到萧红的变化。她不再是那个依赖他的小女
孩了，她变成了一个拥有独立人格的女人。

1938年，那是萧军与萧红在汉口的时候，当萧红看了史沫特莱
的《大地的女儿》与德国女作家丽洛克琳的《动乱时代》后，她感慨
万千，写了一篇读书笔记：

"前天是个愉快的早晨，我起得很早，生起炉火，室内的温度是
摄氏表十五度，杯子是温暖的，桌面也是温暖的，凡是我的手所接触
到的都是温暖的，虽然对面落着雨，间或落着雪花。昨天为介绍这两
本书而引起嘲笑的故事，我要一笔一笔地记下来。

"……

"'这就是你们女人的书吗？看一看，它在什么地方！'话也许
不是这样说的，但就是这个意思。

"……

"另一个也发狂啦！他很细的指尖指点着封面：'这就是吗？
《动乱时代》……这位女作家就是两匹马吗？'当然是笑得不亦乐
乎：'《大地的女儿》就是这样，不穿着衣裳，看唉！看唉！'

"这样新的刺激我也受不住了,我的肋骨笑得发痛。《大地的女儿》的封面画一个裸体的女子。她的周围:一条红,一条黄,一条黑,大概那表现的是地面的气圈,她就在这气圈里面像是飞着。

"……"

萧红虽然笑着,心里却如被刀割着。她有着敏感的灵魂,她已经从那些男人的玩笑话里看出他们骨子里对女性隐藏的很深的鄙视。她说,大家说说笑笑,为什么常取女子做题材呢?"不是我把女子看得过于了不起,不是我把女子看得过于卑下;只是在现社会中,以女子出现造成这种斗争的记录,我觉得她们是勇敢的,是最强的,把一切都变成痛苦后出卖得到的。"

千百年来,女子一直处于附属地位,也一直被男权社会践踏和鄙夷。萧红的不同,在于她的灵魂深处闪耀着独立、平等与自由的光芒。她的身躯是多么屡弱,而灵魂却茂然繁盛,郁郁葱葱。她要忍着剧痛,卸掉藤的曼妙,长成一株有尊严的树。

此时,剧烈的疼痛像帷幕一样缓缓落下,那些凋零的花,长出冬青的色泽。此时,上海变成了兵不血刃的战场,摧毁着每一个脆弱的灵魂。而她的灵魂,被苦难刺破,有了优雅和从容的光芒。

那时,中日两国眼看就要交战,人人惶恐不安。萧红却出奇地镇定。一对日本夫妇是帮助中国的作家,亦是他们的朋友,当他们吵架吵到要再度分手时,池田像个孩子一样哭了起来。她说:"我不愿意你们分开,分开之后,你们全不能寻到像你们这样的人。你们将很性急地寻到别人，但那不会幸福，将永远不会幸福了……"萧军感动得哭了起来。

　　战争，争夺的是对国土以及百姓的统治权，然而却深深伤害着每个无辜百姓的心。当萧红、萧军与池田夫妇在许广平那坐着时，炮弹呼啸着跑来跑去，池田夫妇脸色惨白。只有萧红很是镇定，她以静默的温柔为力量，将死亡的雪花自他们肩头轻轻拂去。

　　当时池田夫妇的处境很是危险。战乱导致他们的身份公文无法办好，证明不了身份，他们就无法离开租界，否则会被当作间谍消灭。而在租界里，日本也在抓捕日本人……"他们的生命，就像系在一根线上那么脆弱。"

　　萧红将他们的日记、文章和诗都在包在一起带走了，她说："这样他们就没了证据，他们就不能说你们在帮助中国。"她说，"我不怕。"她觉得自己是说给深陷在狼洞里的孩子一样。

　　许广平在回忆录里这样评价萧红："也就是说，在患难生死临头之际，萧红先生是置之度外地替朋友奔走，超乎利害之外的正义感弥漫在她的心头，在这里我们看到她却并不软弱，而益见其坚毅不拔，是极端发扬中国固有道德，为朋友急难的弥足珍贵的精神。"

　　然而这一切，萧军却"看不到"。他眼里盯着的，只是萧红在感情里的"心胸狭窄"和"不堪一击"。彼时，他们依然为许粤华在闹意气。6月的上海细雨绵绵，空气仿佛濡湿的年糕，爱人锋利的言辞像一把刀一样，将阴郁的天空一块块切割下来。许粤华依然不甘心地找来，萧红的脸似断裂的冰川一样落在船舷，把满屋都冰冻住了。萧军只得违心地说："为了吟我们要分开了，她已经和你没有了友情，此后，你不要来了吧。"许粤华哭着走了。后来萧军说："吟逼着这样做！"萧红心里也不好受，怜惜着许粤华的处境，同时生气着爱人的多情。

萧军对女子复杂纠葛的感情一点也不明白，只是一味地感喟："为了爱，那是不能讲同情的吗？""许粤华不是你的情敌，即使是，她现在的一切处境不如你，你应该忍受一个时间，你不应该这样再伤害她……这是根据人类最基本的同情……"

7月24日，在一次争吵后，萧军又在日记里写道："少和吟争吵，她如今很少能不带着醋味说话了，为了吃醋，她可以毁灭了一切的同情！""我原以为她是超过于普通女人那样的范围，于今我知她不但具有其他女人一般的性格，有时还甚些。"在争吵中，他似乎对于爱情有了全新的认识："每一个女人心里都有一个爱情的窠巢，每对爱人之间全有一个罅隙等待着爱情的鸟儿穿过和投去……"

或许女人痴缠的目光，是男人脖颈上的锁链。然而他满口的"同情"，生为女子，我是不能懂的。我不知道，被放逐的乱世烽火里颠沛流离着的爱，中间还有什么罅隙。若是有，也是人最贪婪的心。若是与萧军生于同时，我便想好好问上一问："你说爱情与'同情'可并存，那又为何对萧红与端木蕻良的'友情'怨怼不满呢？爱情里既然容得下一个'同情'，那必然也应该容得下'友情'。她的心因你而盈满，而你的心却留有余地，这样的爱，难道不是割伤灵魂的利器吗？"

诚然，我们亦懂得，全然的付出未必会换取倾心的相报。然而，他的自私在于，他命萧红慈悲着"人类最基本感情"的需求，却不慈悲着她伤心的需求。她心里淌着血，他却要求她扮演他生命里最初那个大度潇洒的女子。他宽宥着自己的局限，却苛待着别人的情绪。

萧军是个多情的人，女子的不幸与悲苦，是通往他情爱的桥梁。在她的不幸里，他的英雄感才会被悉数释放。萧红太了解这个男人，她了解他甚至超过了解自己。那些危险的信号，她怎能若无其事，任它发展成惊涛骇浪？

这一时期，萧红与萧军被战火逼出上海，逼到汉口，又从汉口辗转去临汾。那时，中国狼烟四起，浮尸遍野。他们之间情感的"战火"悄然熄灭。张秀珂到陕北投军，萧红与萧军不断辗转迁徙。东北作家群开始声势浩大起来，形成上海文坛不可小觑的力量。也就是在这一时期，萧红结识了辽宁作家端木蕻良。巧的是，萧军与端木蕻良都是辽宁人。三个东北人很快就玩到一起，他们一同给胡风的《七月》写文章，一同撰写呼唤国民斗志的文章，一同辗转迁徙到汉口、临汾。

在汉口，萧红与萧军的感情又有了短暂的升温，颠沛流离的生活令他们找回了些许往昔的日子。他们与蒋锡金、端木蕻良几乎同吃同住，他们一起做饭，一起跳舞，一起唱歌，一起开玩笑和抬杠……萧红记得，萧军坐在一张木椅上放声大笑，摇碎了一地的阳光。

有一次，萧军故意引出一个话题：什么样的文学作品最伟大？萧红扑闪着大大的眼睛，直愣愣地看着他。他得意扬扬地说："长篇小说最伟大，中篇次之，短篇又次之……至于诗嘛……"他翘起一个小指头，对写诗的蒋锡金说："你是这个！"蒋锡金知道是玩笑话，不搭理。他接着举例说："我写长篇小说，最伟大。端木的长篇小说给日本飞机炸掉了……萧红也要写长篇，我看你没那个气魄……"他挤挤眼，故意逗萧红说。萧红却认真生了气。端木蕻良一向佩服萧红，帮着萧红说话，他说，萧红是有气魄的，只是那气魄还没有充分显示出来。萧红更急了，一句一句向萧军丢着犀利的反驳……正吵着，胡风来了，他好奇地问都在吵什么。听了原委后，出于一个编辑的职业敏感，他让这些作家将今天的争论写下来。三天后的上午，他来收稿，发现只有萧军写出来了。他看了看手稿，赞不绝口。几个人惊讶地上前看看是怎么回事儿，胡风就读了几段："衡量一部文学作品可以从三个方面，一是反映现实生活的广度，二是认识生活的深度，三是表现生活的精度……这对嘛！"萧红一听就气得哭了，一边拍打着萧军说："真不要脸，把我们驳斥你的话都写成你的意见了！"萧军笑弯了腰，由着她打。

多年以后，萧军在晚年忏悔道："我有时也故意向她挑衅，欣赏她那认真生气的样子，觉得好玩，如今想起来，这对她已经'谑近乎虐'。那时自己也年轻，并没想到这会真的能够伤害到她的自尊，她的感情。"

若灵魂是有颜色和材质的，萧军的灵魂就像赤红的铜，热情里带着粗糙和坚硬。而萧红的灵魂却是澄澈的玻璃，上面没有一点朦胧或者污渍。孩童的心如同最干净的玻璃杯，执杯的手难免会留下痕迹。他的肆无忌惮和满不在乎，在婴儿般的灵魂那里，都是重重的划痕。

无论如何，战争，就像一把门栓一样，将他们关成一家。然而，他们的心却在寻找着新的逃离的路线。

也许，世上最深的爱，也是最深的怨。最深的情，也是最深的执。所谓念念不忘，终究是心魔一场。有人说，爱是修行。然而有多少人，用尽所有的修行，都不曾离开过爱人的心半步？有多少人，争争吵吵一辈子，却分不开，拆不散？也许，爱到极致，便成煎熬。

我想，如果萧红的生命不会终结，那么她与萧军当是挣不脱的。能够挣脱的，都不是缘。他们之间的那份沉甸甸的、无可诉说的缘，是他们一生的结。是结，亦是劫。

孤独，是逆风的船

时光是墓碑，将腐朽的往事轻轻覆盖。和萧军最后的一段时光，与萧红来说，像松软的棉花糖，望上去饱满，吃着却憔悴。这样一个空灵的、诗性的女子，生平最喜漂亮的衣裳，即使负荷着沉重的苦，她亦化为轻盈和优雅。

有人说萧军薄幸，辜负了萧红。又有人说萧红任性，辜负了萧军。人们在剧情之外纷纷演绎着心中的剧情，将他们的爱以温火慢慢烹煮。无论在当世人眼里，还是后人眼里，这一对始终是不曾分的吧。少了谁，都不成一个局。然而感情里的是是非非，谁又能说得清呢？其实都是好意，不想看到这一对"小小红军"分开罢了。

爱情就是这样，局外的人急不可耐，而局内的人却浑然不知自己是相爱的，只有些恨啊，怨啊，却全然不晓得，是因为爱的缘故。

晚年萧军还嘴硬着说："鲁迅先生说，女人只有母性、女儿性，而没有'妻性'的。所谓'妻性'，完全是后天的社会制度造成的。萧红就是个没'妻性'的人，我从没向她要求过'妻性'。"然而要说他全然不想、不念、甚至不悔，我亦是不信的。

她就像一颗光灿灿的明珠，在夜里都肆意张扬着光芒。萧军之类的才子，不可能看不到这灼灼的光。然而，因为她的光芒太甚，而映出了男性内心的虚张声势的自卑，于是，当得不到她时，他便恨恨地将她摔入尘土，一边践踏着说："她并不值得我喜欢！"

说着不值得，只不过欺骗自己的心罢了。他不曾想，萧红也有完全失望，也有全然的勇气放弃他的那一刻。当那一刻到来，一向以"救世主"形象出现的萧军，内心很失落，也很茫然。

1938年春，簇簇的花蔓延着绸缎般的温润，花瓣上系着欢愉的流年。锈住的韶华在枝头上怒放，所有不曾老去的记忆在黛瓦红墙里长出新鲜的嫩芽。那是岁月赐予他们的爱，最后的温存。

那时，胡风住在武汉的小朝街。他们经常到离胡风家不远的小金龙巷聚会聊天。萧军与端木常常扯着嗓子争执，萧红不愿意听，只跟梅志闲聊。在争执过程中，萧红发现自己与端木在许多见解上是一致的，而且端木时常给予萧红以肯定。他大胆地夸赞萧红的作品有超过萧军的成就。

寂寞有着瓷器般的光泽，轻叩着前世的清冷，飞鸟急速掠过流年。她的心，是等待惊醒的湖面。他投了石子，温温润润的月色推醒了贪睡的莲花，她的心湖起了漾不完的涟漪。他赞许着她的才气，肯定着她的文章。他说她是不可多得的瑰宝，那眼神是澄澈的，那心是真诚的。

她非常珍惜这份独特的友谊。她头一次有了独立于萧军朋友圈之外的友谊，在此之前，从来没有人向萧红表示过独特的友谊。端木坚定不移地欣赏着萧红，无论是私下还是在公开场合，他说萧红散文里诗性的特质与他是一样的。多年来，萧红被损伤的自尊心竟渐渐被修补完善。

渐渐地，萧红开始关照这个"弟弟"。此时端木已经由萧红与萧军的出租屋里搬出来，去了小金龙巷住。萧红经常顺手帮他做些家务，一边笑着抱怨他说："我们走了，没有人给你做饭看你怎么办？"

萧红是天真的，单纯且不设防。她喜欢端木这个朋友，端木的屋子也是她的朋友，他的书和笔，她拿起来就写就画。端木也学过绘画，于是兴致勃勃地点评。两颗心不由得更近了……

一日，她打开端木的纸张，兴致勃勃地写了一首诗。墨迹未干，端木回来了。他仔细看那首诗。"君知妾有夫，赠妾双明珠。感君明珠双泪垂，恨不相逢未嫁时。"虽然是简单的练字，端木的心头却涌起异样的感觉。许多年之后，他才知道这种感觉叫作——怦然心动。

然而当时端木并不善于处理自己的情绪。作为一个未婚的男人，夹杂在已婚男女之间，他即使心里明白，也未必说得出来。这种暧昧的情愫，并未逃得过萧军的眼神。他原本对萧红与端木的接近，已经疑虑重重了。

萧军也到小金龙巷提笔写诗。他写道："瓜下不纳履，李下不整冠。叔嫂不亲授，君子防未然。"萧红笑着问："你写的啥呀？你的字太不美，没有一点文人气。"萧军气鼓鼓地说："我不觉得文人气有什么好！"他讥讽端木的长相与做派，端木也觉得他很庸俗。为着端木，萧军经常跟萧红激烈争吵，还几次在深夜踹门要与端木单挑，看端木呼呼大睡才罢手。

端木很有些小资的调调，在当时是不被看好的，然而萧红虽然是左翼作家，对美学也是有天赋和要求的。她的作品不自觉地有一些美学特点，所以会显得"散"。其实只是萧军之类的抗战作家，对于西方意识流的写作手法了解得不透彻罢了。在艺术鉴赏和文学观点方面，端木与萧红都有相近的视角，聊不完的话题。端木的清华大学学历，对于萧红来讲，也是被膜拜的。所以萧红的情感天平，逐渐偏向了文雅的端木。然而，萧军在她心底的地位还是不可动摇的。

1937年，阎锡山在临汾创办了山西民族革命大学。1938年，李公朴等从山西来武汉，延聘一批有名气的文化人到临汾任教。萧军、萧红、端木蕻良、艾青、田间、聂绀弩等，都坐着运兵的铁皮车去了临汾。相逢一笑泯恩仇，国难当头，在这些热血青年的心里，感情的纠葛似乎已经不再重要。

多情的岁月拉薄了寂寞，空蒙的心绪，沿着火车站上空灰蒙蒙的天和暗淡的灯光，扑簌簌地落了下来。北方！她的心汹涌着热烈的孤独。她不敢与任何记忆碰撞。她怕在掩埋着墓碑的故土里，翻找不出她继续走下去的理由。

终于到了临汾。萧军与萧红担任民族革命大学的文艺指导，他们住在老乡家里。她看着学校里跑来跑去的年轻小战士，他们边工作边唱歌。他们的眼神是那样清澈，喉咙里张扬着的不是曲调，是青春的颜色。瞬息间，她好像活回了衣衫单薄的青春。她又想起他弟弟，想起他也是其中的一员，不知怎的，竟然觉得很安心。"中国有你们，中国是不会亡的。因为我的心里充满了微笑。"

这时，丁玲带领着"西北战地服务团"从潼关来到了临汾，两个左翼女作家有了一次伟大的会晤。"很久生活在军旅之中，习惯了粗犷"的丁玲，"骤然看见她苍白的脸，紧紧闭着的嘴唇，敏捷的动作和神经质的笑声"，觉得很特别。在丁玲和聂绀弩眼里，这个才女是自然而率真的，并且是那样单纯："很奇怪作为一个作家的她，为什么会那样少于世故，大概女人都容易保有纯洁和幻想，或者也就同时显得有些稚嫩和软弱的缘故吧。"就这样，她与丁玲一见如故，两人在一起有了许多幸福的回忆，她们一块儿唱歌，每天都谈到很晚才睡觉，尽管性格有差异然而却从不争吵。用现在的话来将，她们成了很好的闺蜜。

当萧红逝去后，丁玲曾追悔莫及地说，若是把她带到延安去就好了，起码能给她一个很安静的创作环境。而她竟然南下了！于是颠沛流离，将生命耗费殆尽。再多的惋惜，也唤不回一个精灵般的生命。然而这两个女子灵魂刹那碰撞的美，却是永远不会故去的光。

那时，聂绀弩也是欣赏萧红的。在一次思想的碰撞中，萧红以流畅的语调向他讲着自己的文艺思想。而这些思想被作为珍贵的史料保存了下来。

有一次，聂绀弩问萧红："萧红，你说鲁迅的小说的调子是低沉的。那么你的《生死场》呢？"她说："也是低沉的。"沉吟一会儿，她又说，"也不低沉！鲁迅以一个自觉的知识分子，从高处悲悯他的人物。他的人物，有的也曾经是自觉的知识分子，但处境却压迫着他，使他变成听天由命，不知怎么好，也无论怎样都好的人了。这就比别的人更可悲。我开始也悲悯我的人物，他们都是自然的奴隶，一切主子的奴隶。但写来写去，我的感觉变了。我觉得我不配悲悯他们，恐怕他们倒应该悲悯我呢！……我的人物比我高。这似乎说明鲁迅真的有高度，而我没有或有的也很少。一下子就完了。这是我和鲁迅不同处"。

那一次，聂绀弩笑着称萧红是才女，还说若她去应武则天的考试会如何？萧红笑着回答，她不是《镜花缘》中人，她是《红楼梦》中人。聂绀弩好奇地问她是谁？她说是香菱。她说："曹雪芹花那么多笔墨写一个无关的人，我觉得就是写的我。人们都说我是才女，实则我不是不学而能，只是在梦中写文的苦心他们没看到罢了。"

萧军一直以为萧红是黛玉，可她却是香菱。仔细想想，倒是贴切。宝钗一句"呆香菱只心苦，疯湘云之话多"，当是讲得入木三分。萧红说她最大的愿望，是有一个安静的创作环境。这个愿望也是香菱的。细细想她这一生的种种遭遇，不由感慨万千。

是要到了告别的时候，却手握着《断肠谜》不肯与这个世界说再见。我并不惧怕此身零落如尘埃，在一个月明花满寂寞深长的夜。我只怕一腔痴情付与东风，所有的梦想都被死亡所搁浅。

还有那么多的事没做。还有那么多的心愿未了。抓住时光的手腕，只想让它慢一点，等我再翻看一页的诗篇。

第七卷
满载时光，与爱

断肠的旅程

最深的爱，都是在漂泊的路上。青鸟穿过湿润的青春，祭奠着年轻时的爱情。孤独以一朵云的形式，透支着未来天空的颜色。这一世，你是怎样的缘都已不重要。重要的是，我曾盛装而行，赴了你多情的约。你曾悉心呵护，赐予我满溢的爱。我将带着爱你的心离开，前路漫漫，然永不后悔被你哪怕轻轻地爱过。

6年的时光，相守不再是一句古老的誓言，他们看尽彼此眼中的沧桑，点数爱情掠过的年轮。那年轮，散发着古老树皮神秘的清香。当你的爱经过我粲然的青春时，我不知道它是以怎样的面目悄然而来。在遇见我之前，你酝酿了多少时间？还是你静止了那些时间，为的是等我酝酿好爱你的情绪？

　　爱，一定不会突然地来临，正如它从不会突然地消失。它是一个神秘而漫长的过程，比最悠远的历史还要悠远。它是垦荒者不小心遗落的足迹，在人们必经的路口上徘徊。当你以为无限接近它，它却化为雪的形式、雨的形式、甚至风的形式离开。当你以为再也寻觅不到它，它却静静地躺在你的手心。

　　或许，所有的分别都不能作为爱情消失的证据。当相守成为一种困苦，一种束缚，亲爱的，我不得不换一种方式，来保存我们爱情的一脉幽香。在那个，你匆匆经过的梨花树下，我等你，以一盏清酒的年华。

　　那是在临汾的最后一夜。夜若发出白瓷碗扣住悲伤的声音，孤独是一把张不开的伞。她带着哀求："三郎，我知道我的生命不会太久了。我不愿生活上再使自己吃苦，再忍受各种折磨了！……"她喃喃地说，"我只想有个安静的创作环境。""可是我呢？我不甘心！作家并非我的'职业'，不是我终身的目的……""你这是英雄主义，打游击万一牺牲了，不会比一个真正的游击员价值更大，而你的文学才能却是无可估量的……""打游击是愚蠢的？那么谁又该等待着发挥他的天才，谁又该去死呢？"吵到最后，两人精疲力竭。所有的爱情、力气和那些愤怒，都被吞噬到碗大的夜里去。萧军说："分开吧。我不会死。若是再见面，乐意在一起就在一起，不乐意在一起就永远分开。"萧红答应了一声，再也无话。他们的眼睛被碗大的夜扣着，窗外，月白风清，悲伤是不曾穿越疏离枝叶的风。

　　男子都有一颗匡扶天下的心。多年以后，他整理萧红的书简时，仍说自己理想的"职业"并非作家，可见那种戎马一生的愿望是他宿命里无法解开的结。然而萧红，她有着与鲁迅一般无二的魂，只想以笔为枪匡正天下的不公，让才华的血脉融进民族的事业中去。在她的思想里，每个有才华的人，应该安于这种使命感。我懂萧红的悲哀，亦懂萧军的，可唯一不懂的，却是命运。曾几何时，我问命运，为何赐予想要圆满的人孤独，想要安稳的人流浪，为了要将梦想的种子种植进我们心里，又掳走了属于我们的生活。

错！错！错！原来从我们降临那一刻起，所有的一切，都是一场错。爱不了对的人，过不了对的生活，却还要学习在这错中，与世界温柔相处。

四十年后，萧军从维熙说到萧红："你们后来人，难以了解她的心，她的心太高了，像是风筝在天上飞。用文字行话说，空灵是高层次的艺术境界，那是无可厚非的；可生活是具体的，加上当时正处于战争年代。"

他又说，若是从"妻子"的角度，他并不遗憾……他反复强调的"妻性"，无非是那个时代"三从四德"的纲常。他希望她能够像那些温顺服从的女人一样，以夫为天。然而在她的生命里，做回别人容易，寻回自己却难。她不是不能放弃所有的倔强，包容所有的瑕疵，成全众人心中的幻想，她只是不想自己如此卑微可怜。

他希望，她能放下所有的尖锐，用柔软的根须缠绕着他，做个他心目中的"妻子"。而她，却害怕在那些妥协里，找不回最初的自己。她是那样珍惜天性里天真的自己。即使她爱他，爱到可以默默忍受一切，放下一切尊严，然而唯独不能放手的，是天性里的天真与自由。

她曾悲伤地说："女性的天空是低的，羽翼是稀薄的，而身边的累赘又是笨重的！而且多么讨厌啊，女性有很过多的自我牺牲的精神。这不是勇敢，倒是懦弱，是在长期的无助的牺牲状态中养成的自甘牺牲的惰性。我知道，可是我还是免不了想：我算什么呢？屈辱算什么呢？灾难算什么呢？甚至死算什么呢？我不明白，我究竟是一个人还是两个；是这样想的是我呢，还是那样想的是谁？不错，我要飞，但同时觉得……我会掉下来。"

他们在悲伤里辗转了很久，还是决定各走各路。萧军留下跟着游击队实现他的夙愿，萧红随着丁玲向西安转移，先到运城待命。临行前，萧红哀伤地说："让端木陪着你去吧！"萧军拒绝了。他不忍看萧红因担心和悲伤而苍白的脸色，他跑去对丁玲说，一定要照顾萧红。丁玲无奈地说："你已经说过好几遍了。"然后他又去找聂绀弩，说她在为人处世方面什么也不懂，很容易吃亏，要照顾她。他对聂绀弩说："她单纯、淳厚、倔强，有才能，我爱她。但她不是妻子，尤其不是我的！"看着聂绀弩惊讶的脸色，他又说，"别大惊小怪！我说过，我爱她，就是说我可以迁就。不过这是痛苦，她也会痛苦，但是如果她不先说和我分手，我绝不先抛弃她！"

总觉得，白天最好的时候，在将明未明。黄昏的美在于，将暮未暮。翻阅一本书，最好的时光并不在读的过程中，亦不在读后的掌握里，而在于将忘未忘的时刻。那时，不必存留的记忆自然会起身离去，遗落的，都是灵魂的底色，最具生命力地存活着。那么，爱到何时，才最令人心醉呢？并不在初遇的怦然，缠绵的激情，相守的倦怠。一场爱，最销魂，是将离未离，将忘未忘。

那时才知道，彼此有多么不舍，有多么遗憾。是到说分手的时刻了。多想，凝结住时间，翻转你我的相遇，又怕指针跳跃到你不可能出现的洪荒。不敢想，带着有你丰盈过的寂寞，如何走一段纯白的路。此生，只愿遇到你，在生命的最初。

车要启动了，他却气喘吁吁地追上来，往她手里塞了两个东西。她下意识抓住，冰凉，是寂寞的触感。两只梨，晶莹剔透。她低下眼睛，两只梨，分明是眼泪的形状。

"你回去吧……再晚就不能进城门了。"泪落了下来，清脆的声音。

"不忙，等车子开动了我再走……"萧军的眼神是不舍的。

"那何必呢？明天还要回来……还是早一点儿进城吧……太晚了这里的车是不开的……"萧红苍白着脸，嘴唇翕动着。

"那么……我就回去了……"他的手缓缓地、缓缓地滑落车窗，以一个苍凉的姿势。

丁玲组织大家为萧军唱起送别的歌。隐隐地，"萧军万岁"传送到他的耳朵里。他却用背影看到了萧红的眼神。她倚着窗坐着，眼神那样清澈，却令他战栗。她仍然是洞悉一切的样子，他曾经害怕那样的眼神，又无比痛恨……

可是为什么，他的脚步如此迟缓，他的心迅速老化成死亡的样子？他追着火车，说着只有风才能听到的话，最后的挂念被急速地扯碎在风中。他无比清晰地意识到，从今后，她的未来的每一个画面，再不会有他……

她走了，什么也没带走，却带走了沉甸甸的情。萧军将她的书稿和她的小靴子寄给丁玲，同时还有写给她的信："这双小靴子不是你最爱的吗？为什么单单把它遗落了呢？"他还惦记着她，他生气自己竟然还想着她。

后来，他听从丁玲的话，去了五台山。不久，他竟然又回到了西安。一日，萧红与端木从丁玲的屋里走出来，迎面遇上了萧军，都很惊讶。萧军进屋洗涤着头脸上的灰土，萧红走到他身边，低声而坚决地说："三郎——我们永远分开罢！"萧军一面擦洗着头脸，一面平静地回答她说："好。"

其实，任凭何人都听得出，这是多么违心的话啊。他来，是报了复合的心的，他终究还是舍不得。然而萧红的坚硬，还是未给他任何周旋的余地。当他回到屋里，又大声说："萧红！你和端木结婚吧！我和丁玲结婚！"说完，他在那架破风琴上弹奏出很大的声音，泄愤一样。萧红生了气："你这是什么话？你和谁结婚我管不着，我和谁结婚要你来下命令吗？"端木亦是生了气："你也太狂妄了！你把我们当什么人了！"萧军怒气冲冲地说："我成全你们不好吗？瞧瞧你那德行！"于是，又要找端木单挑。

这段时间，对三个人都是煎熬。每每萧红与端木外出散步，萧军都红了眼，拿着木棒尾随在后。他几次要与萧红单独谈谈，萧红都要求带上端木。那时，萧红并未与端木到婚嫁阶段，他们之间还是清白的，萧红的一颗心还是向着萧军的。然而，造化弄人，偏偏两个相爱的人中间，隔着山隔着海，隔着尘世重重暮霭。他们的心，阅尽沧桑早已千疮百孔，往昔的甜蜜是再也回不去的昨天。

他不知道，那时萧红已经怀了他的孩子。若是他知道，我想，他无论如何也不会轻易放她走。他们会有一个血脉，他们的生命会融入在一起。

后来，萧红对聂绀弩说："我爱萧军，今天还爱，他是个优秀的小说家，在思想上又是同志，又一同患难中挣扎过来的！可是做他的妻子却太痛苦了！我不知道你们男子为什么那么大的脾气，为什么要拿自己的妻子做出气包，为什么要对自己的妻子不忠实！忍受屈辱已经太久了。"

最终，萧军还是转身离去。不久，就听说他又追逐19岁的王德芬。几个月后，萧红看到报纸上登出他们订婚的消息，她黯然地合上报纸。窗外，许多人看着一身新娘妆的她。他们赞美着她漂亮，与端木的天作之合。端木也推开世俗重重阻力，与尚在怀孕的萧红，举行了正式的婚礼。

隐隐地，她看到窗外灰蒙蒙的影子，仿佛岁月用力沧桑起来的样子。窗外，一场杏花雨，暮霭纷纷。天空的灰，是青鸟掠过的幻象。

这一次，真的要说再见了。遇上你，是我命定的奢侈。我说着愤恨你的话，并非真的怨怼，而是我不得不以愤恨，来装饰我想念你的懦弱，我不想让自己的疤痕暴露在清晰可见的未来。这一生，你的爱太高远。我怕我配不上，我怕来不及抱紧你。亲爱的，生命是会结束的，然而爱不会。我们只能以另一种形式相爱，在一起，永远。

不说再见，是因为在我心里，你一直都在。

幸福，一扇迟来的天窗

流光倾泻，将诗意的泪清浅抛洒。时光尚未老去，铜镜里的红颜依旧百媚千娇。她用深情点燃一把光阴，在盛世繁华的迷蒙里与真心素淡相守。即使岁月一遍又一遍赐予她满心沧桑，她依然会在刀尖上盈盈起舞。

去爱，像不曾受过伤害那样。

那是她的婚礼，她一生唯一的婚礼。她看着人们讶然的样子。他们说着郎才女貌天作之合的话。她仍是懂得一些人沉重的缄默。她懂得，为了这个背弃世俗的婚礼，端木承受了多少压力。他的家人不理解他的选择，觉得一个前途大好的青年，不该在头婚就这样"择妻"。莫说她结过婚，此时她尚且怀着萧军的孩子，只这一点，就让端木的哥哥无法理解。

　　而萧红也被萧军的朋友质疑着，疏远着。在他们心里，萧红与萧军才是一起的。结婚前，胡风曾对她说："作为一个女人，你在精神上受了屈辱，你有权这样做，但又何必这样快，你冷静一下不更好吗？"蒋锡金则劝说萧红不要打胎，将孩子生下来："是萧军的就更该生下来！"如此言论，令萧红与端木心思复杂。萧红所承受的压力也可想而知。

　　当蒋锡金如此说时，萧红流泪了。并非她狠心，不要自己的骨肉，因为那孩子的父亲恰恰是她想放也放不下的爱人，那孩子牵动的是她想忘也忘不掉的往事。她心心念念想放弃的，是跟萧军那永生难忘的一段情，然而她却做不到。在他们结婚后，萧红去胡风夫妇家做客。梅志拿出萧军从兰州寄的信和照片，萧红仔细看着信，又看照片，看了正面又看反面……她如石雕般地坐着，脸色苍白，嘴唇翕动着，很久，才说了句："我走了。"然后跟跟跄跄地离开了。梅志很后悔将照片拿出来，她说，没想到对她打击会这样大，想不到她对萧军的感情这样深。

　　红尘里最伤人的，不是雾霭纷纷里的梨花飘零，而是黛瓦红墙上不肯离开的时光。她孑然一身行走于尘世，试图以爱来封存住爱，以爱来抵御爱。她爱萧军，爱到无法面对，无法呼吸。后人说，萧红不喜见与萧军交好的旧友，是因为那会将不堪回首的往事和屈辱重新摆在她前面。诚然，大男子主义的萧军的确给萧红带来一些伤，然而她惧怕的，并非那些"暴躁""屈辱"，而是面对真实的自己，那个仍然爱着萧军的自己。

很多时候，人对于自己的心是无奈的，既不能爱自己想爱的人，也不能不爱自己还爱着的人。在宿命强大的掌控下，你我竟都成了自己生命的旁观者。冷眼看一切的发生，恍若不需要自己的参与。她认同着端木，端木欣赏着她。可《红楼梦》里有过这样一句话："纵是举案齐眉，到底意难平。"她与端木，便是意难平。

锃亮的铜床映着红宫灯的璀璨，紫檀木的梳妆台唤醒一世的红妆，淡淡的馨香流转在繁华正好的世间，新嫁娘美丽的容颜映亮了心存疑惑的人们的脸庞。"她真美啊！"来的人都这样说着。这个颠沛流离半生的女子，虽然与两个男子有过夫妻之实，然而，是这个在后来备受诟病的端木蕻良，给了她一场婚礼，给予她作为女人最大的尊重和认可。

端木蕻良，是一个在当时以及后世被许多文人排斥的名字。他们看不惯他"小资产阶级""自由主义"的做派，亦觉得他对萧红未必真心，因为后来他曾经不承认与萧红有过婚姻。然而多年后，当萧军与骆宾基否认他与萧红有过婚姻时，端木却瞪圆了眼睛说他们有过婚姻，而且找出许多证据。

人的心是深不可测的海。我们可能终其一生都无法完全了解自己，了解与自己相交甚密的人。那么凭什么就说，我们可以以一个"旁观者"的眼光看得清清楚楚呢？人性亦是脆弱的，深受重重压力的端木，未免会有一些动摇与不甘。然而，那一瞬间，他对萧红是真心的。他对着萧红说："你从未体验过做新嫁娘的喜悦。我想给你一个婚礼。""因为你与他没有婚姻，所以他没有约束。如果有婚礼大约不会这样。"那一瞬，他的真诚，足以让人落泪。

　　我不知道，在冰冷世俗的社会里，究竟有多少男子会心甘情愿地娶一个怀着他人骨肉的女人？心甘情愿顶住一身压力，抚平她一身的伤？我只知道，他或许不如萧军爱她，或许不如萧军更像一个男人，然而他给了萧军没给的，也给不了的，一个女子的尊严和体面。

　　胡风也来了。对于萧红，他始终是不忍的。他开玩笑说让萧红与端木介绍恋爱经过，一团喜气的样子。萧红目光盈盈地走向胡风，说："张兄，剖肝掏肺地说我跟端木没有什么罗曼蒂克的恋爱历史，是我决定与三郎分开的时候才发现了他。我对他没有什么过高的希求，只是想过寻常老百姓式的生活。没有争吵、没有打闹、没有不忠、没有讥笑，有的只是互相谅解、爱护、体贴。"她说，"我深深感到，像我眼前这种状况的人，还要什么名分，可端木却做了牺牲，就这一点上我感到十分满足了。"胡风默然，饮了那杯酒，心里未尝不是有淡淡的怜惜的。

　　对于一个才华横溢的女子而言，这种爱情，并配不起她过人的灵气。她的希求并不高。然而，竟然成了奢求。这时，一样才情过人的林徽因，却在梁思成现世安稳的掌心里，徐志摩深情款款的目光中，金岳霖不离不弃的守护中安然绽放优雅和从容，而她，却要被命运卷入另一个旋涡。若说萧军带着父辈的权威，端木则有着如弟弟、儿子般的依赖。萧红在勤勉写作的间隙，还要一手操办端木的生活。他的生活自理能力很差，一度令萧红非常疲累不堪。

令人惊讶的是，此时的萧红是做得一手好菜的。她十分精通厨艺，不仅熟谙俄国大菜：炸牛排、羊肉饼、罗宋汤，而且擅长日本料理，对日本鸡素烧尤其拿手。在上海期间，许广平看着她熟练的面食技术，就曾感叹："如果有一个安定的、相当合适的家庭，使萧红先生主持家政，我想她会弄得很体贴。"

欢愉的时光对于萧红，是世间最大的奢侈。那些匆匆断裂的时光，涓滴着，竟汇成泅渡不过的深海。彼岸花开，终究成了昙花一现。

她苦，是因为她看得到朋友眼中的不理解和疏离，然而她亦放不下自尊去弥合缝隙。她既无法由衷地说出思念萧军的苦，亦无法违心地说端木对自己的好。于是，她选择了缄默。朋友看她的眼光越发疏离，在疏离中，又有了一种说不清道不明的怨责。池田幸子就不止一次地对绿川英子感慨说："我不明白，进步作家的她，为什么另一方面又那么比男性柔弱，一股脑儿被男性所支配呢？"

更让她有苦难言的，是端木的怯懦。"一当他的肩头该抗负什么的时候，他就移到萧红的肩上。"想想逃奔重庆的时候，得了一张船票，萧红惦记着端木生活能力差，再寻一张不易，所以让端木先走，自己随后就到。在那样危急的时刻，任谁都知道一个不小心，便是后会无期，而端木却心安理得地走了。胡风看见怀孕8个月，惊惶不安的萧红，疑惑地问道："端木呢？"萧红扁扁嘴说："人家从军当战地记者了。"胡风气得哆嗦，为萧红感到悲凉。

在武汉成为"死地"之前，萧红终于找到了船。此时，她最沉重的行李是肚子里尚未出世的孩子。在将明未明的晨，天是未睁开眼的湛蓝，她仰面摔倒在船舱上，竟生了长眠不醒的念头。孩子啊！你来得太不是时候了！那些罂粟花般的、散发着诱惑香气的爱情，践踏着船舱上孱弱的笨重的身体，呼啸着直抵内心最疼痛的河流。她的泪，是不能呼吸的海。

后来，她对张梅林说："我总是一个人走路，从前在东北，到了上海后去日本，从日本回来，现在到重庆，都是我一个人走路。我好像命定要一个人走路似的……"

时光晾晒起源暑的单衣，又是一季料峭寒起。吹不散的沧桑依稀蔓延在曲折的山路上，颠簸的日子让所有清甜的岁月都不能回头。10月，当萧红完成《鲁迅先生记》，依然埋首于厚厚的书籍中，笔耕不辍时，腹中的小生命却挣扎着想要看一眼外面的世界。

萧军，这个她命中的冤家，以另一种方式宣告他的无所不在。她看着沉睡中的端木，叹息了一声，心底隐隐浮现一个决定——她要去朋友白朗家生产，毕竟她有过产子育儿的经验。白朗很快回了信，说欢迎她去。临产期间，萧红的心情很不好，经常无端发火。白朗推断，是因为她心里时时念及萧军的缘故。

那个烙在她生命里的人，成了她经年不愈的伤。爱到最后，两人不能分，亦不能合，最深的情，原来就是一道银河。朋友知道她心底的痛，然而她却痛恨着这种"知道"，这种"缄默"，每一个"懂得"的眼神，都会撕开她心底尚未痊愈的伤疤。

她是一个灵魂多么坚强的女子，她从疾病中夺回自己的尊严，从辜负中夺回自己的婚姻，从心魔般的爱中，争夺着自由……然而她又是那样骄傲的女子，端着满心的寂寞，绽放出苍白的花朵。宁可生命消退，亦不愿令自己的落魄落入他人眼底。

孩子，在九死一生的艰难中，还是活了下来。他的前额多像她日思夜想的人啊！她看着他，眼泪落了下来……也许，孩子过多地感受到了那份来自父母的浸润着深深悲哀和无奈的爱情，三天后，竟夭折了。孩子的夭折引起了朋友们的猜疑，梅志写了一篇文，明里暗里指出可能是端木的意思。梅志曾观察，萧红是从心底里喜欢小孩子的，她怎能不渴望做个母亲呢？白朗握着萧红的手，宽慰她道："我希望你永远幸福。"萧红发出凄厉的笑声，谶言般地说："我会幸福吗？……我将孤寂忧悒以终生。"

她终是太小瞧了自己心底那份执着。她曾说自己是如香菱一般的人，香菱最打动人的，是她的苦心孤诣和骨子里那份"痴"。那么，她又怎会是薄情寡爱的人？当是大爱无言。爱得太深，亦成无法出口的薄弱。想她临终前，在病榻上对着骆宾基抱怨端木种种，却只字不提萧军，还将《生死场》的版权给了萧军……她心中究竟孰轻孰重，当是不必言说了。

从端木那里，她得不到爱一个人的感觉，那么她何尝不想得到被爱的感觉。如果没有"爱"，那至少，也要有"尊重"。然而，悲凉的是，端木给予的"尊重"，很快就随着在一起的熟稔而烟消云散了。曾经"赌书泼茶香"的情意绵长，相敬如宾，竟比一朵暴雨中的花瓣更为脆弱。

她的朋友勒以曾经记录过这样一件事。当他去探望萧红，发现她在写字，而端木在睡觉。勒以询问她在写什么，她说在写回忆鲁迅先生的文章。端木立即揉着眼睛起来，用轻蔑的语气说："你又在写那样的文章，我看看，我看看……"看了一点后他又笑起来，"这也值得写，这有什么好写……"萧红的脸涨红了……勒以说，他的笑声并未停止，于是连勒以也感觉不平，只得默默地走了……

从汉口到重庆，从重庆到香港，他们的爱在生与死的恐惧里煎熬着，渐渐地苍老了来时的模样。她也曾尝试逃离，在香港时，她曾试图劝说茅盾跟她一起去新加坡，然而终未能成行。

很久以后，茅盾曾说："我不知道她之所以想离开香港，因为她在香港的生活是寂寞的，心境是寂寞的，她是希望由于离开香港而解脱那可怕的寂寞。并且我也想不到她那时心境会这样寂寞。"

有一种文字，是这个世界上我们最希望消失的，那就是曾经深爱过的人的名字。我们蛮横而不讲理地，将那几个字狠狠地推开，并非麻木，而是痛入骨髓。最深的寂寞，也不是孑然一身，而是那么长的岁月走过去，心却还遗落在初见他的时光。

再也，再也回不去了。即使放下骄傲，放下自尊。她病危的时候，她想打电话给萧军，并口口声声地说，萧军一定会来救她。我知，在一个人病入膏肓，她的时间场是错乱的，她一定是回到了过去的时光……再等一秒，让我看看光阴深处的你。这一生，所有的怨与恨，是因为，真的不舍。

寂寞被装订成一本书，被清风无心翻阅。那么长的岁月，那么灾难深重的爱情，经过她浮萍般摇曳的生命。她饮用着孤独，却不曾享用孤独，她毕竟不是张爱玲。当最真的爱如烟霭般散去，她做不到自顾自萎谢。她生性爱热闹，她一定要有那么一个知她懂她的人，途经她生命的怒放。她一直在等，她永远不能放弃……

萧军说："她是用生命在写作的人。"端木说："她对写作用一种宗教的虔诚。"那么，她何尝不是用生命去爱的人？她何尝不是爱情最虔诚的信徒？有些人，当她的爱散了，她将与所有的爱为敌。有些人，当情走到索然，她挥一挥衣袖不带走一片云彩。而有些人，即使灾难深重，她也要一遍遍泅渡，爱所有的苦难。她睁着眼睛，亲眼看着自己被爱一刀刀凌迟，比起刻骨的疼痛，她更加不能容忍的，是一个麻木的自己。

一直以为，那些得到爱的人要将爱的信仰坚持下去，绝非难事。而那些未被爱垂青过的人，在满心的疮痍和绝望中，依然相信爱的存在，苦等着爱的到来，才是真的令人落泪。那份骨子里的痴，纵万金，易难赎。

即使幸福于她，是一扇推不开的门，然而爱，却是灵魂深处熠熠不灭的光。

情系呼兰

时光是主人，风景只是过客。亘古的经文里，泛黄的往事在烟雨中洗旧。年华，是渡不完的沧桑。走不出经文的寂寞，抖不落梦想的怅惘。是谁禅悟的梵语，惊醒了沉睡的喧嚣。

这一世，只想携着纯粹的心走完疼痛的路，在丰盈里打磨着悲伤，只求看淡变幻的烟云，让粲然绽放的岁月安静地沧桑，来世洗去尘埃不怨不怼，将幸福过得深长。

这一生，她以缺憾的内心追逐着盈满的爱，却终究被尘世赐予满心的伤。那薄纱般触手可及的幸福，竟比荷上轻滚的晨露更为脆弱。在生命即将终结的时候，不知她是否会在泪水中，轻轻想起熟悉的话语。"可以把整颗身心都献给艺术。只有忠实艺术的心才不空虚，只有艺术才是美，才是真情爱。"她记得那是高仰山爽朗的声音。

太迟了。如果有来生，定然会慢火烹煮世间最烈的情爱，而把一脉馨香留给最钟爱的文字。只有文字，才是她最忠诚的情人。文字给予她自由、尊严、高贵和最真的情爱，文字永远与她不离不弃，生死相依。到最后，她的情人，或许只剩下文字了。

谁也不理解，这个病弱如风中残烛的美丽女子，为何如此痴迷文字？她的脸上早早逝去了青春的红润，而呈现青白的底色。当阳光倾泻在窗棂上，伏案疾书的她骤然惊醒的面庞，恍若水底浮现的石膏像……那倦怠，是生命流动的寂然。

她写着，在汉口的时候她写着，《黄河》《汾河的圆月》。她写着，即将临产的时候她写着，《鲁迅先生记》《孩子的演讲》《朦胧的期待》。她写着，栖身北培的时候她写着，《回忆鲁迅先生》《马伯乐》。她写着，日军轰炸重庆，头顶盘旋着敌机的时候她写着，《旷野的呼唤》，那是灵魂深处的呐喊。她写着，发烧咳嗽，命悬一线的时候她写着，《呼兰河传》就是抱病写成的一部伟大的作品。同时，她还在续写《马伯乐》以及应付许多约稿，稿债累累……

端木拿出西方用的体温计，劝她量体温，又哄她吃药，对她说："你要相信科学。"然而苍白着脸的萧红淡淡地推开了，她不肯吃药，她不肯延误写作的工期……写作者总是有一种担心，害怕留下半部《红楼梦》，萧红亦是如此。

《马伯乐》是上乘之作，然而当时发表后，并未引起轰动的反响。有人说她偏离了抗战文学的主潮，偏离了左翼文学的宗旨……然而，萧红却有着另外的看法。那还是在汉口的时候，《七月》杂志召开的一次座谈会上，萧红侃侃而谈：

"关于奚如对于作家在抗战中的理解，我有意见的：他说抗战一发生，没有阶级存在了。他的意思或是说阶级的意识不鲜明了，写惯了阶级题材的作家们，对于这刚一开头的战争不能把握，所以在这期间没有好的作品产生出来。也都形成一种逃难的形式。作家不是属于某个阶级的，作家是属于人类的。现在或者过去，作家的写作的出发点是向着人类的愚昧！……"

当我看到这段文字时，灵魂被深深触动了。这样一个柔弱的、饱经沧桑的小女子，这样一个在爱情里被爱人形容成心胸狭窄，"没有基本同情"的小女子，竟然有着这样高远的视角与博大的胸襟。她的情怀，即使连男子都自愧不如。多年之后，端木愧疚地说，很多时候萧红的预感是对的，她是有预见性的……

想想她临终前的那一番话："我一生最大的痛苦和不幸却是因为我是一个女人。"即使最薄情的灵魂，亦要为之一哭！因为是女人，她被社会规范以"妻性"的奴性道德；因为是女人，她智慧的观点只引来嘲讽；因为是女人，她要为她的才华争取一点点，就要承受整个舆论的横眉冷对；因为是女人，她要两度承受生产的疼痛，并且要忍受爱人的不忠……

后人都说，萧红的作品超越了时代的局限性，所以生命力会穿透时间……然而，那些超越，是饱蘸着寂寞流淌的哀伤。超越时代，也会为时代所不理解，只赢得些身后的虚名罢了。

此时，萧红已经将一切都看得极淡极淡，名利，甚至爱情。她以伏案写作的身影，拨开沉睡的时光，寻回往昔微弱的鼻息。那呼兰河襟袖上的风霜，活回生命最初冰冷的繁华。她将逝去的生命一一救活，让琉璃璀璨的童话般的世界呼出红尘烟火的气息。她不再以俗世脆弱易变的情爱来盈满内心的缺失，她只以残缺不全的心，去建筑梦中最丰盈的世界。她是那个世界的主人，她是一切爱的源头。

那些晶莹琉璃的文字，了悟了她，也救赎了她。她在最深的红尘以文字修行，她终于皈依这世间永不寂灭的情爱，最真的情爱。

遇到骆宾基的时候，萧红已经满脸病容。有意思的是，骆宾基的出场也是被困守旅馆。她写信给端木求助，端木那时在文坛已经有了一定影响力。她写了介绍信，帮骆宾基联系了编辑，并撤下自己的稿子，换上骆宾基的《人与土地》。在几个朋友帮助下，骆宾基顺利渡过难关。

萧红打量着这个大男孩，他比端木还小，而且曾经是她弟弟张秀珂的朋友。她只当他是弟弟，一样关爱他，却不想，在她生命的最后，还会与骆宾基有着交集。

海风骤然吹起，她的喉咙像某种鱼，正被肆虐的海水撕裂着。疼痛，是漂浮的生物，泛着白色的、寒冷的光。她咳嗽着。薄薄的日光悬挂在屋檐的一角，一滴一滴，像一只接近尾声的沙漏。空气悬浮着危险的气息，遥遥的，有飞机轰鸣的声音……

她是那样的害怕，怕得几乎要像过去一样去找萧军。"若是萧军在，我打一个电报给他，说我生病了，要他来接我，他一定会来的。"听的人，无不心酸落泪。"为什么不信任我的朋友，都那么信任医生呢？这些冰冷的刽子手……"她要打针，她想起那时她要打针，没有医药费，萧军几乎威胁着医生给她打了针。然而现在，即使她把喉咙咳破，亦无人回应她对于死亡的恐惧。她怕，她会守护不住生命。她想活，她要活下去，活下去。她还有那么多的事没做，她不甘心，她不甘心。

"我要出院，我要出院啊！"深夜，凄然的声音响起。此时的她，像一个挣扎跟跄学步的孩子那样惶然，像一只不知道如何处理流血胸膛的鸟儿那样无助。"不行，必须等你丈夫来。"可是"丈夫"，他只信医生的话。第一次，萧红的身体浮出了无尽的寒意。

对于生的渴望，让她在危急时刻不停地搜索着可以解救自己的人，终于，她想到了香港东北救亡协会的于毅夫。于毅夫果然赶来，让她出了院。

不久，周鲸文同妻子一同前来看望萧红，却发现她病弱地躺在破旧的床上。于是他们留下了钱，竭力将萧红劝回玛丽医院。肺结核在物资匮乏的当时，是一种绝症。何况她的体质那样虚弱，已经没有任何资本与来势汹涌的疾病相抗争了。她生命的堤坝，渐渐地，轰塌下来……

然而，还是有一些温暖的阳光照射进来。她眯起眼，抓住空气中悬浮的阳光。那是时光留给她最后的爱与温柔。

时代文学社的袁大顿给她买来一只体温计，不知道如何使用，萧红虚弱地笑着，一边教着他。后来他在回忆里写着这样的文字："萧红的真挚的心魂大门，在苦难临头时也为人打开着的。"

像祖父一般的柳亚子，更是给予她孤苦恐惧中一线耀眼的光芒。他携着淡淡的微笑，还带着一朵暖洋洋的菊花。柳亚子在民国时曾任孙中山总统府秘书，1941年与宋庆龄、何香凝、彭泽民等一起谴责国民党制造的"皖南事变"，在港期间广泛结识左翼文化人。对于他的到来，端木是欣喜的，萧红是受宠若惊的。此时，萧红已经不在乎什么党派什么战争，一直以来，她想要的，无非是缺憾的人生中盈满的爱罢了。柳亚子的到来，令她几近干枯的灵魂，充满了珍贵的阳光。

那光，是淙淙的水，是簇簇的花，是淡淡的暖。她凝视着花瓶里菊花薄薄的暖意，放任自己享受这一刻与"祖父的魂"再度相逢的时光。她提笔写下悲伤的诗句："天涯孤女有人怜！"眼泪喷薄而出，怎么也止不住。柳亚子深为感动，提笔写下这样一首词：

"轻扬炉烟静不哗，胆瓶为我斥群花。
誓求良药三年艾，依旧清淡一饼茶。

风雪龙城愁失地，江湖鸥梦倘宜家。

天涯孤女休垂泪，珍重春韶鬓未华。"

萧红跟柳亚子的手紧紧握在一起。瞬息间，那被年华吞没的青春纷至沓来。记忆里祖父慈祥的面容，还有鲁迅，看着她时那温润的眼神，和那朗朗的笑声。柳亚子为萧红不停奔走，筹措了足够的医疗资费。

那时，萧红已经名震天下，人气颇高。吴似鸿仰慕这位才女，几次去探望她，却总赶上她睡觉的时候，又加上胆怯，留下很深的遗憾。他是这样评价萧红的："脸上无温情，也看不到笑容，神情分着你我，好像她与外界保持了相当的距离。"女作家白薇不同意这个看法，她对吴似鸿说："她很关心我，当我一个钱也没有的时候，她就送钱来给我用。"又说，"多少人爱她呀！许多人都追求她，发疯似的追求她！"

然而，在萧红憔悴的面容和日渐干枯的内心上，却未曾停留过任何爱的余温。有没有人追求又有什么呢？她需要的从来就不是浮华三千的花团锦簇，而是"只取一瓢饮"的烟火红尘最情真意切的相守啊！君不负我，我定不负君。她要的爱，萧军给不起，端木配不起。她要的爱，只有怀抱着独善其身的清冷，将深情用纯白细细包裹，与如梦如烟的尘世就此别过。

想起临终前，萧红叮嘱端木，要找一个靠海的地方，要用白色的布包裹她，不由落泪。她的内心，当是愿此生洁净不染尘埃。可惜，尘世太脏，她心是妙玉，终是做了香菱。

　　1941年12月，太平洋战争爆发。香港满地狼藉，惊慌的人们左冲右突地逃难。物价飞涨，各种食品店的面包被抢购一空。端木蕻良与骆宾基急得像热锅蚂蚁，那边，萧红死死抓住端木的衣襟，像小女孩一样哀求他不要离开。四处都是震耳欲聋的炮声，她的生命和精神已经到了濒临崩溃的边缘……

　　他们用床单做了一副临时担架，将萧红抬到酒店。此时，香港已经陷入瘫痪，水、电、交通都停了，药品极度缺乏，连孩子发高烧也只能喝白开水……周恩来下令要尽快接出滞港的进步文化人，而端木在此时却不见了踪影……敏感的萧红再一次深深地受到了伤害。她大大的眼睛里闪烁着恐惧与失望，她以为，端木抛弃她了。据考证，端木可能是无法告诉萧红关于地下党组织的秘密行动，而他又认为，有骆宾基在，应该没什么问题。然而，对于在病中的萧红，任何一点人情上的风吹草动，都足以令她的心破碎成炸弹炸过的玻璃。

　　在这时，骆宾基也惦记着要回去，他想要抢救他那篇小说稿《人与土地》，那是他在晕黄的煤油灯下奋战两年的作品。对于作家而言，书稿有时就是他的命。然而，萧红深沉的悲伤感动了他，他再三思忖，决定留下来陪萧红。然而，对于端木突然的走，他依然有许多不理解。多年之后，在"文革"中，骆宾基与端木彼此攻击，也是因了这个缘故。

　　她颠三倒四地问骆宾基是否对她跟萧军分开有成见，又责备他说，人不可以不问真相就先以为他对，人不可以这样粗莽！一会又絮絮不止地说，她早就该跟端木分开了，只是不能回家去，不能跟父亲投降！一会又抱怨端木的种种。这一切，都为骆宾基对端木仇视的态度，做了铺垫。实际上，在病中的萧红已经无法客观叙述，当一个女人抱怨着男人，又不离不弃，说明她心底对他多多少少，还是有些温情的。

萧红讲着她的童年，她与萧军，她与鲁迅，她与端木蕻良，她的表达似乎出奇流畅，过去在鲁迅面前讲不出来的心情，此刻却畅通无阻……她似乎有所感应，仿佛交代后人为她写一部传记那样。"我为什么要向别人诉苦呢！有苦，你就自己用手遮盖起来，一个人不能生活得太可怜了。要生活得美，但对自己人就是例外。"此时，她已经将骆宾基当作弟弟那样亲的家人。

端木带着两个苹果回来的时候，萧红脸上绽放出异样的神采。他还是决定不走了，留下来陪着萧红。当他在酒精锅上给萧红做吃的，骆宾基则在旁听她讲一部新小说的构思。当她的故事接近尾声的时候，一声巨响劈面砸来。端木放下碗紧紧地抱住萧红，那时，一切的宿怨都化为无痕。他只有她，她也只有他了。

时光晕黄的几案透着令人骨凉的光泽。当梦走到尽头，心却憔悴地载不住尘埃。在那硝烟战火里绽放的涓滴真心，变成宿命最丰盈的赠予。这一生，原谅我不能深爱你，然而至少可以让你抱紧我，在一起，一直，直到不辜负着青春最后的时光。

亲爱的，我不能再爱你了。谢谢你陪伴我最后的时光。

香消玉殒

淡漠的忧伤，勾起对红尘最后的渴慕。微风徐来，菩提盛开，是应了信徒听禅的虔心。哪里是红尘幻境？哪里是佛法无边？此生只想撑开所有的苦难，还岁月一个悠然的等待。再也回不去了，那一场韶华春光渐满。再也回不去了，那一场爱恨情愁。浸润微雨的杏花清茶已轰然老去，那用力活过的尘世春光，只余一个料峭的背影。舍不得呀，舍不得。

一身才气玲珑骨，满心伤痕痴情人。她，是尘世中的一个异数，却终究被尘世所辜负。想要安稳却求而不得，这一生，真正属于她的东西，太少，太少了。上天给了她聪慧，却拿走了她的亲情；上天给了她爱情，却终究给了她更深的伤痛；上天给了她温情，却终让她两

手空空；上天给了她才情与盛名，却拿走了她的生命……究竟，这个
尘世还有什么，值得我们苦苦求索？究竟，这个尘世还有什么，值得
我们念念不忘？

她竟是连一个死，都是这样的艰难！1942年12月28日，日军举行
"入城仪式"。香港城中货币交易混乱，街头巷尾械斗不止。香港著
名的文化人大都困守家中，粮食蔬菜全由营救人员暗地送去。

萧红已经陷入半昏迷状态。她除了咳嗽、发烧外，胸闷不止。
端木心急如焚，四处奔走，连一片阿司匹林也买不到。文化人逐步撤
离，而端木此时可以求助的人也越来越少。他穿着唯一的新皮鞋在敌
人岗哨下来回穿梭，终于发现养和医院开始收治病人了！端木带着筹
措来的费用，飞跑进时代书店的库房，对骆宾基说："快！我已经找
到医院了，你赶快收拾一下萧红的洗漱用具，咱们这就走。"

1月12日，萧红住进了跑马地养和医院。连日守候在萧红身边的
骆宾基深感体力不支，向萧红提出要回去休息，由端木陪她。萧红笑
着答应了。此时，萧红已经预感到，生命若流沙一样渐渐流逝，她的
堤坝渐渐塌陷……她想，是时候交代后事了。

此时，她最放不下的，是耗尽心血写的那些作品。她要端木千万
要加以保护，将来不要让人随意删改她的作品，所有的版权都由端木
负责。她亲笔立了一份字据。端木含泪撕掉，他不想，也不愿意面对
这个事实。在生死面前，人是脆弱的。当一个朝夕相处的人活生生抽
离你的生命，那种锥心的疼痛，是无药可医的。

萧红努力地笑着，逐字地向端木说着她最后的愿望。她想被安葬在面朝大海的风景区，用白色绸子包裹。如果有可能，她想被埋葬在鲁迅先生墓旁，因为没有鲁迅就没有她的今天……最后一个愿望了，萧红定定地看着端木，艰难地、一个字一个字地说："如果有可能，你回去哈尔滨，帮我找找我的孩子，孩子……"她的目光是缥缈的，神情是茫然的，许多悲伤从天花板上纷纷坠落，光线与灰尘缓缓地扬起，带着死亡气息的落寞，一点点，滴落下来。

端木含着泪，握着她的手。一切尽在不言中。

孱弱的萧红知道自己命不久了，她让端木把骆宾基找来。

她的一生颠沛流离，没有什么财产，只留下一些文化遗产。她以微弱的声音吩咐骆宾基记下她的遗嘱：《商市街》的版税给弟弟，《呼兰河传》的给骆宾基，《生死场》的给萧军，其余的都属于端木蕻良。

骆宾基哽咽起来。他知道，萧红一直想给他物质补偿，他不要，于是萧红将新书的版税留给了他。在此之前萧红与端木商量过这件事，端木的意思是，最好将《呼兰河传》的版税给骆宾基，因为《生死场》篇幅不长，又再版多次，版税可能所剩无几。《呼兰河传》是新书，篇幅长，再版的机会也多。

然而我知，《生死场》给萧军是再好不过的。因为那本书里的每个字，都凝聚着他们患难相守的时光。

也许每个人，都会有自己命定的劫，即使走得再远，甚至穿过人生，都忘不掉，放不下。萧红心里是放不下萧军的，而萧军心里亦是放不下她的。所谓彼此怨怼，无非是情到深处。多年之后，萧军依然努力以漫不经心的语调提到萧红，提及她的不足，然而在内心深处，又何尝不深深揣着遗憾。

爱是趋向苦痛而淡漠欢愉的。萧军是大男子主义者，为了颜面，自然要说自己没有遗憾。然而，他的笔为他辩驳得越凶，他心里不能言说的痛苦也就越深。

当医生为萧红做了检查后，坚定地说是气管结瘤，要立即手术。这一次，被萧红称作"完全相信医生"的端木断然拒绝了，不行，不能手术。然而萧红却坚决要求手术。端木怀疑，萧红胸闷的原因并不是气管结瘤，而是心脏方面的疾病，而萧红却出乎意料地自己签了字。手术失败，根本没有什么瘤子。更让端木揪心的是，他担心的手术后的炎症出现了。萧红陷入了昏迷，端木时不时为她用吸痰器吸痰，承受的痛苦自是不必说。为此，端木非常痛恨医生，认为他是急于搜财而草率行事。端木继续奔波着为萧红转院，终于，他发现玛丽医院已经开业，又是一番周折，才将萧红送入玛丽医院。

偶尔，萧红会有片刻清醒。她平静地说："人类的精神只有两种，一种是向上地发展，追求他的最高峰；一种是向下地，卑劣和自私……作家在世界上追求什么呢？""若是没有大的善良，大的慷慨，譬如说，端木，我说这话你听着，若是你在街上碰见一个孤苦无告的讨饭的，袋里若是还有多余的铜板，就掷给他两个，不要想，给他又有什么用呢？他向你伸手了，就给他。你不要管有用没有用，你管他有用没有用做什么？凡事对自己并不受多大损失，对人若有些好处的就该去做。我们不是这世界上的获得者，我们要给予。"

她的眼神是熠熠的，手势是舒缓而有力的。她扶着病床冰凉的柱子，看着红了眼睛的骆宾基，喃喃地安慰他说："不要哭，你要好好地生活，我也是舍不得离开你们呀！"骆宾基哭出声来。萧红眼睛湿润了，她低声说："这样死，我不甘心……"她的灵魂在最后关口，也是向着他人打开的。

苍凉的日光注视着破败现实的满地狼藉，窗外，冷却的烽火架起一座奈何桥。数不清的尸骨在街头冷冷地注视着人世最后一丝光线。在光线中，那些卑微自私的人们，正在寻找逃生的路线。

"我将与蓝天碧水永处，留得那半部《红楼》给别人写了。""半生尽遭白眼冷遇……身先死，不甘，不甘。"骆宾基悲伤地写："你不要这样想……"萧红给了他一个苍白的笑容。她不喜欢这个大男孩为她悲伤，哪怕到了生命的最后，她所呈现的，还是为着他人的隐忍。她的坚强与脆弱，也许到生命的最后一刻，才看得清楚。

到了要回去的时候。萧红竟然觉得身子轻快，神采奕奕。1月21日早晨，萧红与端木蕻良和骆宾基交谈着，她的脸色有着反常的红润，她吃了半个牛肉罐头，用生命最后的热度跟他们说着话："我像完全好了似的，从来没有吃得这样多。骆宾基，坐下来抽支烟吧，没有火吗？"萧红帮忙拉铃叫护士。到了这时，她心心念念的只有别人的需求。骆宾基的眼眶红了，他默默打量着这个饱经苦难的才女，有什么东西，碎裂在这个冬日的早晨。

大朵的宿命沿着冬的料峭渐次落下，结霜的窗花，是往昔爱人朦胧的眼。她想起她与萧军那段至艰难的时光，想起他的手摸在她的额头上，她翻转着身子压着肚子，不让他为她的饥饿而难过。在他眼里，她是脆弱不堪一击的小女孩。然而在他看不到的地方，她已经做过太多，太多了。

她是浮世流转中一朵脆弱的花，呵护着自己的童心，雕琢着自己的才情。她有她的脆弱，然而，未经过脆弱的坚强，便不是真实的坚强。她穿梭在粗糙的现实中，将生命开出簇簇的火焰，于脆弱中赎回最坚强的心。这一生，或许不是她选择了坚强，而是坚强选择了她。她以孱弱的身躯，脆弱的命运，书写着最温婉的坚强。她手执一秉烛火，以微弱的光，照醒人们尘世的路。

1月22日，日军闯进玛丽医院，宣布军管，所有病人一律被赶出门外。早上3时，萧红就昏了过去，端木不停地给她吸痰。在半醒中，她艰难地示意端木给她纸笔。她颤抖着，努力写下几个字，然后伏在床上大口喘气。端木含着泪拿起来看，上面写着"鲁迅"、"大海"几个字。端木的眼泪流了下来，他飞快地写着："你不会死的，我们一定会救治你的。"

　　她说出了最后一个完整的句子："我这一生最大的痛苦和不幸却是因为我是一个女人。"她脸色灰白着，如从海底打捞出来的大理石膏像。她仿佛看到她未出世的样子。有人问她，你可曾后悔过？她摇摇头："不，我不后悔，我要活着。"她坚毅的眼神，充满了对生命的留恋。她要活着，用生命祭奠爱情，哪怕伤痕累累。她要活着，用生命书写文字，哪怕颠沛流离着，饥饿寒冻着。她要活着，哪怕伤心着。她要活着，哪怕被背叛着。她要活着，哪怕经年病痛着。她要活着，她宁愿让尘世辜负她千百遍，她依然怀着对自由与爱的信仰，捂着满心的伤，活在这苍凉的世间。

　　因为在这个并不美好的尘世中，她从来就不是一个索取者，而是一个给予者。或许正是因为她太美好了，上天才不忍让她留在尘世，经受更多的苦难。

　　远远地，汽笛声刺破了阴霾的天。雾霭重重，逶迤的山路寂静地推开尘世最后的沧桑。生命，凋零成蜷缩的花瓣。隐隐地，有一道光，舒缓地，流动向不可知的远方。她想，她是一只鸟儿，她有翅膀，她会飞，会沿着光线的乐谱，飞向比苍穹更高的苍穹。

　　1942年1月22日上午10时，萧红病逝，年仅31岁。这位一生颠沛流离，用生命追逐着爱与自由，用生命追逐着文字与理想的女子，终于怀着对人世无比深刻的眷恋，告别了爱着她的人们。

　　香港成了一艘逃难的船，哪怕微小的风吹浪动，都能让惊恐不安的人们崩溃。端木忍着巨大的悲痛，拿出他平生最大的勇敢，为萧红的遗体四处奔走。他使了一些钱，将萧红的遗体精心烧了，在工人的一句"烧得很好，灵魂可以上天了"中，泪流满面。战乱时竟是连骨灰盒也买不到的，他在古董店老板诧异的眼神中，买了一大一小两个素色的古董罐子，分别装了萧红的骨灰。他惦记着萧红的遗愿，在骆宾基的陪同下，他经历重重困难，将萧红的骨灰安放在一个面向大海的小花坛旁边，把带来的木牌插在上面，上面有端木蕻良亲笔写下的"萧红之墓"。1992年建于呼兰县西岗公园的萧红墓上，"萧红之墓"为端木蕻良所题。

另外的骨灰端木曾想尝试偷偷带走，然而战乱时，这个愿望竟难以满足。端木在一个香港大学生的陪同下，将萧红的骨灰悄悄埋到了圣士提反女校后山林木茂密的地方。后来这个墓一直未被发现，成了一个谜。

"落花无语对萧红。"端木的深情题词，唤不回萧红鲜活的生命。萧红香消玉殒后，很多人责怪端木，说端木曾经离开医院不知去向……端木承受着许多诟病。然而，我能够感受到他那颗深爱她的心。在窗户被炮弹炸飞，萧红信任的骆宾基迅速冲下去躲避，而她怀疑着的端木却冲过来紧紧抱住她……我相信一切生死关头瞬息间真情的流露，因为本能是不会骗人的。

在与萧红相处的朝朝暮暮，这个大男孩，已然知道她心中所有的苦。他知，这一生，她舍不下也放不下萧军，他看得懂她眼底的绝望和落寞，知道她日益病重的身体里，未尝不是有着对爱的失望与对尘世的厌倦。端木知道，他从来不是像萧军那样的男子，在萧红之前，他只是一个未经感情的大男孩，在萧红之后，他努力地学着长大，希望能够走进她的心里，成为配得起她的男子。

在萧红死后的18年里，端木孑然一身，每日只将感情投入写作中去。18年后，他才娶妻钟耀群。而萧军，却在与萧红分手的一个月内，就已另结新欢。谁对萧红的感情分量最重，就能够见分晓了。

1987年11月4日，端木与钟耀群一起到萧红墓前祭扫并献词一首，题为《风入松·为萧红扫墓》：

"生死相隔不相忘，落月满屋梁，梅边柳畔，呼兰河也是萧湘，洗去千年旧点，墨镂斑竹新篁。"

然而，萧军的另结新欢，也并非他已忘却，更接近于一种"被背叛"后的赌气。不说不念，不代表不想，不悔。因了有一种共同的感情连接，萧军与端木一直不和睦，互相攻击。而端木，则是真切地经历了萧红的死，经历了一个朝朝暮暮相处的生命，从他手心里渐渐流逝……

我想，尘世中所有的爱，并非都会走向圆满，然而每一种爱，都是值得感动的欣喜，是馈赠，是缺憾中的圆满，是人世间可循的光。

萧红的一生，有过爱情，有过温情，亦有过今世和后世的无数仰慕者的目光。所以她亦不是孤独地一个人上路。

夜深了，所有闪烁的尘缘就此寂灭。长长的经文惊醒俗世的喧嚣。寂寞，是一盏摇曳的灯。多年之后，当所有的故事在梵音里渐渐老去，是谁召唤起风中一把清脆的声音。那后花园，很大的雨水，馨香的玫瑰园，一个女童清脆的笑声："爷爷，今年的雨水真大呀……"

窗外，薄薄的日光里流转着光阴所有的故事，又是一年春深，谁家女孩的衣衫惊醒了尘世的风……